JULES BEAUJOINT

LES OUBLIETTES DU GRAND CHATELET

ÉDITION ILLUSTRÉE

PRIX : 1 FR. 30 CENTIMES

PARIS
VICTOR BENOIST ET Cie, EDITEURS, RUE GIT-LE-CŒUR, 10, A PARIS.
ANCIENNE MAISON CHARLIEU ET HUILLERY

Victor BENOIST et Cie — Édition illustrée — 10, rue Gît-le-Cœur, 10

LES OUBLIETTES
DU GRAND CHATELET

GRAND ROMAN HISTORIQUE

PAR JOSEPH BEAUJOINT

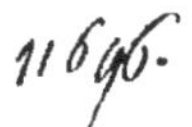

LES OUBLIETTES DU GRAND-CHATELET

PAR

JULES BEAUJOINT

PREMIÈRE PARTIE

I

LA MAISON DE JACQUES TARDIEU.

Ce fut dans les derniers jours du mois d'août 1665 que le héros de ce drame, Daniel Varillas, arriva du Languedoc à Paris.

Pour des raisons que l'on trouvera plus loin, il était descendu dans un petit hôtel de la rue *Saint-André-des-Arts*, l'hôtel du *Bois doré*.

Bien qu'il fût déjà tard, et qu'il eût fait dans des coches impossibles le voyage le plus fatigant, Daniel Varillas, comme tout jeune homme vraiment jeune et doué d'une imagination vive, se hâta de faire un bout de toilette et de descendre dans la rue pour prendre possession de la bonne ville de Paris.

Après avoir été bercé par les récits et les descriptions les plus fantastiques et cahoté pendant huit jours sur un parcours de deux cent lieues, on est naturellement impatient de savoir à quoi s'en tenir.

Aussi, sans prendre le temps de manger, et à cette heure douteuse où le soleil, descendant derrière Chaillot, laissait aux lanternes de M. de La Reynie l'honneur d'éclairer Paris, notre nouveau débarqué s'aventurait dans la rue Saint-André-des-Arts.

Il n'y produisit aucune sensation ; ce n'était pas un personnage.

Il ne portait ni le large feutre et la rapière du mousquetaire, ni l'habit brodé et l'épée du gentilhomme, ni même le vêtement de drap du bourgeois ; il ne portait point non plus, par conséquent, une de ces immenses et imposantes perruques qui nous ont si bien aidé à nous imaginer le caractère majestueux du siècle de Louis XIV.

Ses cheveux noirs étaient de simples cheveux naturels. Sa coiffure était celle de son pays, un béret ; son vêtement une veste, une culotte et des bas de laine. Ce n'était pas élégant. C'était le costume d'un ouvrier ; mais notre Languedocien n'en avait pas moins assez bonne tournure : un pied petit, cambré, une jambe bien faite, une taille bien prise lui donnaient un certain air, — cette grâce naturelle qui est une distinction.

Il allait à la recherche de la maison d'un savant, — j'allais dire un commerçant ! — le sieur Defita, apothicaire.

Il ne tarda point à découvrir une boutique étroite, d'aspect maussade et surmontée d'un bois de cerf.

La corne de cerf — pardon de ces détails — jouait un grand rôle dans la médecine de nos aïeux, et dans quelques pays encore, en Hollande par exemple, les apothicaires ont pour enseignes des bois de cerf.

— Ce doit être ici, se dit Daniel en s'approchant des vitres garnies de plomb auxquelles des herbes desséchées servaient de ride

Et, entre la bourrache et la centaurée, il plongea son regard dans la boutique.

Il faisait noir là-dedans.

Il y régnait l'obscurité proverbiale des comptes d'apothicaire.

Cependant il distingua une ombre opaque et démesurée, qui allait et venait, et qui, par ses dimensions exagérées, lui parut répondre au signalement de la personne qu'il cherchait.

— Ce grand fantôme noir, se dit-il, doit être mon ami Éloi, et il se décida à entrer.

« Éloi Gormand ? dit-il en entrant. Est-ce ici ?

— Éloi Gormand, c'est moi, répondit une voix de basse.

— Reconnaissez-vous votre pays, Daniel Varillas ?

— Tiens ! s'écria l'élève apothicaire, Daniel ! Te voilà à Paris, mon bon, toi aussi.

— Eh ! tout le monde y passe. Je suis arrivé de ce soir et je suis descendu dans ta rue, à l'hôtel du *Bois doré*, afin d'être plus prêt de toi.

— Tu as toujours eu de l'esprit.

— Et comment cela va-t-il ?

— Cela va bien. J'achevais de piler des amandes.

— Je te dérange ?

— Pas du tout ; j'allais dire le bonsoir à maître Defita et fermer la boutique.

— A merveille !... Alors nous passerons la soirée ensemble ?

— Certainement !

— Va vite, mon bon Éloi, prévenir maître Defita, et nous fermerons la boutique.

Éloi, le grand fantôme noir, disparut dans les êtres mystérieux de l'apothicairerie. Soit ami l'entendit échanger quelques paroles à la cantonnade, puis le vit revenir, et cinq minutes après ils étaient bras dessus bras dessous dans la rue.

— Çà ! où allons-nous ? dit Daniel. J'espère que tu vas me montrer Paris.

— A cette heure ? La nuit est tombée. Demain.

— Mais il y a loin d'ici demain, et le temps pourrait me manquer.

— Que comptes-tu faire ?

— Je suis ouvrier orfèvre, je viens pour me perfectionner dans mon métier. Demain je dois aller voir mon nouveau patron.

— Mais c'est très-bien. Nous sommes à deux pas du quai des Orfèvres. Je t'y conduirai.

En effet ils descendaient la rue Dauphine.

— Comment s'appelle ton patron ?

— Oudard.

— Je te montrerai sa boutique, qui à cette heure doit être fermée. Les orfèvres ouvrent de bonne heure et ferment de même, et ils n'ont pas tort par le temps qui court.

— Que veux-tu dire ?

— Ce que dit un nouveau poëte dans une de ses satires, M. Despréaux. Écoute cela.

Éloi s'arrêta au coin de la rue Dauphine et déclama à son ami les huit vers suivants :

« Car sitôt que du soir les ombres pacifiques
D'un double cadenas font fermer les boutiques ;
Que retiré chez lui le paisible marchand
Va revoir ses billets et compter son argent ;
Que dans le Marché-Neuf tout est calme et tranquille,
Les voleurs à l'instant s'emparent de la ville.
Le bois le plus funeste et le moins fréquenté
Est de Paris un lieu de sûreté

— Ainsi, allons souper au galop et rentrons chez nous.

— Tu as peur des voleurs, toi? fit Daniel.

— Eh! mais, comme tout le monde. Dans une heure ou deux il ne fera plus bon ici. N'avais-tu pas entendu parler des voleurs de Paris?

— Oui, mais je n'y croyais pas.

— Si tu étais arrivé hier matin, tu aurais pu assister sur ce pont même à l'exécution de deux assassins, les frères Touchet, qui ont été ici roués vifs.

— Tu as vu cela, Éloi?

— Oui. Et, tiens! ajouta Éloi en étendant le bras dans la direction du cheval de bronze. Regarde!... Vois-tu ce vol de corbeaux? Approchons-nous : je suis sûr que les cadavres y sont encore.

Tous deux s'avancèrent sur le Pont-Neuf.

Et en effet, à la pointe de l'île du Palais, dans l'obscurité crépusculaire, ils entrevirent un spectacle hideux.

Sur deux roues de supplice, c'est-à dire deux croix de Saint-André, gisaient deux cadavres nus et broyés par les barres de fer. Au-dessus tournoyaient les corbeaux avec des croassements lugubres.

— Comment les laisse-t-on là? demanda Varillas saisi d'horreur.

— Pour l'exemple.

— Cette statue n'est-elle point celle du roi Henri?

— Oui, nous sommes ici à la porte de l'île du Palais, au milieu de Paris, un des endroits les plus vivants. Mais si on a dressé ici ces deux roues, c'est parce que le crime a été commis aux environs, dans une maison même du quai que tu vas habiter. Viens, je te montrerai la maison en sortant du cabaret où nous allons souper.

Ce disant, Éloi entraîna son ami sur le quai des Orfèvres.

Sept heures sonnaient à l'horloge du Palais, et déjà le quai était désert et les maisons closes.

En passant, Éloi indiqua à Daniel la boutique du sieur Oudard, une des premières en venant du Pont-Neuf; puis il frappa à la porte d'une maison où l'on voyait de la lumière. Presque aussitôt les sabots d'une servante retentirent sur la dalle du couloir, la porte s'ouvrit, et les deux jeunes gens furent introduits dans une salle à manger.

La vue d'une belle table de noyer garnie d'un couvert d'étain bien propre fit sur le nouveau débarqué une impression des plus heureuses, et ramena le sourire sur ses lèvres.

Cette impression s'accentua davantage encore lorsqu'il vit entrer une jolie servante, dont les bras rosés tenaient une vaste soupière du même métal que le couvert, et travaillée comme une pièce d'orfèvrerie.

— Girèle, dit Éloi, tu nous apporteras du vin de derrière les fagots; il s'agit pour ta patronne de faire la conquête d'un nouveau client.

A la soupe succéda un large plat chargé de plusieurs viandes et de légumes, dont l'abondance ébahit Varillas.

— Oh! oh! fit-il. On vit bien à Paris. Mais comment se fait-il alors que les femmes y soient si pâles et si chétives?

— Ah! tu as déjà remarqué les femmes!

— Parbleu! tout le long des rues et depuis les faubourgs je me suis plus occupé des femmes que des monuments. Eh! serais-je de notre pays, autrement?... Mais toi-même, mon cher ami, tu es pâle comme si tu avalais toutes les médecines que tu prépares.

— Il est vrai, reprit Éloi; mais je ne prends qu'un repas dehors, et ce repas suffirait à nourrir pendant une semaine la famille de mon apothicaire. Aussi te conseillerai-je de ne pas prendre pension chez ton orfèvre. Si par l'avarice il ressemblait à maître Defita!... il n'aurait de comparable que Jacques Tardieu, la victime des deux coquins roués dans l'île.

— Ah! raconte-moi donc cela.

— Jacques Tardieu, lieutenant-criminel du Grand-Châtelet, avait été longtemps un magistrat estimé. Il était fort riche et faisait peu de dépense; mais les gens de robe ne sont pas dépensiers. Il avait plusieurs domestiques, deux bons chevaux à l'écurie et la mule dont les règlements du Châtelet font la monture obligatoire du lieutenant-criminel, lorsque, il y a quelques années, il découvrit dans une famille d'avares une vieille fille aussi laide que riche et aussi avare que laide. Il s'éprit de sa dot et l'épousa.

« Alors les deux époux rivalisèrent d'avarice et se rendirent ainsi la fable de tout Paris.

« D'abord ils renvoyèrent leurs domestiques et vendirent leurs chevaux et leur mule. Quand le lieutenant-criminel avait besoin d'une mule, il en empruntait une.

« La femme n'entrait jamais dans une maison sans qu'elle escroquât quelque chose. Elle volait les serviettes du buvetier du Palais.

« Dans une maison voisine il y avait un lieu de débauche où elle allait tous les jours pour y attraper son dîner, et elle envoyait à son mari une partie de ce qu'il y avait sur la table.

« En échange, il accordait sa protection à ce lieu d'horreur.

« Dans la rue de Harlay, dont sa maison fait le coin, il y a un pâtissier où la lieutenante-criminelle allait souvent prendre des biscuits sans payer. Le pâtissier, las de cette pratique, fit des biscuits purgatifs et les lui donna.

« Ces dignes époux reçurent le châtiment qu'ils méritaient.

« Dans la nuit du 24 août, deux voleurs, René et François Touchet, s'introduisirent chez eux et les assassinèrent.

« Mais, après avoir amassé leur butin, les deux voleurs ne purent ouvrir la porte pour sortir; il y avait un secret à la serrure.

« Ils furent pris dans la maison même, et, trois jours après, condamnés à être rompus sur la roue. Mais il n'y eut personne pour plaindre Jacques Tardieu et sa femme.

— Je le crois bien! fit Daniel. Mais y eut-il au moins quelques braves gens pour plaindre ces malheureux voleurs, qui payèrent si cher le secret d'une serrure?

— Ne rions pas sur de pareils sujets! se récria Éloi. Nous sommes ici très-mal placés pour rire des gens de justice. A ta santé, Daniel! Et Dieu te garde d'avoir affaire aux gens du Châtelet ou du Palais, à leurs amis ou à leurs ennemis!...

Ils vidèrent leur dernier verre et, sous la conduite de Girèle, la servante, — dont les joues roses n'étaient pas de Paris, disait Varillas, — ils sortirent de la maison. Ils descendirent le quai vers le pont Saint-Michel.

Lorsqu'ils furent à la hauteur de la rue de Harlay :

— Tu vois cette maison qui fait le coin? dit Éloi; c'est celle de Jacques Tardieu.

Daniel considéra un instant cette maison, qui ressemblait à toutes les autres : murs de brique rouge, avec fenêtres et corniches de pierre de taill

— Elle est sans doute inhabitée? dit-il.

— Non point. La maison est belle, et les logements sont rares pour les gens de robe qui tiennent à habiter ce quartier. Le logement de Jacques Tardieu est occupé aujourd'hui par un examinateur du Grand-Châtelet, M. Renau de Garlande.

— Et où est-il donc, ce Grand-Châtelet dont tu me rebats les oreilles?

— Là-bas, de l'autre côté de l'île. Mais n'en parlons pas tant : cela porte malheur.

— Décidément Paris est moins gai que je me l'étais figuré, soupira Daniel.

Il reprit le bras de son ami, traversa avec lui le pont Saint-Michel, le Marché-Neuf, qui occupait une partie de la place Saint-Michel actuelle, et regagna l'hôtel du *Bois doré*.

II

L'AURORE AUX DOIGTS DE ROSES.

Il est de principe qu'un héros de roman ne doit pas dormir avant d'avoir intéressé le lecteur.

Il en est même qui ne se permettent de prendre aucune nourriture. Ils doivent avoir au moins séduit une jolie femme et tué un homme en duel avant d'oser tremper un biscuit dans un doigt de madère.

Daniel était trop fatigué pour se reposer paisiblement. Le peu qu'il avait vu de Paris et ce qu'il en attendait encore tourmentaient son imagination.

C'était d'ailleurs un esprit ardent, curieux, avide d'aventures.

Il avait appris l'état de bijoutier parce qu'il aimait ce qui brille, l'or et les diamants, et les belles dames qui les portent.

S'il venait à Paris, c'était moins poussé par le désir de se perfectionner, comme il le disait, qu'attiré par le désir de voir la grande ville et d'y gober sa part de mauvais air et de passion. Au demeurant, c'était le plus honnête garçon du monde.

En proie à l'insomnie, il fut levé avec le jour, et les boutiques n'étaient pas encore ouvertes lorsqu'il sortit dans le dessein d'une promenade et d'une visite à son futur patron.

Cette fois, au lieu de passer par le Pont-Neuf, infecté de cadavres, il suivit la Seine le long des Augustins et reprit le pont Saint-Michel; puis, obéissant sans doute à l'attraction des souvenirs de la veille, il revint sur le quai des Orfèvres et s'arrêta devant la maison de Jacques Tardieu.

Il faisait une matinée charmante.

Le ciel était encore rouge du côté de Notre-Dame, et le soleil, plongeant ses premiers rayons dans le fleuve, y soulevait de légères buées entre les barques et les saules des berges.

Mais la ville dormait encore.

Tout à coup une fenêtre du premier étage de la maison Tardieu s'ouvrit, et Daniel y vit apparaître une jeune femme en déshabillé blanc, belle et fraîche comme l'aurore.

Ses cheveux d'un blond d'or s'échappaient par touffes d'un léger bonnet de batiste.

Une *nouette* de travers, roulée en corde, laissait aux regards de Daniel l'éblouissement de son cou et de ses épaules de neige.

Elle se croyait seule.

Elle respirait l'air pur avec un plaisir avide, appuyée d'une main au balcon, serrant de l'autre sur sa poitrine, dont elle dessinait la beauté, les plis de sa camisole.

Tout d'abord ses grands yeux bleus avaient cherché le ciel et les toits humides scintillant au soleil; puis ses regards, errant du couvent des Augustin au quai de Nesle, se baissèrent vers la Seine.

Alors elle aperçut Daniel...

Daniel qui, debout en face d'elle, la contemplait ravi dans une naïve extase.

Elle rougit et se retira de la fenêtre.

Mais le mal était fait...

Et l'apprenti orfèvre, en poursuivant son chemin, emporta au fond de son âme l'image de cette jeune femme, qui pouvait rivaliser de beauté avec l'Aurore aux doigts de roses.

Il s'en alla sans cesser de la voir, en proie à un trouble délicieux, dont il s'étonnait et ne pouvait sortir.

Il passa devant la boutique de messire Oudard sans le savoir, devant les deux roues de justice sans les regarder, marcha un temps infini sans dissiper son ivresse, et fut obligé de demander son chemin pour se rendre enfin chez son patron.

Celui-ci, lorsque Daniel arriva, allait prendre son premier déjeuner; en apprenant qui il était, il l'invita avec une amabilité toute cordiale à prendre place à table; ce que l'apprenti ne refusa point.

Il s'assit entre la fille de l'orfèvre et le premier ouvrier, qui logeait chez son patron et problablement était destiné à lui succéder.

Il se trouva ainsi en famille.

Lorsque l'on eut épuisé les banalités d'un premier entretien, Daniel exprima avec chaleur l'ambition qu'il avait, prétendait-il, de devenir un bijoutier célèbre.

— Hélas! mon ami, lui dit maître Oudard, vous arrivez dans un mauvais moment, et je regrette d'avoir accepté l'offre de votre famille. Il vient de paraître un nouvel édit du roi contre le luxe, les parures d'or, d'argent et de pierres précieuses, et nous allons en être réduits peut-être pour longtemps à l'orfèvrerie d'église.

« Vous ne pouvez donc compter sur les travaux variés que vous espériez.

« J'ai déjà renvoyé deux de mes ouvriers.

« Je vous garderai néanmoins en attendant, parce que je ne veux pas que vous ayez fait deux cents lieues pour rien. »

C'était très-obligeant, mais ces mots *en attendant* étaient une restriction de mauvais augure.

Il en eut le cœur serré.

Pour faire diversion à sa tristesse visible :

— Tenez, lui dit maître Oudard, nous allons sortir ensemble, Daniel; cela vous distraira, et d'ailleurs on ne se met pas au travail au débarqué. J'ai là des bijoux que l'on m'avait offerts et que j'avais gardés pour les estimer; je vais les rendre, puisque l'édit du roi en rend la vente impossible.

« Vous m'accompagnerez. »

Le maître orfèvre s'habilla, prit un écrin et invita Daniel à le suivre.

— Nous n'allons pas loin, lui dit-il; c'est à deux pas, sur le quai, chez M. l'examinateur Renau de Garlande.

A ce nom, Daniel tressaillit.

Quand son émotion se fut apaisée :

— Ces bijoux, demanda-t-il, sont ceux de mademoiselle de Garlande?

— M. de Garlande n'a point d'enfant.

— De sa femme alors? reprit-il d'une voix émue.

— Ce sont des bijoux très-anciens qui ont appartenu à sa première épouse, répondit maître Oudard, qui trouva son apprenti bien curieux.

S'il l'eût regardé au moment où ils sonnèrent à la porte du magistrat, il eût été frappé de sa pâleur.

Un vieux domestique vêtu d'une mauvaise souquenille rouge vint leur ouvrir et faire jouer cette serrure fameuse qui avait livré à la justice les deux Touchet.

Le rez-de-chaussée était fermé en partie et n'était habité que par le domestique et la cuisinière.

Un escalier large, mais mal éclairé, prenait au milieu du corridor; maître Oudard et son ouvrier le montèrent, traversèrent un vestibule et s'arrêtèrent dans une autre petite pièce, pendant que le domestique allait prévenir M. de Garlande.

— Faites entrer! répondit celui-ci.

— Attendez-moi dans cette pièce, Daniel, dit l'orfèvre qui bientôt disparut au fond de l'appartement.

Le domestique s'était retiré.

Daniel se trouvait seul.

— Me voilà donc chez *elle!* se disait-il. Au moins je ne l'ai pas vue!... Oh! je serais mort de peur en me trouvant en sa présence.

Comme il pensait ainsi, *elle* entra.

III

DENISE DE GARLANDE.

Il tournait le dos à la porte.

— Qui est là? demanda madame de Garlande.

Daniel se retourna, mais demeura interdit sans répondre.

La jeune femme le reconnut également, mais n'en fut que plus effrayée.

Elle se recula en disant :

— Qui êtes-vous donc?

Son effroi visible blessa Daniel.

— Ne craignez rien, madame, répondit-il d'une voix qu'il voulait faire bien douce, mais qui tremblait d'émotion, — je ne suis pas un assassin.

« J'ai accompagné chez vous mon patron, M. Oudart, bijoutier, qui est en ce moment chez M. de Garlande.

— Ah! bien.

Et elle indemnisa Daniel d'un charmant sourire.

— J'avoue, dit-elle, que vous m'aviez fait peur.

— C'est la première fois de ma vie que je fais peur, répondit-il, et il est bien malheureux que ce soit à une dame...

(Aussi belle, voulait-il dire.)

« A une dame... comme vous. »

Mais l'accent, et ses yeux, de très-beaux yeux noirs, achevèrent sa pensée.

La dame, d'ailleurs, ne paraissait pas moins timide que lui, et partant moins embarrassée.

Elle eût voulu briser l'entretien et se retirer; mais elle ne trouvait pas le mot convenable et ne voulait point tourner brusquement les talons.

Après un moment de silence :

— Vous n'êtes pas de Paris? reprit-elle en regardant le béret que Daniel tenait à la main.

— Moi, madame, je suis du Languedoc et je ne suis arrivé que d'hier à Paris.

« Je suis venu pour me perfectionner dans l'état d'orfèvre.

— C'est un métier agréable.

— Oh! sans doute, parce qu'il ne vous met en rapport qu'avec des personnes de condition.

— Et messire Oudart est, dit-on, un très-digne homme.

— Messire Oudart, madame!... Oh!... certes!... C'est pour m'être agréable qu'il m'a offert de l'accompagner chez vous. Il est venu rapporter des bijoux.

— Ah! quels bijoux?

— Ceux dont M. de Garlande voulait se défaire

— Ah!...

— Vous l'ignoriez?

— Ce sont les affaires de M. de Garlande, dit-elle de cet accent particulier avec lequel une femme sait prononcer le nom d'un mari qu'elle n'aime pas.

Daniel ne s'y trompa point et ne prit point ce ton glacial pour celui du respect. Il s'en réconforta et osa lever les yeux vers sa gracieuse interlocutrice.

Habillée et coiffée, il la trouva plus belle encore.

Sa fontange noire seyait à ravir à ses cheveux blonds; son corsage faisait valoir sa taille fine. Son costume était celui d'une riche bourgeoise, bien qu'elle fût noble; mais sa couleur sombre avivait encore l'éclat de son teint et contrastait d'une façon qui n'était point sans charme avec la grâce juvénile et mutine de sa physionomie.

— Madame, reprit Daniel, permettez-moi une question.

— Dites.

— Vous n'êtes pas Parisienne?

— Non.

— Et vous n'êtes pas depuis longtemps à Paris?

— Qu'est-ce qui vous le donne à penser?

— La fraîcheur de votre beauté, répondit-il hardiment.

— Ah! vraiment! fit-elle en rougissant comme le matin. Mais vous ne connaissez pas les Parisiennes?

— Elles sont toutes pâles ou fardées, — toutes celles que j'ai vues, du moins. Je crois que Paris est une ville où l'on souffre.

— Oh! oui, dit-elle.

— Quant à moi, je ne saurais m'en plaindre encore, car je lui dois les heures les plus radieuses de ma vie.

— Comment cela?

— Ce matin...

— Oui, je crois vous avoir vu passer le long du quai. La matinée était très-belle.

— J'étais sorti pour aller voir les merveilles de la ville dont la pensée ne m'avait pas laissé dormir; je vous vis une minute à votre fenêtre, et depuis je courus Paris sans plus songer à rien voir.

— Vous êtes flatteur; je n'aime pas les compliments, fit madame de Garlande...

— Oh! je ne vous flatte pas, madame, et si je vous offense, pardonnez-moi. Oui, toute ma vie je me rappellerai le jour où je vous ai vue.

« Si je vous parle ainsi, je cède à un sentiment plus fort que ma volonté. Je sais bien, d'ailleurs, que vous êtes une grande dame et que je suis trop peu de chose pour que mes paroles puissent vous atteindre et vous offenser. Quand M. Oudard m'a invité à le suivre, j'ai accepté; mais quand il m'a dit :

est ici que nous allons, chez M. de Garlande, » moi qui n'ai peur de rien, j'ai pensé défaillir.

— De peur de moi ?

— Et j'avais bien tort, car vous êtes aussi bonne que vous es belle ; et j'aurai pu vous le dire, et j'aurai à me rappeler du bonheur pour longtemps.

— Voilà vraiment une aventure ! fit la jeune femme fort en peine de cacher le plaisir que lui causait ce langage. Et vous me dites de ces choses étonnantes qui me prouvent bien que vous êtes depuis peu à Paris. Mais Paris vous changera.

— Jamais, madame !... si toutefois je puis y demeurer...

— Que voulez-vous dire ?

— M. Oudard vient de m'apprendre qu'un édit du roi vient d'être crié contre le luxe, les parures d'or, d'argent et de pierres précieuses. L'orfèvrerie va chômer. Il a renvoyé deux ouvriers, et il ne pourra peut-être pas me garder. Je ne suis pas riche.

« Que ferai-je ?.. je ne sais... J'ai du courage, mais j'en trevois bien des obstacles...

« Renoncerai-je à Paris ?.. Le quitterai-je ?.. »

Comme il disait, un bruit de pas se fit entendre ; c'était M. de Garlande qui reconduisait son orfèvre.

— Ne le quittez pas !... dit la jeune femme. Mais on vient...

Et elle s'éloigna, laissant Daniel éperdu de cette parole, conseil ou prière : — « NE QUITTEZ PAS PARIS ! »

L'apparition de son patron et du magistrat l'arracha à ses réflexions ; il gagna le vestibule, et M. de Garlande, magistrat des plus imposants par sa haute taille, sa perruque et sa vaste robe, passa près de lui sans le voir.

Arrivé près de l'escalier :

— Holà ! Simon, cria-t-il, reconduisez monsieur Oudard.

Daniel était déjà dans l'escalier.

Le domestique leur ouvrit, mais avant qu'il eût pu voir jouer le secret de la serrure mystérieuse.

IV

M. RENAU DE GARLANDE.

— Maintenant, mon ami, dit maître Oudard à Daniel quand la porte de M. de Garlande se fut refermée sur eux, nous allons faire un petit tour de promenade avant le dîner, le tour de l'île seulement.

Ils prirent ensemble la rue de la Barillerie, visitèrent ensuite Notre-Dame, puis, revenant sur leurs pas à travers un lacis de rues infectes, qui servirent si longtemps de repaires aux malfaiteurs et aux prostituées, et de souricières à la police, ils visitèrent le Palais, ses galeries célèbres, la Sainte-Chapelle, et rentrèrent par le quai de l'Horloge.

Arrivé près de la tour carrée, Daniel vit, au delà du Pont-au-Change, une bastille énorme et noire.

— Qu'est-ce que cela ? demanda-t-il.

— Le Grand-Châtelet, mon ami. Nous sommes ici entre deux prisons : ces murs au pied desquels nous sommes sont ceux de la Conciergerie, et le Grand-Châtelet est le siége de la police du royaume.

— C'est une belle chose que la morale ! repartit Daniel ; mais que tout ce qu'elle emploie pour sa défense est affreux ! Quelle horrible bâtisse !...

« D'après ce que j'ai vu depuis hier soir, je serais porté à croire que la moitié de la population est occupée à voler et assassiner l'autre. Ce ne sont que maisons de justice, gibets et prisons. »

Tout en parlant ainsi, Daniel tenait ses regards attachés sur le sombre monument.

Il se composait alors de trois tourelles, reliées par des constructions de diverses époques. Deux de ces tourelles, en pendentifs d'inégale grosseur, protégeaient les deux côtés d'une voûte qui donnait accès dans la ville.

Au sommet de l'une des tourelles était une galerie entourée d'une balustrade en fer et surmontée d'un toit conique ; cette galerie servait de *gaites* aux gardes de nuit.

La voûte supportait deux étages au milieu desquels était un cadran couronné d'un écusson aux armes de France.

Une grande statue de la Vierge tenant le Christ enveloppé dans son manteau était sculptée sur la clef de voûte.

Tel était au dehors l'aspect de ce monument célèbre ; nous aurons bientôt l'occasion de le visiter à l'intérieur.

Oudard et son ouvrier rentrèrent par la rue de Harlay, afin d'éviter le Pont-Neuf, d'où l'on était occupé à enlever les cadavres.

En passant devant la maison de l'examinateur, il hasarda un regard aux fenêtres : tout était clos.

— M. de Garlande, dit-il, a l'air d'un imposant magistrat, n'est-ce pas ?

Mais le maître-orfèvre garda le silence.

Le soir Daniel devait être plus heureux avec son ami Éloi, à qui il offrit à souper.

Lorsque la bouteille du dessert eut réchauffé les cœurs et délié les langues :

— Tu sais, dit Daniel, la maison que tu me fis voir hier ?.. J'y ai pénétré ce matin avec mon patron.

— Ah ! comment cela ?

— Il avait des bijoux à reporter, mais quel homme est-ce donc que ce M. de Garlande ?

— Un vilain homme.

— Assurément, il en a l'air.

— L'air et la chanson.

— Encore un avare ?

— Pas trop, mais...

— Qu'est-ce ?

— Tu n'as pas vu sa femme ?..

— Si, répondit Daniel non sans un serrement de cœur.

— Qu'en dis-tu ?... Est-elle belle ?..

— Elle est très-belle.

— Comme tu me dis cela !

— Parce que je me demande quel mal on peut en dire.

— Oh ! aucun. Elle ne fait point parler d'elle : c'est une très-honnête dame, et peu de personnes se doutent combien elle est malheureuse.

— Son mari ne l'aime pas ?

— Au contraire. Mais il est d'une insupportable jalousie. Il aime sa femme à la manière dont les avares aiment leur or. Il aime à la voir, et la tient cachée à tous les yeux.

— Mais si les avares ne jettent pas leur or par la fenêtre, du moins ils y touchent... et ta comparaison n'est pas juste.

— Plus juste que tu ne le crois.

— Baste !

— De Garlande n'est plus jeune ; il ne l'est plus depuis une soixantaine d'années, et... Oh ! mon bon ! nous autres apothicaires, nous savons bien des choses, va !...

« Ce vieux fou, ce vieux maniaque, ayant été appelé il y a

un an en Normandie, — la terre promise des gens de justice, — y tomba amoureux de mademoiselle Denise de Champluisant.

« Elle avait dix-sept ans et était sans fortune.

« Ses parents s'étaient ruinés en procès. Elle voulait entrer en religion; ses parents s'y opposèrent et la forcèrent à se marier. Les Champluisant ayant gagné un de leurs procès, grâce au zèle de M. de Garlande, donnèrent à celui-ci leur fille.

« Elle eut beau dire et beau pleurer.

« A toutes ses raisons son père répondait :

« — Les de Garlande sont de bonne noblesse.

« — Eh ! que m'importe ! je n'ai que dix-sept ans.

« — Tu seras un jour appelée madame la lieutenante ou madame la présidente.

« — J'ai horreur des gens de robe, que la robe soit noire ou écarlate, doublée de vair ou d'hermine.

« Il lui fallut bien se soumettre. De Garlande l'emmena à Paris comme s'il l'avait volée. Elle n'aimait pas le monde : il en fut enchanté et la cloîtra.

« Elle ne sort que pour aller à l'église.

« Quand elle n'est pas gardée à vue par son mari, elle l'est par un vieux domestique, frère de lait du vieux magistrat. Elle expie ainsi le crime d'être belle.

— Tu l'as vue? fit Daniel. Oh ! oui, elle est belle !... Mais tu ne saurais croire comme tout ce que tu me racontes m'intéresse, tiens !... Seulement comme je suis heureux de savoir son nom ! Celui de son mari me déplait.

« Elle s'appelle Denise... Denise !...

« C'est un joli nom, n'est-ce pas ?

« Je ne savais comment l'appeler en moi-même.

— Ah çà ! s'écria Éloi, es-tu fou ?.. Est-ce que ?...

— Oui, pardieu ! oui, je suis l'un et l'autre ; amoureux fou, mon ami, et je vais te dire comment cela m'est arrivé.

« D'abord, ce matin, je l'aperçus à sa fenêtre.

« J'allais chez mon patron. Il était un peu matin, il est vrai : le soleil se levait.

« Elle se croyait seule, et je pus la voir dans cet abandon naturel et gracieux qui n'a que le ciel pour témoin.

« J'étais ravi.

« Elle m'aperçut à son tour, et, rougissante, se hâta de fermer la fenêtre.

« Après midi, mon patron me conduisit avec lui chez le magistrat, ainsi que je te l'ai dit. Je l'attendais dans une pièce qui sert de vestibule.

« Denise... par hasard, y entra.

« Son premier mouvement fut celui de la retraite; mais, par politesse, elle crut devoir m'adresser quelques paroles, et j'en profitai; — oh ! bien naturellement, sans calcul, — pour lui dire que je l'aimais.

— Et que dit elle? fit Éloi palpitant de curiosité.

— Elle me railla. Puis, lorsque je lui dis que bientôt je serais obligé de quitter la ville, — et dans ce moment son mari arrivait :

« — Ne quittez pas Paris, me dit-elle.

« — Elle te dit cela?

« — Oui.

« — Incroyable!

« — Et tu penses, Éloi, si à cette heure, dussent tous les édits du roi interdire toutes les branches de l'orfèvrerie, je quitterais Paris?... Je souffrirais plutôt mille morts!

— Bravo! Daniel; à la bonne heure! Moi, je suis ainsi.

— Ah!... Tu aimes donc aussi, toi?

Éloi rapprocha l'un de l'autre les deux grands sourcils noirs qui accentuaient son pâle visage, et d'une voix assourdie :

— Oui, dit-il.

Puis avec effort :

— Tu es le premier à qui j'ose le dire, Daniel; mais ta franchise, ton cœur ouvert, ont gagné ma confiance. Oui, mon ami, moi aussi, j'ai le malheur d'aimer.

— Le bonheur, veux-tu dire?

— Heu!... non, le malheur. Et j'ai bien peur que tu t'en aperçoives un jour, mon pauvre Daniel. Entre celle que j'aime et moi, il y a un abîme. Elle est noble, elle est mariée, elle est riche, et je ne suis rien de tout cela.

— Et où en êtes-vous? demanda Varillas.

— Moi, j'en suis au commencement.

— Et elle?

— Elle n'y est pas encore.

— Ah! diable! fit Daniel avec un sourire. Tu es moins avancé que moi et tu trembles déjà! Mais se doute-t-elle de ton amour?

— Non.

— Mais il faut rompre le silence. Il faut...

— Impossible! répondit Éloi en baissant la tête.

— Tu as peur?

— Ce n'est pas cela.

— Son mari la garde de trop près?

— Non plus.

— Elle est inabordable?

— Pour moi, non.

— Explique-toi, de grâce!

— C'est délicat.

— Courage! Tu as commencé tes confidences, il faut aller jusqu'au bout! Allons! un verre de généreux bourgogne et conte-moi tout.

Éloi vida lentement son verre, et le posant d'un air préoccupé :

— Mon cher ami, dit-il, si je t'en disais davantage, j'en dirais trop. Je serais obligé de dévoiler certains secrets qui ne m'appartiennent pas, de te faire pressentir certains mystères qui m'effraient.

« Non. — Ce que je puis te dire, du moins, c'est que cette grande dame est de la cour, et que son mari est très-puissant; que je suis au jour le jour initié, sans qu'ils s'en doutent ni l'un ni l'autre, à une intrigue dont le résultat probable me fait frémir.

« L'amour qui me possède ne m'entraînera-t-il pas à quelques frais de curiosité périlleuse ou de dévouement?

« Serai-je un jour entraîné dans leur intrigue?

« J'en tremble.

« Et cependant je ne saurais m'en détacher. Mon sort, à moi, pauvre diable, se lie chaque jour par un fil de plus, par un fil invisible, à la destinée de celle que j'aime.

« Et si je ne sers à la sauver... peut-être périrai-je avec elle.

« Voilà pourquoi je te disais : « C'est un malheur! »

« Et de ton côté l'horizon n'est pas moins noir.

« D'abord de Garlande est jaloux, méfiant, rusé et cruel. Puis enfin un de ces jours le bonhomme Oudard peut t'engager à aller revoir notre beau pays.

— Je resterai.

— Mais il faut vivre ; que feras-tu?

— Je ne sais pas, je me débattrai, je souffrirai toutes les misères; mais, comme ce soir, je pourrai toujours me dire : « Demain je la reverrai à sa fenêtre ou à l'église... » Que sais-je?...

— Mais qu'espères-tu, en fin de compte?

— Tout et rien!... Éloi, tu raisonnes, et tu dis que tu aimes? Tu n'aimes pas, mon cher ami.

V

UN COUP DE TÊTE.

Plusieurs jours se passèrent sans incident nouveau.

Chaque matin Daniel passait le long de la Seine, et Denise était à sa fenêtre ou ne tardait pas à y venir.

Un jour, elle laissa tomber une fleur.

Un autre jour, il lui envoya un baiser; elle mit un doigt sur sa bouche et disparut. Un dimanche, il la suivit à l'église Saint-Germain-l'Auxerrois, paroisse du Châtelet; mais elle était sous escorte de son mari et portait un masque de velours, selon la mode du temps.

Un soir, comme il s'était arrêté près de la maison, il entendit des pleurs et des cris, des cris de femme. Cette femme était Denise, sans doute. Il vit des lumières courir derrière les rideaux de l'appartement. L'idée qu'elle pouvait être en butte à quelque violence le bouleversa. Les pensées les plus folles lui mirent la tête en feu, et son amour se compliqua d'une haine ardente contre le mari.

— Cela ne peut durer ainsi, se disait-il. Quand je ne servirais qu'à la délivrer de son mari, je lui serais bon à quelque chose.

« Mais pourquoi l'a-t-il maltraitée?

« Il est jaloux, dit Éloi. Était-ce une scène de jalousie? Mais à propos de qui?... A propos de quoi? »

Et à son tour il éprouva les premières inquiétudes de la jalousie.

Le lendemain, elle ne parut pas à la fenêtre.

Était-elle malade?

Nouvelles angoisses.

Il en perdit le sommeil, et bientôt toute aptitude au travail. Et jour et nuit il passait ses heures à se répéter : « Je veux la voir, lui parler; il le faut! »

Comme il était dans ces pensées et se torturait l'esprit à se demander les moyens qu'il emploierait pour parvenir jusqu'à elle, un de ces événements qui devaient se répéter souvent dans la carrière du magistrat instructeur vint lui offrir l'occasion si désirée.

La nuit tombait, il rentrait chez lui, quand une troupe nombreuse lui barra le chemin et s'arrêta devant la maison de Garlande.

C'étaient un huissier du Châtelet et douze sergents à cheval, accourus pour faire escorte au magistrat et lui prêter main-forte.

Un grand nombre de badauds achevaient d'encombrer le quai.

Au coin de la rue de Harlay, le vieux domestique tenait la mule de son maître et un poney pour lui-même.

Daniel s'approcha de la maison.

On parlait d'un crime qui avait été commis dans un village de la banlieue, à Montrouge. L'examinateur allait se transporter dans cet endroit pour instruire l'affaire.

Bientôt parut M. de Garlande.

Les badauds qui faisaient cercle devant la porte s'éloignèrent vers le coin de rue dont la borne devait servir de montoir au magistrat pour enfourcher sa mule.

Daniel se trouva seul.

Il faisait sombre.

La porte, le corridor, étaient ouverts et libres. Une idée audacieuse lui traversa l'esprit.

— Ils partent, maître et valet; personne ne me regarde... « Si j'entrais?... »

Il se jeta dans la maison et gravit l'escalier.

Personne...

Personne encore dans le vestibule, mais une obscurité profonde.

Il s'avança à tâtons.

— Si l'un d'eux revient sur ses pas, je suis perdu, pensait-il.

Il se heurtait aux meubles, aux portes fermées.

Au bruit qu'il faisait, madame de Garlande, un flambeau à la main, accourut :

— Ah! s'écria-t-il, je suis sauvé.

— Quoi! c'est vous! Grand Dieu! qu'y-a-t-il?

« Que voulez-vous?

— Vous voir.

— Mais c'est insensé!

— Vous savez bien que je vous aime.

— Fuyez; on vient.

On entendait des pas dans l'escalier.

— On vient?... Et vous me laisserez prendre?

— Eh bien!... mon Dieu!... Entrez vite, entrez ici.

Daniel entra.

— Tenez, là, dans ce cabinet, indiqua madame de Garlande.

Daniel se jeta dans l'endroit indiqué.

C'était le domestique qui rentrait pour prendre un objet oublié par son maître.

— Madame, nous partons, dit-il. Auriez-vous la bonté de me donner le portefeuille de M. de Garlande?

— Je vous suis.

Et tous deux s'éloignèrent.

Daniel respira un moment, puis, entendant bientôt après le léger frôlement des pantoufles de Denise, il eut plus peur que jamais.

Elle lui dit à voix haute :

— Maintenant, monsieur, vous pouvez sortir.

Il y avait dans l'accent de ces paroles quelque chose d'âpre et comme le ressentiment du danger qu'elle avait couru.

Aussi Daniel était très-pâle en repassant devant elle.

— Vous êtes courroucée contre moi, lui dit-il.

Elle garda le silence.

— Pardonnez-moi.

— Vous pouvez sortir.

— Pardonnez-moi, et je vous obéis.

— Eh bien! je vous pardonne.

Les yeux baissés, tremblant, il fit quelques pas vers la porte.

— Oh! que je suis malheureux! s'écria-t-il. Je vous ai causé de la peine... j'aurais dû le prévoir... mais le hasard a tout fait. J'étais là près de la porte ouverte. Je les voyais partir; je n'ai pu résister. J'ai voulu vous revoir. Il y a si longtemps que je ne vous ai vue. Voilà trois jours.

« Et je mourais d'ennui et aussi d'inquiétude depuis

Il appela à l'aide une ronde à cheval qui passait. (Page 11.)

cette nuit où je vous entendis crier.

— Que dites-vous ?

— Vous criiez, vous pleuriez.

— Moi ? fit-elle troublée.

— N'était-ce pas vous ?

La jeune femme ne savait pas feindre. et son trouble augmenta sous le regard de Daniel.

— Vous m'avez entendue !... Vous étiez dans la rue, à cette heure?

— N'y suis-je pas toujours ? Oh ! combien j'ai souffert !... Comment vous peindre l'horreur et la colère qui s'emparèrent de moi... et le désespoir de mon impuissance... et le lendemain... le lendemain, l'inquiétude affreuse que j'éprouvai en ne vous revoyant point comme d'habitude à la fenêtre?

« Vous trouvez ma conduite insensée... Mais c'est qu'il y a de quoi devenir fou. Je n'ai rien au monde que le bonheur de vous voir. Vous occupez sans cesse ma pensée. Je sais que vous n'êtes pas heureuse et j'en souffre. Je vous entendis pleurer et je mesurai d'un regard de haine impuissante la distance qui me séparait du monstre qui vous arrachait des larmes.

— Monsieur ! se récria madame de Garlande.

— Si! si ! s'écria Daniel en se jetant à ses genoux. « Laissez-moi dire que c'est un monstre, laissez-moi vous dire que je le hais... Eh ! ne vous ai-je pas dit pl ne vous ai-je pas dit que je vous aime?

— Vous abusez étrangement de ma bonté, fit-elle to frémissante, — de la solitude où je me trouve. A q prétendent toutes ces folies ? — Oui, j'ai pleuré. Qui n'a peines? Je suis malheureuse... Eh bien ! qu'y pouvez-vo Allez ! si vous m'aimez, n'aggravez pas mes misères; chevez pas de me perdre. Retirez-vous. Oubliez-moi.

— Je me retire, madame, mais quant à vous oublie

Un sanglot lui coupa la voix.

— Jamais ! acheva-t-il.

Puis, avec la présence d'esprit qui n'est souvent que l satiable appétit de la passion :

— Adieu ! reprit-il en lui prenant la main et en la p tant à ses lèvres.

« Vous ne me dites plus : *Restez!*... J avais mal enten mal compris. J'avais cru que je pouvais vous être bo quelque chose... A côté de ce vieillard terrible... de mari-geôlier, sans famille, sans ami, sans appui, non-s lement vous n'êtes pas heureuse, mais vous n'êtes pas sûreté.

« Je m'étais dit : — « Si un jour elle a besoin d' amitié, d'un dévouement, je serai là... On ne sait pa C'est pour cela qu'elle m'a dit *restez*. »

« Sentant quelqu'un près d'elle, à sa portée, elle aura moins peur... »

« Je m'étais donc trompé ? »

Denise garda le silence.

— Vous ne répondez pas ?...

— Vous avez attaché à ces paroles trop d'importance. Elles m'ont été arrachées par un mouvement de sympathie pour vous... je ne m'en cache pas... mais elles n'étaient pas réfléchies. Je suis excusable. L'isolement et l'ennui exagèrent aussi la sensibilité. Puis ce que vous me disiez m'allait au cœur. Vous êtes le premier qui me teniez un langage sincère... Et il m'a semblé, quand vous m'avez dit que vous partiez, que j'allais laisser partir un ami.

— Et vous ne vous trompiez pas, reprit Daniel en se rapprochant d'elle. Vous aviez en moi un ami.

« Mais alors, rendez-moi cette petite main que vous m'avez retirée.

« Ouvrez-moi votre cœur, comme je vous ouvre le mien.

« Dites-moi, Denise, pourquoi donc pleuriez-vous l'autre nuit ?

— Oh ! ne me demandez pas de ces choses ; j'en serais honteuse.

— Mais moi j'en suis inquiet. On le dit très-jaloux. Était-ce une scène de jalousie ?

— Quelle folie !... Il serait jaloux de son ombre. Non, mais j'écrivais, parce que je voudrais m'apprendre à bien écrire.

— Quel mal à cela ?

— Il ne veut pas ; il prétend que c'est inutile pour une femme. Il me défend les plumes et le papier. Il me surprit ; il voulut voir ce que j'écrivais.

— Ah !... Et qu'écriviez-vous ?

— Vous aussi ?

— Oh ! ce n'est pas la même chose.

— Eh bien !... fit Denise comme si elle accordait déjà que ce n'était pas la même chose, — j'écrivais des choses imaginaires à un oncle que j'ai connu quand j'étais petite et qui m'aimait beaucoup ; je lui écrivais que j'étais bien malheureuse et que je l'aimais, et quand mon mari est entré, j'ai arraché la lettre avec mes dents.

— Vous voyez bien qu'il faut aimer, Denise, et que cela fait du bien d'aimer. Je ne vous demande pas s'il vous a maltraitée... Je ne veux pas que vous ayez à rougir devant moi, même de lui.

— Ah ! je le déteste, allez, autant que je le crains. J'ai d'abord demandé à Dieu la grâce de l'aimer, mais Dieu ne me l'a pas accordée. A cette heure, je le hais... puisqu'il m'est défendu d'aimer.

— Oh ! que dites-vous ?...

— Oui, car vous ne savez pas quel homme terrible est M. de Garlande !... Il me l'a dit, d'ailleurs : celui que j'aimerais, il le tuerait !... Aussi, je vous en supplie, oubliez-moi, ne m'aimez pas, ne venez plus ici.

« A cette pensée que je pourrais être cause de votre mort... je tremble.

— Pourquoi trembler ? il ne rentrera pas cette nuit, peut-être.

— Mais le domestique peut rentrer. Il ne doit aller que jusqu'à Montrouge et revenir. Mon Dieu ! il y a peut-être longtemps que vous êtes ici. Partez, je vous en prie.

— Est-ce pour moi que vous avez peur ?

— Oui, pour vous.

— Oh ! qu'il me faut de courage pour m'en aller !

— Venez, je vais vous conduire, car la porte est fermée à un secret que je ne connais pas ; mais vous sortirez par la cour et l'écurie qui donne sur la rue de Harlay.

Elle alluma une petite lampe, et, abritant la flamme de sa main, elle le guida jusqu'à la cour.

Mais, au grand air, la lumière vacilla.

— Donnez la lampe, dit Daniel ; je vois mon chemin. Adieu.

Il se pencha vers elle et si près, qu'elle sentit sur ses lèvres le mot adieu.

Puis il s'éloigna en lui disant :

— N'oubliez pas votre ami Daniel Varillas.

Pendant un instant elle écouta le bruit de ses pas, et rentra chez elle, tremblante comme une coupable et le cœur troublé pour la première fois.

VI

COMMENT DENISE APPRIT QU'ELLE L'AVAIT ÉCHAPPÉ BELLE.

A peine Denise était-elle couchée qu'elle entendit rentrer le domestique.

M. de Garlande ne rentra que beaucoup plus tard et ne voulut pas la réveiller.

Comme on le pense, elle fut de bonne heure à la fenêtre. Le ciel pur se teintait de rose ; une brise fraîche de l'est enlevait aux peupliers de la rivière leurs premières feuilles jaunes.

Denise jeta une pelisse sur ses épaules et attendit ; mais alors ses yeux ne cherchaient plus le ciel : ils se fatiguaient à surveiller le coin de la rue Dauphine et ne le quittaient que pour se tourner vers l'extrémité du pont Saint-Michel.

Cependant le soleil se leva sur l'horizon, et l'heure habituelle, l'heure toute entière se passa sans qu'elle vît venir Daniel Varillas.

A l'impatience succéda chez elle le dépit, puis à la fin une vague inquiétude, et elle était attristée lorsqu'elle fut obligée de se retirer pour songer à sa toilette et au déjeuner.

M. de Garlande déjeunait à dix heures.

Il se rendait à huit heures au Châtelet, y prenait les noms des nouveaux écroués, quelquefois en interrogeait sommairement quelques-uns ; puis, lorsqu'il s'était ouvert l'appétit, rentrait à la maison.

Le couvert était mis, et Denise avait donné un dernier coup d'œil à la cuisine.

Le grand vieillard arrivait d'un pas alerte, la lèvre humide de gourmandise, et après avoir donné à sa femme un baiser sur le front :

— Eh bien ! madame, qu'avons-nous aujourd'hui ? demandait-il.

Et si le déjeuner était friand et le mettait de bonne humeur, il racontait ce que nous appelons aujourd'hui les faits divers de la veille, les prouesses des sergents ou du guet, ou ses propres aventures.

Ce qui faisait que madame de Garlande finissait par s'intéresser aux voleurs.

A son retour de Montrouge, M. de Garlande devait avoir

beaucoup à raconter, et sans doute des choses très-intéressantes, car il était de très-bonne humeur.

Mais il n'avait point d'assez bonnes dents pour pouvoir causer la fourchette à la main, et il devait attendre le demi-loisir que lui laisserait le dessert.

L'entrée en scène du fromage de Brie lui donna le signal.

— Il faut que je vous conte, dit-il, ce qui m'est arrivé depuis hier soir, et je vous réserve une grande surprise...

« Seulement, n'allez pas en prendre peur, au moins...

— Il faudrait que cela fût bien terrible pour me faire peur, répondit Denise, car, depuis un an que je suis à Paris, je crois avoir appris de messieurs les voleurs, faussaires, faux-monnayeurs et assassins tout ce qu'on peut imaginer.

— C'est du nouveau, du tout nouveau... Mais d'abord je dois vous dire l'affaire qui m'appelait à Montrouge.

— Un empoisonnement, peut-être?

— Non. Le poison fait toujours ses ravages, mais il ne s'emploie que dans les grandes familles. J'allais chez des paysans.

— Alors, quelque affaire de sorcellerie?

— Nous avons aussi beaucoup de sorciers en ce moment, mais c'est surtout dans la Brie, où l'on perd à cause d'eux des troupeaux entiers. On en doit brûler un cette semaine. Non, il s'agissait à Montrouge d'une affaire de passion : un paysan qui a surpris sa femme avec un jeune homme et qui les a tués tous deux à coup de hache.

— Pauvres gens!... laissa échapper Denise.

— Comment, pauvres gens!... J'ai emmené le malheureux mari.

— Et que lui fera-t-on?

— Il sera pendu.

— Ah! tant mieux!

M. de Garlande fit la grimace. Mais il compta se rattraper avec la seconde histoire qu'il avait annoncée.

— Maintenant, ma mie, tenez-vous bien, fit-il. Figurez-vous que pendant mon absence un larron s'est introduit dans la demeure d'un magistrat.

« C'était au milieu de la nuit.

« Il allait s'échapper et déjà entr'ouvrait la porte, quand un domestique, en rentrant, le surprit, referma la porte et appela à l'aide une ronde du guet à cheval qui passait...

« Et ce matin je trouvai mon voleur au Grand-Châtelet.

« Vous ne devinez pas chez quel magistrat le fait est arrivé?...

— Mais... balbutia Denise devenue pâle d'une pâleur de morte, mais c'est chez vous, peut-être?...

— Ah! ah! fit de Garlande riant de sa frayeur, j'étais sûr de vous intéresser, cette fois.

« Oui, c'est chez nous. Simon, notre valet, allait remettre son cheval à l'écurie quand il vit le coquin ouvrir la porte et le saisit hardiment au collet.

« Mais qu'avez-vous?... N'allez-vous pas vous trouver mal?... Là! là!... quelle sottise!... »

La pauvre femme avait perdu connaissance. De Garlande appela la cuisinière, et, aidé de cette fille, prodigua à Denise tous les soins d'usage en pareil cas.

Il fallut la déshabiller et la mettre au lit.

Lorsque enfin la syncope fut passée et que la jeune femme eut recouvré quelques forces, elle appela son mari.

— J'ai été un imprudent, lui dit-il; pardonnez-le-moi, ma chère amie, mais je vous croyais plus courageuse.

« Simon, lui, avait été plus sage, et il avait su se taire. Allons! n'y pensons plus. Vous voilà mieux, vos couleurs reviennent.

— Oh! je suis tout à fait remise; mais dites-moi, monsieur, ce garçon?...

— Ne parlons plus de ce misérable.

— Mais si, je veux savoir.

— En quoi peut vous intéresser un voleur!

— Mais si ce n'est pas un voleur?

— Je l'ai vu, je l'ai interrogé. Il a d'abord nié très-fièrement qu'il fût un voleur; mais, pressé de questions, il n'a pu naturellement expliquer sa conduite, et il a gardé le silence. Maintenant le reste regarde le grand prévôt...

« C'est un cas prévôtal.

« J'ai fait mon rapport... Il a refusé de dire son nom... mais nous avons au Châtelet des moyens pour le forcer à parler et avouer son crime.

— Grand Dieu!... grand Dieu! soupira madame de Garlande en se tordant les mains de désespoir.

« Allez-vous donc le mettre à la torture?

— Sans doute.

— Oh! cela ne sera pas!...

— Et pourquoi donc?

— Il faut l'empêcher, vous, monsieur.

— Enfant que vous êtes! C'est un cas prévôtal; la justice prévôtale s'en empare sur l'heure et suit son cours. Je n'y puis rien.

— Mais ce n'est pas un voleur!...

— Qu'en savez-vous?

— Je le sais.

— Et qu'est-ce donc, alors?... Le connaissez-vous, l'avez-vous vu pour parler de la sorte?

— Oui, ici même... et tuez-moi si vous le voulez, mais ce n'était pas pour voler qu'il était ici, c'était pour me voir.

Le vieillard parut comme foudroyé par cette révélation.

Il l'avait dit : — il ne pouvait rien; la justice devait suivre son cours, et, en présence du grand prévôt et de ses collègues, le coupable mis à la question pouvait le déshonorer.

Denise, par sa révélation, s'était sacrifiée, spontanément, — et nous dirons naïvement, car *elle* avait espéré jeter ainsi son mari dans un embarras extrême et le forcer à se désister de toute poursuite contre Daniel Varillas.

Elle n'avait, au contraire, qu'achevé de perdre le malheureux.

Elle avait voulu effrayer de Garlande, et elle y était arrivée; mais elle avait prêté à ses relations avec Daniel un caractère grave qu'elles n'avaient pas.

En revenant sur ce qu'elle avait dit, en cherchant à en atténuer la portée, elle n'eût fait qu'accroître la jalousie de son mari.

Celui-ci, d'ailleurs, ne songea pas un instant à l'interroger, et tout d'abord l'oublia pour ne penser qu'à Daniel.

— Il faut à tout prix, se disait-il, que je l'empêche de parler.

« S'il est homme de cœur, il gardera son secret; mais j'ai tout lieu de craindre le contraire. Il m'a l'air d'un pauvre diable, qui sera trop fier de se vanter de sa bonne fortune. — Alors Dieu sait ce qu'il va raconter!... Et, pour comble de honte, il faudra que cette malheureuse comparaisse comme témoin en ma présence et devant mes collègues !...

« On n'a rien trouvé sur lui qui puisse servir à prouver qu'il était un voleur.

« Je vais être la fable de Paris.

« Décidément la maison de Jacques Tardieu porte malheur. »

Ce qu'il y avait de funeste pour lui, c'est qu'après un interrogatoire sommaire, il avait fait son rapport, abandonné ainsi sa tâche de magistrat examinateur et envoyé Daniel au grand prévôt.

Autrement, s'il s'était moins pressé, Daniel serait resté entre ses mains tant qu'il l'aurait voulu, et il aurait eu le loisir de le laisser périr dans une basse-fosse du Grand Châtelet.

Ajoutons enfin que s'il avait fait jour au moment où il avait été arrêté, Daniel n'aurait eu affaire qu'au tribunal de simple police.

Mais il était accusé de s'être introduit nuitamment dans une maison habitée...

C'était une affaire criminelle.

A cette époque (que l'on nous permette ces explications historiques, dont nous promettons de ne pas abuser, mais qui sont indispensables ici) la prévôté de Paris était composée de plusieurs chambres, savoir :

La chambre de la prévôté au parc civil;

La chambre civile;

La chambre de police;

La chambre criminelle;

La chambre du procureur du roi.

Le grand prévôt présidait seul la chambre de police, et sous Louis XIV il avait dû abandonner au lieutenant-criminel la présidence de la chambre que remplace aujourd'hui — et avantageusement — notre cour d'assises.

Le lieutenant-criminel était assisté des conseillers du Châtelet.

Les audiences se tenaient de midi à deux heures.

En 1665, le grand prévôt de Paris était M. Dreux-Daubray, — le père de la Brinvilliers, — et son lieutenant-criminel Pierre Séguier, marquis de Saint-Brisson.

Au moment où M. de Garlande se rendit au Châtelet, il était midi et demi : l'audience était ouverte, et l'on terminait une affaire après laquelle Daniel devait être entendu.

A une heure, le jugement était prononcé, et, quelques minutes plus tard, l'inconnu arrêté rue de Harlay paraissait devant le tribunal.

VII

DEVANT LE LIEUTENANT-CRIMINEL.

Daniel s'était armé de tout son courage.

M. de Garlande le vit mieux cette fois, et sous un jour nouveau. Il ne put s'empêcher de rendre justice aux avantages que son jeune rival tenait de la nature, et l'air calme et énergique, l'attitude à la fois digne et respectueuse de celui-ci lui donnèrent à penser qu'il pouvait avoir affaire à quelque gentilhomme déguisé.

Après la lecture du rapport, qui était fort court, le lieutenant-criminel procéda à l'interrogatoire.

— Vos noms?

— Daniel.

— Vous n'avez pas d'autre nom?

— Non, monsieur.

— Votre âge?

— Vingt et un ans.

— Le lieu de votre naissance?

— Paris.

— Votre état?

— Je refuse de répondre.

— Vos moyens d'existence ne sont donc pas avouables?

— J'appartiens à une famille honnête; j'ai pour patron un commerçant honorable, et j'ai toujours travaillé et vécu honorablement; mais je ne veux pas que mes parents et mes amis soient instruits de ce qui m'arrive.

— Nous comprenons jusqu'à un certain point les motifs qui peuvent dicter une semblable réponse, mais nous avons mission de rechercher la vérité, et votre premier devoir est de ne rien cacher à la justice.

« Vous vous êtes introduit la nuit dans une maison habitée : dans quel but?

— Je ne puis répondre.

— Ce ne peut être que dans un but coupable.

— Non, monsieur.

— Quelle autre intention que celle de voler peut vous avoir poussé à vous introduire pendant la nuit chez M. de Garlande?

— Je ne suis pas un voleur.

— Prouvez-le.

— Je ne sais pas mentir et je n'inventerai aucune explication mensongère pour me défendre. Je proteste seulement de mon honnêteté.

— Vous dites que vous ne savez pas mentir. D'où vient que vous me répondez que votre lieu de naissance est Paris, quand votre physionomie, votre accent, votre coiffure, tout trahit en vous un méridional?

Daniel rougit.

— J'ai eu tort, je l'avoue; je suis d'une province du Midi, mais je veux rester inconnu.

— Le nom que vous donnez n'est pas le vôtre?

— C'est le mien.

— Ce n'est pas un nom catholique. Seriez-vous juif, ou de la religion prétendue réformée?

— Je suis catholique. Ce nom de Daniel est celui d'un de mes parents qui en effet appartenait à la religion réformée; je le porte en mémoire de lui.

— Vous vous enveloppez de mystère. Espérez-vous donc que la justice renoncera à connaître la vérité? Croyez-vous échapper au châtiment?... Désabusez-vous; vous ne faites que rendre votre position plus grave.

« En nous cachant vos antécédents, vous nous portez à croire que vous êtes de ces vagabonds qui n'ont d'autres ressources que celles de tous les crimes.

« Au contraire, si vous les éclairiez sur vos antécédents et si vous leur prouviez par des témoins que vous en êtes à votre première faute, vous êtes jeune, et vos juges pourraient avoir pour vous quelque indulgence, dans les limites de la loi.

« Réfléchissez.

— En entrant ici, répondit Daniel d'une voix assurée, j'ai laissé toute espérance. J'étais décidé à garder le silence et ma résolution ne faiblira pas.

— Peut-être. Si, après avoir employé la persuasion, vous persévérez dans ce silence coupable, nous emploierons la coercition. Nous avons ici au Châtelet tout ce qu'il faut pour cela. Vous serez mis à la torture. Des souffrances extraordinaires vous arracheront des aveux qui, à cette heure, vous concilieraient l'indulgence du tribunal, et qui, plus tard, ne seront dignes d'aucune pitié.

Daniel garda le silence.

Le conseil délibéra et conclut à une instruction nouvelle, pour laquelle il autorisait les moyens ordinaires et extraordinaires de la torture.

Des sergents emmenèrent l'accusé dans son cachot.

La menace de la torture ne lui avait fait rien perdre de son calme.

De son côté, de Garlande se sentait soulagé d'un grand poids. Ce premier mauvais pas franchi, il avait recouvré quelque espérance en voyant du temps devant lui.

Il savait mieux que personne, pour l'avoir vu appliquer cent fois, ce qu'était le supplice de la question : les souffrances endurées par le patient étaient tellement intolérables, que des innocents, pour y échapper, convenaient d'avoir commis les crimes dont ils étaient accusés.

Mais s'il avait lieu de douter d'un silence qui eût été un acte d'héroïsme, il pouvait tenter de soustraire Daniel à la torture, soit en lui procurant les moyens de fuir, soit en lui facilitant les moyens de se suicider.

Tout en roulant ces pensées dans son esprit, il se dirigea vers le cachot de Daniel.

Il y avait au grand Châtelet quinze prisons différentes, dont voici les noms :

Les prisons de *Barbarie*, de *Gloriette* et de *Bauvez;*

Les prisons du *Puits* et de la *Gourdème*, de la *Fosse* et du *Beiteul;*

Les *Oubliettes*.

Les prisons de la *Boucherie*, la prison aux *Femmes*, dite la *Griesche*, la prison des *Chesnes;*

Les prisons de *Beauvoir*, de la *Mote*, de *la Salle* et de *la Biaumont*.

Un magistrat cité par M. Desmaze, dans son *Histoire du Châtelet*, écrivait il y a cent ans de ces prisons :

« Ce sont des antres humides et ténébreux, où les détenus, entassés les uns sur les autres, s'apportent et se communiquent des maladies de toute espèce.

« Les cellules destinées aux malheureux qui n'ont aucun moyen de payer sont plutôt des trous que des logements.

« Celles qui sont sous les marches d'escalier ont six pieds carrés ; on y place cinq prisonniers. Les autres, où l'on peut à peine se tenir debout, ne reçoivent d'autre jour que celui de la cour. Une odeur infecte les rend horribles.

« Mais ce qu'il est impossible de voir sans pitié, ce sont les cachots souterrains.

« Ces cachots sont au niveau de la rivière ; la seule épaisseur des murs les garantit de l'inondation, et toute l'année l'eau filtre à travers les voûtes.

« Là sont pratiqués des réceptacles de cinq pieds de large sur six pieds de long, dans lesquels on ne peut entrer qu'en rampant, et dans lesquels on renferme cinq ou six détenus.

« Même en été, l'air n'y pénètre que par une petite ouverture de trois pouces, percée au-dessus de l'entrée, et lorsqu'on passe en face, *on est frappé comme d'un coup de feu.*

« Ces cachots, n'ayant de sortie que sur les étroites galeries qui les environnent, ne reçoivent pas plus de jour que ces souterrains où l'on n'aperçoit aucun soupirail. »

Tout cela est tellement horrible, qu'on aurait du mal à le croire si on le rencontrait pour la première fois dans un roman ; aussi avons-nous tenu à citer un historien sérieux afin de garder à notre récit sa vraisemblance.

L'auteur ne parle pas des oubliettes.

Elles sont nommées dans le livre des *Mestiers de la ville de Paris*, à l'article des « estatuts de la geôle du Chastelet de Paris. »

Elles faisaient partie des cachots souterrains.

Dans toutes ces prisons, payait qui pouvait pour avoir de la paille ou de la nourriture, et qui n'avait pas d'argent, — cela se conçoit, — ne faisait pas de vieux os.

Daniel Varillas se trouvait dans cette dernière catégorie.

Il n'avait droit qu'au fumier et à la dégoûtante pitance que lui accordait la charité.

Après avoir renouvelé ses provisions d'air pur dans la salle d'audience, il venait d'être réintégré dans un cachot de la *Biaumont*, lorsque de Garlande vint le trouver.

Il complétait un entassement de chair humaine réduite au plus triste état.

Lorsqu'on l'avait poussé dans ce trou infect et ténébreux, il y avait provoqué des hurlements sauvages.

Cinq ou six malheureux l'emplissaient déjà.

Et, écrasant l'un, bousculant l'autre, en aveugle, poussé et se débattant, il était allé tomber dans un grouillement de jambes, de bras, de corps, dont il ne pouvait se rendre compte.

Tout ce monde mourait de faim, grelottait de fièvre, se tordait d'asphyxie, et, confondant ses misères, ses plaintes, ses imprécations, ses cris, nouant et dénouant ses membres convulsés, composait dans les ténèbres une sorte de monstre, d'hydre dégoûtante et terrible.

Ce qu'on y endurait ne saurait se décrire.

Pouvait-on y dormir?

Pouvait-on y manger?

On y respirait à peine.

Quelquefois il s'élevait de ces enfers des cris, des appels désespérés.

C'étaient des détenus qui réclamaient l'enlèvement d'un cadavre.

Un d'eux était mort, et ils ne s'en étaient aperçus qu'à son état de décomposition.

Ou c'était un fou qui étranglait un de ses compagnons dans l'ombre.

Ou encore un désespéré qui tentait de se briser le crâne contre la muraille.

Ah! la place de Grève, la Croix-du-Trahoir, le gibet, la roue, n'effrayaient plus personne dans ces enfers.

On y soupirait après la potence.

On y appelait le bourreau.

Le seul espoir, c'était d'être appelé pour la chaîne des galériens.

Deux fois par jour, on ouvrait les portes des cellules pour renouveler l'air.

Mais les bâtiments, n'ayant pas d'ouverture extérieure, ne recevaient l'air que par en haut, ce qui n'établissait pas un courant, mais seulement une colonne d'air à peine suffisante pour ne pas étouffer.

Aussi les juges n'entraient jamais dans ces cloaques, et les gardiens ne s'y hasardaient que rarement.

De Garlande dit au guichetier d'ouvrir et d'appeler Daniel.

Daniel se dégagea de nouveau de son trou et reparut à la lumière.

Le guichetier s'éloigna.

Le prisonnier et le juge restèrent seuls en tête-à-tête.

VIII

UNE FAVEUR.

Daniel, encore pantelant du mal qu'il s'était donné pour sortir, attendait que son ennemi prît la parole.

— Vous tremblez? dit de Garlande.

— Non, mais on étouffe là-dedans.

— Vous en verrez bien d'autres.

— Tant mieux!

— Pourquoi tant mieux?

— Parce que j'en finirai plus vite avec la vie. Je crains moins la torture que ce cachot, et je crains moins la potence que la torture.

— Pourquoi n'avouez-vous pas que vous êtes un voleur? Vous éviteriez la question, qui est un supplice pire que la mort, et vous partiriez pour les galères.

— Je ne suis pas un voleur.

— A la question, quand les coins du brodequin de fer vous broieront les chairs et les os, vous serez bien forcé de l'avouer.

— Jamais!

— Que direz vous, alors?

— Rien.

— Et, si vous ne dites rien, savez-vous ce qui arrivera? Vous serez jeté au cachot jusqu'à ce que le mystère dont vous vous enveloppez soit éclairci.

« Quelle horrible destinée!...

« Voyons, Daniel, vous savez qui je suis : je suis M. de Garlande chez qui vous vous êtes introduit. Avouez-moi tout et je vous aiderai à vous tirer de ce mauvais pas. Tout d'abord je vous ai pris pour un malfaiteur de profession; mais votre langage, votre attitude, ne sont pas d'un coquin. Qui êtes-vous donc et que vouliez-vous en pénétrant la nuit chez moi?

« Avouez, je vous pardonnerai... quel que soit le tort que vous m'ayez causé. »

A ces paroles singulières, Daniel ne put dominer l'émotion qui s'empara de lui.

Il changea de visage.

Ses traits se détendirent; sa poitrine se gonfla.

De Garlande crut qu'il allait parler.

— Ah! ah! se dit-il, voilà le ressort qui se détend! voilà la confiance que je puis avoir dans sa discrétion!

Mais il dissimula et reprit d'un ton doucereux :

— Allons, mon garçon, du courage! Dites-moi tout, et je vous aiderai.

— Non, répliqua Daniel, et vous vous méprenez sur la cause de mon émotion. Vous êtes d'ailleurs la dernière personne à qui je révèlerais mon secret; et cependant, tenez-le pour certain, monsieur de Garlande, si je voulais parler, je serais mis en liberté.

« Vous feignez de vous intéresser à moi.

— Je m'y intéresse en effet, jeune homme.

— Eh bien! accordez-moi une faveur.

— Une faveur?

— Oui; au lieu de cette cellule, où je suis de trop, car six autres malheureux y gémissent, accordez-moi une prison où je sois seul... si noire, si humide, si affreuse qu'elle soit!...

Un éclair brilla dans les yeux de M. de Garlande.

Il appela le guichetier.

— Avez-vous une geôle vide?

— Toutes sont pleines, monsieur l'examinateur.

— A la *Biaumont;* mais ailleurs?

— Partout, sauf toutefois... Mais là seulement se logent les condamnés à perpétuité...

— Qu'importe! s'écria Daniel qu'effrayait par-dessus tout l'affreuse promiscuité dans laquelle il souffrait.

— Ce sont les cachots d'oubliettes, reprit le guichetier. Plusieurs sont vides.

De Garlande paraissait réfléchir et hésiter.

— Oh! je vous en supplie! implora Daniel, pourvu que je sois seul, même dans un tombeau.

— Vous l'entendez? fit de Garlande au guichetier, comme s'il eût voulu dégager sa responsabilité.

« En vérité, je ne sais si je peux acquiescer à une semblable demande. »

Et, au fond, l'honnête homme s'en réjouissait.

— Cela est contraire au règlement, disait-il encore... Mais, en définitive, si dans quelques jours il désire sortir des souterrains, on l'en fera remonter.

« D'ailleurs je vous le recommande, père Ledru, et malgré le nom de son nouveau séjour, vous ne l'oublierez pas.

— Monsieur de Garlande, comptez sur moi, répondit le geôlier en s'inclinant.

— Voilà six sous pour lui, ajouta le magistrat en déliant les cordons de sa bourse.

C'était mettre le comble à tant de bonté.

Ledru empocha les six sous et emmena le prisonnier.

De Garlande les suivit quelque temps des yeux; un pâle sourire effleurait ses lèvres.

— Va, mon garçon, semblait-il penser, tu as trouvé ton affaire : ton nouveau séjour est le tombeau des secrets.

Comme la mortalité, dans les prisons, était très-grande, il arrivait à plus d'un prévenu de périr avant d'obtenir le grade de condamné : et Daniel, prévenu obscur, pouvait périr sans qu'on s'en émût beaucoup au Grand-Châtelet.

Cependant celui-ci descendait avec le guichetier les deux étages qui séparaient du sol, puis descendait de nouveau.

Au bout d'une vingtaine de marches d'un escalier étroit et d'une humidité visqueuse, il atteignait une galerie.

Ledru avait, au bas de l'escalier, ramassé une énorme lanterne ronde garnie de corne, avait battu le briquet; puis, avec tout l'art que possédaient nos pères et qui a dégénéré depuis l'invention des allumettes phosphoriques, il avait allumé sa lanterne.

Au moment où la lumière se fit, Daniel remarqua qu'il y avait deux bouts de chandelles, l'un couché, l'autre debout, sous l'appareil de corne.

Il songea à en demander un au guichetier.

Ils suivirent le couloir souterrain, à peine assez large pour livrer passage à deux hommes.

Une humidité glaciale les enveloppait et noyait dans un brouillard la lueur jaune de la lanterne.

De dix pas en dix pas, à sa gauche, Daniel remarquait des baies larges et basses comme des gueules de four.

— Qu'est-ce que ces trous? demanda-t-il.

— Ce sont des entrées d'oubliettes.

Cette réponse lui donna le frisson.

— Sont-elles habitées?

— Non, si ce n'est par des rats qui s'y entre-dévorent et qui vous dévoreraient sûrement en un clin d'œil. Mais marchons plus loin; tout au bout, j'en ai une autre.

Il va sans dire que le prisonnier marchait devant le guichetier, bien qu'en somme ce dernier n'eût rien à redouter d'un jeune homme de beaucoup moins fort que lui et privé d'armes.

D'ailleurs, s'il avait craint un acte de rébellion, il eût requis quelques sergents.

Lorsqu'ils furent arrivés à l'extrémité de la galerie, Daniel vit devant lui, et non sur le côté, une dernière baie.

— C'est ici, dit le guichetier en le rejoignant et en déposant la lanterne auprès de l'ouverture.

« Ce cachot est préférable aux autres, parce que l'eau de la Seine n'y pénètre pas; il est derrière la tour de l'ouest et ne touche pas à la rivière.

— Mais comment pénétrer là-dedans? fit Daniel en considérant avec stupeur l'étroite ouverture qui n'avait pas trois pieds de hauteur.

— Faites ce que je vous dirai, répondit Ledru.

— Grand Dieu! exclama le malheureux.

— Ah! ah! vous tremblez à cette heure et vous regrettez votre première prison!

— Non, je ne regrette rien; mais, malgré tout, je pense que j'ai vingt et un ans et que voilà ma tombe.

— Baste! vous n'en mourrez pas. Allons, l'ami, du courage! Vous allez vous asseoir là, les jambes en avant sous la voûte; je vous pousserai et vous n'aurez qu'à vous laisser glisser pour arriver chez vous.

« Allons! allons!... »

Daniel, terrifié, murmura d'une voix rauque :

— Grâce!

— Comment, grâce! s'écria le guichetier. Est-ce que j'y puis quelque chose, moi? Allons, pas d'enfantillage! Je vous croyais un brave, moi! ajouta-t-il avec humeur.

Puis d'un ton rude et menaçant :

— Asseyez-vous, vous dis-je!

— Une grâce! reprit Daniel en se courbant.

— Quelle grâce? Vous déraisonnez, mon garçon.

— Vous avez deux chandelles...

— Eh bien?

— Accordez-m'en une.

Le guichetier ne put s'empêcher de rire.

— Et qu'en voulez-vous faire? On se couche très-bien sans chandelle et dans un oubliette.

— Mais je voudrais voir ma prison.

— Soit, mais dépêchons; asseyez-vous.

Et il appuya sa large main sur l'épaule du prisonnier qui chancela et tomba sur la dalle.

Puis, le saisissant sous les bras, il le poussa sous la voûte.

Le corps glissa, et le bruit de sa chute parvint jusqu'au guichetier, qui haussa les épaules.

Au moment de s'éloigner, Ledru se rappela cependant le vœu du prisonnier.

Il reprit sa lanterne.

« Si je lui montrais sa prison! » se dit-il.

Il se mit à genoux, puis, rampant sous l'entrée de la voûte, jusqu'au bord du glissoir, il tendit le bras armé de la lanterne.

— Regardez bien! cria-t-il.

Et il se retira un instant après suffoquant de rire.

Il ne lui restait plus qu'à fermer l'entrée par une lourde grille; — ce qu'il fit.

IX

LA VISION.

A la clarté subite qui pénétra dans l'oubliette, Daniel embrassa d'un regard tout ce qui l'entourait.

Ce fut une vision...

Vision rapide, mais horrible!...

Dire ce que baignaient les ténèbres de ce puits sinistre, l'horreur qui y régnait, parait tout d'abord impossible.

La lumière frappait trois pans de murailles noires, diamantées de salpêtre par places, et rangées çà et là par le temps; puis, au pied de ces murailles, un sol couvert de débris informes, blocs de pierre, tessons de poterie, ossements blanchis, carcasses noirâtres et pourries, ferrailles traînant dans la boue comme des reptiles monstrueux.

Les regards du prisonnier ne furent d'abord frappés que de l'ensemble, ou, pour mieux dire, n'eurent d'abord d'autre perception que celle de cet ensemble confus.

Quand la lumière se fut retirée, alors toujours accroupi au bas de l'ouverture, Daniel, les coudes aux genoux et les mains sur les yeux, laissa se dissiper son premier mouvement de surprise, se calma et rappela ses impressions.

Alors il revit son cachot et il revit mieux.

D'abord, distinctement, tout ce que nous avons indiqué pêle-mêle, puis d'autres détails qui devaient lui donner à réfléchir.

De l'aspect général il avait tiré cette conclusion, c'est qu'il était dans une de ces basses-fosses dont on ne sort plus.

Ces ossements, ces squelettes étaient des débris humains; c'étaient les restes de ses prédécesseurs.

Il se rappela un squelette contre le mur qui lui faisait face, et qui, plus il se le rappelait, lui semblait engagé, enfoncé dans la muraille.

Il classa dans sa mémoire différents autres débris, une chaîne qui prouvait qu'autrefois on enchaînait le prisonnier, et une barre de fer... toujours en face de lui.

Puis il se rappela ce que le guichetier lui avait dit :

« Ce cachot est préférable aux autres, parce que l'eau de la Seine n'y pénètre pas. Il est situé derrière la tour de l'ouest et ne touche pas à la rivière. »

Il revit dans sa mémoire la tour de l'ouest, qui donnait vers le quai de la Ferraille. Il était passé là une fois.

Derrière la tour on ne distinguait que la partie supérieure des murs du Châtelet; tout le bas était garni d'échoppes misérables d'aspect, mais fort achalandées...

Car autour du Châtelet se tenait encore le marché aux poissons.

Il s'était arrêté à considérer ces échoppes avec l'étonnement qu'éprouvait tout étranger à la vue de ces hideuses verrues de la capitale.

Et à cette heure il se les rappelait.

Toutes ces idées ne se produisaient point dans son cerveau avec l'ordre d'une froide réflexion, mais dans le rapide tourbillon d'une imagination exaltée.

Cependant il s'orientait dans son domaine de dix pieds carrés.

Il en prenait possession.

A quoi cela pouvait-il lui servir? se demandera-t-on peut-être.

C'est ainsi que cela se passe toujours.

Jeté dans son cachot, le prisonnier, d'un mouvement naturel, est porté à l'examiner dans ses moindres détails, comme la bête en cage se jette aux barreaux, heurte la porte, flaire aux angles de sa prison.

C'est le premier mouvement; la torpeur du désespoir n'y existe pas.

Et quand le prisonnier a pris connaissance de ce qui l'entoure, qu'il s'est rendu compte du nombre et de l'épaisseur des barreaux de fer, de la solidité des murailles, de la situation de son alvéole dans l'immense et mystérieuse ruche de la prison, alors... il s'assied, un moment accablé, désolé du résultat de ses investigations...

Et enfin il ne se passe pas une heure avant qu'il ne se soit posé cette question plus ou moins sensée, selon le lieu et le temps :

« Comment s'évaderait-on d'ici? »

C'est naturel.

Aussi, après avoir passé de mémoire la revue de son cachot, malgré son désespoir, ses idées de suicide, malgré l'avertissement funèbre de ces débris humains dont le sol était jonché, Daniel ne tarda pas à se poser aussi la question fatale :

« Si je m'évadais ?... »

Et, comme mû par un ressort, soudain il se leva du coin où il s'était accroupi et il alla, les mains en avant, dans les ténèbres, reconnaître par le toucher ce qu'il avait entrevu.

Il atteignit ainsi le mur en face.

Ses mains glissèrent sur les pierres revêtues de cet enduit sans nom des constructions souterraines, matière glacée, granuleuse et gluante tout à la fois.

Ainsi tâtonnant, ses mains se baissèrent jusqu'à deux ou trois pieds du sol, et il toucha un objet qu'il se rappela soudain : le squelette qui lui avait paru incrusté dans la muraille.

Tout d'abord il frémit d'une horreur instinctive. Puis il se dit qu'il devait se familiariser avec tous ces objets hideux et dominer de puériles répugnances.

Il poursuivit.

Ses mains parcoururent le squelette qui se trouvait devant lui.

Il reconnut ainsi les larges os du bassin et les dernières côtes; puis, suivant toujours de bas en haut, il se trouva, ô surprise! dans une excavation.

Ce squelette était à demi enfoncé dans un trou pratiqué dans le mur.

Daniel put enfoncer ses deux bras de toute leur longueur dans l'excavation où était engagé le squelette.

Il palpa le crâne de celui-ci, et, au delà, sentit le vide...

Le vide!...

Le mur traversé, un mur de trois pieds d'épaisseur au moins!...

Nous laissons à penser l'impression que lui causa une semblable découverte.

Ce trou dans la muraille, c'était une porte ouverte sur l'inconnu, mais enfin une porte ouverte!

Il se retira d'abord tout pantelant d'émotion.

Puis il renouvela son expérience.

Sa main fit le tour de l'excavation.

Elle était de forme ronde à peu près régulière, et d'environ un pied et demi de diamètre.

Il se jeta dans ce trou, les bras en avant, comme un plongeur; les ossements craquèrent sous le poids de son corps.

Il pouvait passer...

Il s'arrêta.

Il se retira de nouveau.

Avant d'aller plus avant, il était prudent de réfléchir.

Un prisonnier avait tenté de s'évader.

A l'aide de ces ferrailles qu'il avait vues sur le sol, ce malheureux avait réussi à percer la muraille.

Quel travail obstiné!... Quelles angoisses!...

Enfin, cette œuvre terminée, il s'était engagé dans l'étroite ouverture.

Sa tête avait passé, elle avait atteint le vide; ses épaules touchaient au bord extérieur...

Mais il n'avait pu aller plus loin.

Il avait été saisi par une prison plus étroite.

Le trou d'évasion était devenu son cachot.

Il y était resté.

Il y avait péri!...

Comment?... Pourquoi?... C'était la peine d'y réfléchir, en vérité.

Était-ce un homme corpulent qui, après de pénibles efforts pour passer par cette ouverture étroite, n'avait pu ni la franchir tout à fait ni s'en retirer?

Daniel pouvait le supposer.

La charpente osseuse de ce malheureux était en effet de proportions extraordinaires : c'était celle d'un colosse.

Peut-être encore avait-il été frappé d'un coup de sang?

Enfin, autre supposition :

La mort ne l'attendait-elle pas de l'autre côté de la muraille?...

Qu'y avait-il au delà de ce trou?

Ce n'était pas la lumière, l'air libre; c'était le vide et les ténèbres.

Peut-être un dernier cachot, peut-être un abîme?...

Supposition horrible :

Cet homme avait été dévoré par les rats, car ses chairs, ses vêtements, tout de lui, sauf les os, avait disparu, et il avait peut-être été dévoré vivant...

Le guichetier n'avait-il pas parlé de ces oubliettes où des légions de rats s'entre-dévorent.

Mais alors... par cette ouverture... s'ils existaient, ces animaux, lorsqu'ils auraient flairé une nouvelle proie, n'allaient-ils pas accourir?

Daniel était brave, mais cette pensée lui mouilla le front.

Il avait passé sa tête par cette ouverture, et les rats auraient pu lui sauter aux lèvres.

Alors il oublia l'évasion, la liberté, pour ne penser qu'à se défendre.

Il se rappela la barre de fer.

Il la chercha, à tâtons, maladroitement, d'une main tremblante, désespérant de la trouver assez vite.

Ses oreilles bourdonnaient.

Il lui semblait entendre ses voraces ennemis se précipiter dans sa fosse.

Et lorsque enfin il eut mis la main sur cette barre de fer,

Cinq ou six malheureux l'emplissaient déjà. (Page 13)

épuisé d'émotion, il eut à peine la force de la soulever et de se retirer à la place même où il avait été jeté une heure auparavant.

Il lui fallut se reposer, se remettre.

Quand son trouble se fut dissipé et qu'il put réfléchir, il convint que sa terreur était vaine.

S'il y avait eu de l'autre côté une armée de rats, il aurait déjà été dépisté, et l'invasion ne se serait pas fait attendre une heure.

Il y avait eu de ces rongeurs autrefois, sans doute, mais à quelle époque?... A une époque fort éloignée, probablement.

On lui avait donné la dernière oubliette et, il se le rappela, le squelette qui s'était brisé sous lui devait être d'une date très-éloignée; il était à demi détruit par le temps.

Ces réflexions lui rendirent quelque courage. Il résolut de reprendre ses investigations et de sonder l'extérieur de la muraille.

Il s'engagea de nouveau dans le trou, armé de sa barre de fer.

Il sonda.

O bonheur! il sentit le sol résonner sous la barre, puis, à droite, à gauche, partout un large espace.

Il s'avança davantage, décidé à franchir la muraille.

Déjà il dégageait ses épaules... quand tout à coup un cri bizarre et terrible lui glaça les veines et paralysa ses mouvements.

On avait crié derrière lui.

Il se retira brusquement dans l'oubliette.

L'oubliette était de nouveau éclairée...

C'était le guichetier qui, en rampant, sa lanterne à la main, s'était avancé sur le glissoir dont nous avons parlé...

Il venait jeter au prisonnier sa nourriture.

X

DEUX ALERTES.

Ce qui prouve bien que M. de Garlande connaissait son monde et qu'il ne s'était pas trompé en donnant libéralement six sous au guichetier Ledru.

Six sous, c'étaient deux jours de vivres : à la prison de la *Biaumont*, on ne payait que trois sous par jour... quand on les avait, bien entendu.

D'ailleurs, pour tout dire sur ce sujet et ne plus avoir à y revenir, notons que le produit de certaines amendes, les comestibles confisqués aux halles ou chez les marchands, et les aumônes d'un grand nombre de corporations industrielles ou marchandes venaient en aide aux prisonniers affamés.

Et si les guichetiers et autres employés subalternes mangeaient les perdreaux ou vendaient les poulardes, les prisonniers avaient souvent des débris de viande et du pain.

De la viande et du pain qu'en définitive les guichetiers auraient pu vendre.

Il ne faut donc pas murmurer.

Il y avait donc encore de la vertu chez ces employés subalternes...

Ledru avait revu M. de Garlande, comme ce magistrat sortait du Châtelet. M. de Garlande s'était informé avec un vif intérêt de la nouvelle situation de Daniel.

Et Ledru avait senti les six sous lui brûler les poches.

Il avait en hâte rassemblé ses croûtes de pain et était descendu jusqu'à l'oubliette.

Le cri que Daniel avait entendu était le cri habituel qu'à cette époque poussaient les geôliers.

A la Bastille, les geôliers imitaient le coassement de la grenouille.

Sanson avait son cri pour franchir avec ses condamnés les grilles de la Conciergerie.

Au Châtelet, les guichetiers avaient aussi un cri particulier pour signaler leur présence ou s'appeler entre eux.

A la vérité, nous ne saurions dire ce que c'était.

Mais laissons cela.

Lorsque Daniel fut de retour dans l'oubliette et se vit en pleine lumière, il se crut perdu.

Il s'arrêta debout, masquant l'ouverture, et attendit.

Il se croyait vu.

Mais on ne le voyait pas.

— Daniel! le dîner! cria Ledru.

Le bruit sourd d'un objet jeté dans le trou apprit au prisonnier qu'il était servi... et qu'il n'était point compromis.

Puis la lumière se retira.

Ce n'était qu'une alerte.

Elle produisit chez le prisonnier une réaction réconfortante.

Et, tout en dévorant ses croûtes à belles dents, Daniel se dit qu'il ne fallait pas désespérer et recouvra toute son énergie.

En définitive, il commençait à apprécier l'avantage de l'espace et de la solitude. L'air était lourd, chargé d'humidité, mais préférable à ce qu'il respirait dans la prison commune.

Le mouvement qu'il se donnait lui permettait de vaincre le froid.

Ce qu'il y avait à redouter le plus, c'était le sommeil.

Mais, en définitive, l'espoir d'une évasion germait dans son esprit et opérait en lui une réaction bienfaisante; elle lui prêtait des forces.

Après s'être reposé quelque temps, il reprit son voyage de découverte.

Il s'enfonça dans le trou creusé par son infortuné prédécesseur, le franchit et tomba, les mains en avant, de l'autre côté de la muraille.

Là il recommença ce qu'il avait fait tout d'abord dans son cachot, mais avec plus de précaution, en sondant le terrain à chaque pas, à l'aide de sa barre de fer.

Il avait à craindre de rencontrer l'ouverture béante d'un puits.

On s'oriente mal dans les ténèbres; aussi longea-t-il d'abord les murs.

Il fit ainsi le tour du caveau, sans rencontrer aucun obstacle, et reconnut qu'il était plus long que son oubliette et n'était pas plus large. C'était une sorte d'espace ménagé entre le gros mur du Châtelet et le dernier cachot.

Que faire pour sortir de là?...

Percer le gros mur?

Et s'il y parvenait, où se trouverait-il?

Dans la rue? Non. La rue était plus élevée.

Dans une de ces échoppes qu'il avait remarquées? Ce n'était pas plus probable.

Un égout?... Ce serait une chance heureuse, car il pourrait le descendre jusqu'à la Seine, la nuit, et il était bon nageur.

Mais n'était-il pas possible que la muraille qui lui faisait face ne servît que de fondation, et que derrière elle il ne rencontrât qu'un terre-plein?

Cependant son prédécesseur ne s'était pas arrêté à ces considérations.

Sans doute il avait ses raisons pour cela.

Daniel résolut de poursuivre son œuvre.

Il chercha d'abord du bout de l'ongle, si l'on peut dire, la nature de construction qu'il se proposait d'attaquer, la disposition des matériaux.

Le vieux Châtelet était d'origine romaine; mais du temps du premier empire, — c'est-à-dire de l'empire romain, — ce n'était qu'une tête de pont, une porte entre deux grosses tours. Heureusement pour Daniel, le mur en question était de construction barbare ou postérieure. Il était formé de pierres d'inégale grosseur reliées entre elles par un mortier de sable et de chaux; et Daniel remarqua avec plaisir que le temps, l'humidité de la Seine, avaient rongé et pourri, pour ainsi dire, les pierres qu'il frappait de sa barre de fer.

Dans une situation semblable, le moindre incident heureux vous donne un grand courage; mais aussi l'on est également prompt au découragement.

D'abord on s'étonne des minces résultats que l'on obtient pour une somme énorme de labeur, de temps et de patience.

Puis on veut aller trop vite, et l'on se fatigue, on s'épuise.

Ce fut le cas de Daniel.

Ajoutons enfin que, dans le caveau, l'air était encore plus rare que dans le cachot.

Bientôt il sentit sa respiration devenir difficile et sa tête s'alourdir, et il dut regagner l'oubliette pour échapper à l'asphyxie.

Les plus tristes réflexions s'emparèrent de son esprit.

« Je ne pourrai donc, se disait-il, travailler que quelques heures par jour dans ce caveau, et je n'ai devant moi que bien peu de jours sans doute. Bientôt on va me retirer d'ici pour continuer à instruire mon procès, et au retour de la torture, les pieds brisés, les genoux déboîtés, je pourrai plus me traîner là-bas et poursuivre mes travaux.

« A la torture succèdera le supplice.

« N'est-ce pas folie d'entreprendre une pareille besogne? »

Nous craindrions de fatiguer le lecteur en lui faisant suivre dans ses moindres péripéties l'histoire de la captivité de Daniel et de sa tentative d'évasion; nous l'abrégerons donc autant qu'il nous sera possible, et nous nous contenterons d'en raconter les événements les plus importants.

Il va sans dire que, malgré ses réflexions décourageantes,

il reprit son travail avec acharnement; seulement il avait la sage précaution de ne pas prolonger son séjour dans le caveau au delà des limites de la prudence. Dès qu'il se sentait la tête lourde, il se retirait.

Ledru lui apportait à manger chaque jour, ce qui était très-beau, et ne se faisait pas toujours pour les habitants des oubliettes.

Daniel encouragé, se hasarda à lui demander de la paille... Et il en obtint... sans argent!...

Il avait déjà vu cinq fois la lumière de la lanterne du guichetier, ce qui faisait pour lui cinq levers de soleil, lorsque la barre de fer qui lui servait de pic fit tomber une première rangée de pierres, et attaqua cette partie de maçonnerie qui compose le ventre de la muraille, si l'on peut dire.

Enlever cette seconde couche n'était plus que déblayer; elle offrait du moins une résistance beaucoup moins compacte que la première.

Daniel pouvait donc mesurer le temps qui lui serait encore nécessaire pour achever le percement du mur.

« Dans cinq jours, pensait-il, peut-être avant, je saurai ce qu'il y a derrière la muraille : l'air libre ou le sol compacte. »

Il s'était endormi avec cette consolante pensée, après avoir pris la précaution de masquer d'une grosse pierre la porte de communication de son cachot avec le caveau.

Il dormait d'un sommeil calme, pour la première fois depuis son arrestation, quand le choc étrange d'objets inconnus, tombant sur lui à coups répétés, l'arracha à son sommeil.

Qu'était-ce?

Son incertitude ne fut pas de longue durée.

Le même phénomène se répéta, et bientôt il sentit courir sur lui cet ennemi redoutable auquel il avait cru échapper :

Les rats!...

Les rats des oubliettes voisines, explorant la galerie, l'avaient dépisté.

L'ouverture grillée du glissoir leur laissait l'accès libre. Ils arrivaient... Ils n'étaient que quelques-uns encore... Mais dans quelques minutes ils descendraient par bandes, par centaines, par milliers.

Ils l'attaquaient déjà avec les cris d'une faim irritée.

Déjà ils lui sautaient aux mains, déchiraient ses vêtements, lui mordaient les jambes, et tout ce qu'il pouvait était de préserver son visage en se reculant vers le mur opposé.

Le dégoût, l'horreur, l'épouvante l'affolaient.

En quelques secondes il fut près de l'ouverture du caveau... Mais en quelques secondes la bande avait grossi.

Les jambes déchirées, les mains ensanglantées, il se tordait, étranglant, foulant aux pieds quelques-unes de ces bêtes voraces, tout aussitôt remplacées.

Il pensa à se réfugier dans le caveau et en démasqua l'ouverture...

Hélas! c'était ainsi que son prédécesseur avait péri.

Mais il n'avait pas un instant à perdre; l'armée grossissait, il en entendait le trot sur les dalles du glissoir.

Il se jeta dans l'ouverture, la franchit, et ramassant à la hâte les premiers débris de la muraille qui lui tombèrent sous la main, il commença à se barricader.

Cependant l'ennemi acharné le suivait et entrait avec lui dans le caveau. Quelle que fût son ardeur, son adresse, les dents aiguës lui traversèrent les doigts.

La brèche enfin se referma contre cet assaut. Il ne resta plus à tuer que quelques assaillants épars dans le caveau.

D'ailleurs ces animaux ne sont audacieux qu'en bandes.

Daniel, frémissant d'émotion, s'assit et pansa comme il le put les plaies cuisantes des morsures. Pendant quelque temps, la souffrance ne lui laissa point d'autre souci. Mais ensuite une autre douleur, autrement profonde, vint l'assaillir.

Il était à l'abri des rats, mais l'oubliette lui était fermée...

Et dans le caveau il allait être victime ou de la famine, ou de la soif, ou de l'asphyxie!... Car des milliers de rongeurs l'attendaient dans son premier cachot.

XI

CONDAMNÉ A MORT.

Daniel comprit qu'il n'avait plus que quelques heures à vivre.

Néanmoins il bénit le ciel d'avoir échappé au supplice que lui réservaient les dents des rongeurs affamés.

« Arrangeons-nous pour mourir ici, » se dit-il.

Et il s'étendit au bas de cette excavation qu'il avait eu tant de mal à creuser, où il avait dépensé tant d'efforts et tant d'espérance!...

Il passa de nouveau en revue ses chances de perte et ses chances de salut, et il lui fallut convenir que les premières l'emportaient sur les secondes.

Puis sa pensée se reporta plus en arrière, et, comme le naufragé, au moment de sombrer, revoit le port qu'il a quitté, le quai, la foule joyeuse au soleil qui saluait son départ, il revit sa petite ville natale, la maison paternelle, sa mère, et son cœur se serra...

Il se rappela son voyage, son arrivée à Paris, son ami Éloi, maître Oudard et cette jeune et belle Denise à la fenêtre...

Et des larmes — les premières — mouillèrent ses yeux.

Quoi! il ne la reverrait plus!...

Et que deviendrait-elle, tandis qu'il périrait enseveli dans cette vaste tombe?

Savait-elle ce qu'il était devenu?... Son mari lui avait-il parlé de lui?... Était-elle instruite du courage qu'il avait montré devant le lieutenant-criminel?...

Oh! mourir sans avoir la réponse à ces questions!...

Alors seulement il pensa que de Garlande, en accédant à son désir, en l'envoyant aux souterrains, avait pu prévoir ce qui lui arrivait, et compté se débarrasser ainsi de lui.

A cette pensée, un mouvement de colère, de rage, le remua tout entier.

« En serait-il donc ainsi! gronda-t-il entre ses dents. Ce vieux coquin aura-t-il raison de moi!

« Allons!... Daniel Varillas, debout!... Un dernier effort!... Il ne faut se rendre qu'à bout de forces... Qui sait? »

Et, ressaisissant sa barre de fer, il se remit à fouiller avec une ardeur nouvelle les entrailles du mur d'enceinte.

L'ouvrage marcha vite!

On sait ce que peut faire un mineur surpris par un éboulement. Le désespoir double l'énergie : c'est un chauffeur terrible qui fera plutôt sauter la machine que de se rendre.

L'excavation grandit, grandit sous les efforts du condamné, que l'asphyxie allait exécuter dans les douze heures.

Pas de délai, pas de répit.

Après deux heures peut-être d'un travail acharné, Daniel sentit enfin son fer heurter à la maçonnerie régulière qui formait le dernier obstacle.

Il la frappa; il l'attaqua à coups redoublés. Mais vains efforts!...

C'étaient de belles pierres carrées qu'il aurait fallu ronger grain à grain.

Allons! Il ne combattait plus que pour l'honneur...

Il sentait s'éteindre en lui cette flamme, cette chaleur et cette lumière de l'âme, — l'espérance!

Ses bras s'engourdissaient.

Il frappait par une sorte d'impulsion mécanique.

Tout son corps oscillait à chaque coup, et parfois il manquait de perdre l'équilibre.

Il frappait toujours, et toujours en vain, sans penser, comme un maniaque ou un homme ivre.

Enfin ce mouvement machinal se ralentit, et sa barre, en atteignant le mur, le renversa du contre-coup.

Il tomba lourdement sur le sol, épuisé, anéanti.

Une lourdeur intolérable lui serra les tempes, la gorge et la poitrine.

Il haletait, en proie à une angoisse physique indescriptible.

Sans force, sans idée, presque sans connaissance, il était cloué au sol, auquel il appartenait désormais.

Ses facultés étaient suspendues; la notion du temps était supprimée pour lui.

Combien d'heures s'écoulèrent ainsi?

Il n'aurait pu les évaluer.

Cependant il avait encore conscience de son état : il comprenait que son agonie commençait, il savait qu'il allai mourir...

L'idée de la mort était la seule qui lui restât.

Aucun regret, aucune crainte, rien ne l'accompagnait.

Elle était seule et fixe, diminuant elle-même d'intensité à mesure que l'asphyxie complétait son œuvre.

Puis cette dernière étincelle, ce reste de connaissance s'éteignit à son tour.

Alors plus rien... plus rien... qu'un corps inerte sur le sol noir, dans les ténèbres épaisses du caveau.

L'atmosphère humide l'enveloppa et pesa sur lui comme l'eau morte d'un étang sur l'asphyxié retenu dans sa vase.

Combien de temps dura cette mort apparente?

Il est probable qu'il ne fut pas très-long, mais il n'en conserva aucun souvenir.

Une chaleur douce toucha ses paupières...

Il les souleva péniblement, puis les referma presque aussitôt... Sa poitrine se souleva...

Il respirait!...

Une sensation de fourmillement emplit ses bras, ses mains, ses jambes...

Il rouvrit les yeux...

« Oh mon Dieu!... La lumière!...

« Je vis, je respire, je vois!... »

L'émotion faillit le tuer tout à fait par une syncope nouvelle.

Mais par quel prodige échappait-il à la mort?... Ce caveau... cette oubliette... ce n'était pas un rêve!...

« Où suis-je? » se demandait-il en hasardant autour de lui un regard ébloui et curieux.

La pièce où il se trouvait n'avait pas l'aspect d'un monument féodal. C'étaient quatre murs blanchis à la chaux et éclairés par une petite fenêtre, dont les vitres verdâtres et étroites se faisaient un rideau de poussière.

Dans un angle, cependant, se voyaient certains objets qui pouvaient exciter ses soupçons : — un réchaud et les appareils aux formes bizarres d'une distillerie.

La vue de ces objets pouvait frapper une imagination malade.

Mais la pièce était si petite et si basse...

« Où suis-je donc? » se disait Daniel.

Il voulut se soulever; mais il n'en eut pas la force. Il balbutia quelques mots et referma les yeux.

Il entendit alors derrière lui deux personnes qui causaient à son sujet.

L'une avait la voix jeune et agréable, l'autre une voix dont l'âge a voilé le timbre aux inflexions lourdes et pénibles.

— Qu'allons-nous faire maintenant? disait cette dernière. Quel embarras avons-nous été chercher? Le voilà, ce beau mystère qui tourmentait si fort votre curiosité!... Qu'en dites-vous, Suzette? Est-ce que c'est là ce grand seigneur, ce marquis de Longval dont vous me contiez des merveilles?

— Eh! pourquoi pas?... Attendez qu'il se réveille tout à fait et puisse nous apprendre son nom et son histoire.

— Le marquis était plus âgé, plus fort. Puis ce malheureux a-t-il la mine d'un marquis?

— Il a un air de déterré, pardine!

— Il y a trois ans passés que M. de Longval a été enfermé au Châtelet; et depuis deux ans on dit qu'il est mort. Celui-ci est quelque malfaiteur inconnu, comme on en arrête chaque jour sans que le nombre en diminue. C'est un voleur, un assassin...

— Oh! protesta la femme. Regardez-le bien, mon ami; il n'a pas la mine d'un assassin.

— Il y a des scélérats auxquels on donnerait le bon Dieu sans confession. Voilà bien les femmes, qui jugent des gens sur l'apparence! Voyez donc autour de vous, ma chère : tous ces messieurs du Châtelet, ces magistrats illustres, ces personnages si considérables sont tous affreusement laids; en sont-ils moins estimés, admirés et vénérés?...

« Mais laissons ce sujet.

« Qu'allons-nous faire de cet homme?

— Pardine! achever de le remettre sur pied.

— Et ensuite?

— Ensuite nous le prierons de nous raconter son histoire.

— Bon! quelque fable!... Et après?

— Après? Nous lui ouvrirons la porte et nous l'engagerons à aller voir ses parents, ses amis, à aller où il voudra.

— A merveille! Voilà bien le raisonnement d'une femme!... Ne comprenez-vous pas, tête de poule, que ce malfaiteur une fois dehors, sans ressource, sans argent?...

— Mais nous lui donnerons quelques sous.

— Oui-dà!... Des sous!... Des sous honnêtement gagnés à un malfaiteur!... Vous déraisonnez, ma chère. Mais je voulais vous dire : Ne comprenez-vous pas qu'une fois dehors, ce scélérat peut retomber entre les mains de la justice? Alors ces messieurs du Châtelet se diront : — Tiens, c'est singulier! nous l'avons déjà eu, celui-là! D'où vient-il donc? Comment s'est-il échappé? On l'interrogera, et il dira tout, il nous vendra.

A ces mots, Daniel se souleva soudain :

— Qui dit cela? exclama-t-il.

Et, regardant derrière lui, il aperçut un brave homme et sa femme, qu'à leur mise il reconnut de suite pour des petits marchands épiciers ou débitants de vin.

— Vous voyez, Guillaume, vous avez blessé ce jeune homme, s'écria la marchande, qui s'empressa avec bonté près du malade. Ne vous inquiètez pas, mon ami; si nous vous avons tiré du souterrain, ce n'est pas pour vous y remettre. Guillaume, mon époux, est très-bougon, mais n'est pas un méchant homme. Sans lui, vous seriez encore dans la fosse, car ce n'est pas moi qui aurais pu vous aider à en sortir.

— Veux-tu te taire! C'est bien toi qui l'as écouté démolir sa muraille en descendant chercher du vin, et qui m'as rebattu les oreilles de l'histoire de M. de Longval, et qui m'as supplié de travailler à sa délivrance.

— Quoi qu'il en soit, dit Daniel de cette voix touchante que la reconnaissance prête aux souffrants, merci à tous deux!... Vous m'avez arraché à une mort certaine et affreuse... Oh! que Dieu vous récompense!...

— Mais qui êtes-vous? demanda Suzette.

— Je vous dirai bientôt mon nom et mon histoire. Je ne suis pas un malfaiteur.

— Comment êtes-vous?

— Je suis faible.

— Ah! j'ai là du bouillon qui va vous faire du bien.

— Mais, reprit Daniel, où suis-je?

— Chez un épicier voisin du Grand-Châtelet, répondit Guillaume. Notre cave n'est séparée du caveau où vous étiez que par le gros mur que vous avez presque entièrement percé.

« Depuis longtemps nous vous entendions creuser la muraille... Ma foi! nous aurions dû prévenir l'autorité; mais la pitié l'a emporté chez nous. Ce matin, le bruit que vous faisiez devenait si fort, que nous nous attendions à voir les dernières pierres s'écrouler. Puis, à notre grande surprise, le bruit cessa tout à coup... Alors mon épouse ne me laissa plus de répit.

— Ah! mais non! s'écria la femme en rentrant, un bol de bouillon fumant entre les mains. Vous allez boire ça, mon ami...

« J'ai dit à Guillaume:

« — Je ne dormirai plus et vous ne dormirez plus avant de savoir ce qui se passe derrière ce mur...

« Il a pris un pic et il a enlevé une grosse, grosse pierre. Il a appelé; pas de réponse.

« — Entre dedans, que je lui dis.

« — Ah! mais, qu'il me dit, non, je n'entrerai point. Pas si bête! Je vais aller prévenir au Grand-Châtelet.

« — Malheureux! que je lui dis, maintenant que la pierre est ôtée, tu nous perdrais. Tiens-moi seulement : je vais regarder dans la fosse avec la lanterne.

« — Eh! qu'il me dit, si c'est un brigand?...

« — Qu'est-ce que tu veux qu'il me fasse?... Moi, je n'ai pas peur...

« Voilà donc que Guillaume m'aide à passer à mi-corps...

« — Ah! mon Dieu! que je fais en vous voyant, le pauvre homme est mort...

« — Reviens, alors, me dit Guillaume

« — Mais non, il faut voir!

« Et je descends dans la prison. Là vous aviez l'air mort; mais comme le sang coulait de vos mains, j'ai pensé que vous viviez encore.

« Mais y avait-il longtemps que vous étiez là-dedans?

— Oui, dit Daniel en lui rendant le bol vide. Au moins huit jours.

— Pas plus?

— Oh! c'est bien assez, fit-il avec un pâle sourire.

— Mais, reprit Guillaume, on vous portait à manger dans votre cachot?

— Oui, tous les jours.

— Que va-t-on penser ce matin en ne vous voyant plus.

— Ah! fit Daniel avec lassitude, je n'en sais rien, moi.

— Ils verront le trou que nous avons fait.

— Non.

— Mais si, parbleu!

— Non, vous dis-je. L'autre, peut-être...

— L'autre? Quel autre?...

Daniel, épuisé, ne répondit plus et ferma les yeux.

— Ah! malheureux que je suis! s'écria Guillaume. Quelle imprudence! Quelle folie!... Voyez-vous, Suzette, curieuse endiablée, dans quel abîme vous nous avez jetés?... Mais il en est temps encore, je vais au Châtelet, je raconterai tout, on aura égard à ma franchise... Oui, j'y cours; c'est le seul moyen de nous sauver...

Et tout en se récriant de la sorte, le timide épicier s'empressa de chercher sa veste neuve et son chapeau, pour se rendre au Grand-Châtelet.

Mais Suzette, sa brave petite femme, avait les clefs de l'armoire où la veste neuve reposait sept jours sur huit dans une belle serviette blanche, où le chapeau, dans une boîte de carton, attendait également le dimanche.

Ah! ah! les clefs, on ne les avait pas quand on le voulait.

— Ma bonne, dit Guillaume, ouvrez-moi l'armoire, que je prenne ma veste neuve.

— Pourquoi cela, Guillaume?

— Mais pour aller au Châtelet.

— Oui, toujours la même idée!... Je n'ouvre rien.

— Comment!

— Rien.

— Suzette, vous voulez donc nous perdre!

— C'est vous, pardine! qui le voulez. Comment! homme sérieux que vous êtes et poltron fieffé, vous ne savez donc pas ce qui vous pend au nez, à la suite de votre déclaration?... Pardine! on vous arrêtera!

— Mais que faire, juste ciel! s'écria Guillaume en se tordant les mains.

— Remettez-vous, trembleur, je me charge de tout. Quand ce jeune homme aura reposé, je l'interrogerai et je saurai ce qu'il y a à faire. Jusque-là, pour l'amour du ciel, tenez-vous en repos, ne dites rien, ne faites rien; vous avez peur, et la peur est mauvaise conseillère.

Guillaume garda le silence, mais ne renonça point à ses projets et se décida à agir comme il le pourrait.

Suzette se promettait d'enjôler son protégé et d'obtenir ses confidences.

Elle retourna près de lui.

Elle trouva Daniel réveillé et réconforté.

— Nous voilà ressuscité? lui dit-elle gaiement. Vous allez prendre maintenant un doigt de vin vieux et un biscuit de Mignot.

Mignot, le pâtissier de la rue de la Harpe, avait alors la renommée.

Daniel accepta sans se faire prier. Puis il demanda à se laver les mains dans de l'eau tiède, pour débarrasser les blessures des grains de sable et de terre qui s'y étaient enfoncés.

— Vous avez donc manqué d'être mangé par les rats? reprit Suzette; contez-moi donc cela.

— D'abord, dit Daniel, le caveau que vous avez vu n'était pas mon cachot.

— Ah! comment y étiez-vous?

— J'avais été jeté dans ce que l'on appelle une oubliette, — la dernière en allant de votre côté. — Il n'y avait pas de rats pendant les premiers jours. Dans cette oubliette je rencontrai des ossements humains et le squelette tout entier d'un malheureux qui avait percé le mur et avait essayé de passer dans le caveau que vous connaissez.

« Mais sans doute il était trop gros : il est resté pris dans le trou et a été dévoré par les rats.

— Le malheureux! Ce doit être le marquis de Longval. Nous vous prenions pour lui. Retenez son nom, il vous servira peut-être. Et après?

— J'enlevai le squelette de M. de Longval, je passai par la brèche et entrepris de percer le second mur, espérant me réfugier chez un des marchands qui bordent le Châtelet.

« Mon travail était déjà avancé, quand les rats sont arrivés des oubliettes voisines par centaines, par milliers. Si je n'avais pu m'enfermer dans le second caveau, j'avais le sort de M. de Longval... et de tant d'autres.

« Mais, enfermé dans ce caveau, j'y étais condamné à périr faute d'air et de nourriture.

— C'est affreux!

— Je vous dois donc la vie.

— Alors ce caveau où je suis entrée n'est pas une prison?

— Non, il n'a aucune issue; aussi est-il très-étroit.

— C'est singulier.

— Que savons-nous? Il y a là quelque mystère, sans doute.

— L'avez-vous bien fouillé, au moins?

— Autant que je le pouvais sans lumière.

— Nous y retournerons.

— Grand merci!

— Mais s'il y avait un trésor!...

— Du moins vous pourriez vous en servir si vous aviez trésor à cacher.

Suzette parut réfléchir.

— Au fait, dit-elle, mais si les gens du Châtelet?...

— Il n'y a pas de danger.

— Quand ils ne vous verront plus?...

— Ils me croiront mangé.

— Et le trou de l'oubliette?

— Je l'ai fermé à la hâte, mais vous pourriez le fermer de façon à ce qu'on ne remarque rien; car les guichetiers ne descendent pas dans les oubliettes. Alors vous n'auriez plus qu'à masquer l'entrée du caveau, qui vous appartiendrait et pourrait vous être fort utile.

— C'est une idée! fit l'intelligente épicière dans notre commerce, bien des petites choses qu'on aime à garder pour soi.

« Et qui s'aviserait de cette cachette?...

« Il faut que j'en parle à Guillaume. »

Elle fit quelques pas pour chercher son mari, puis revint, tourmentée par une idée subite :

« Ce garçon-là, se dit-elle, paraît un très-honnête garçon; mais si c'était un malfaiteur, il ne serait pas prudent d'être de moitié avec lui dans un pareil secret. Questionnons-le un peu.

— Vous voyez, reprit-elle, comme j'ai confiance en vous, n'est-ce pas?

— Vous pouvez avoir confiance en moi : ne vous dois-je pas la vie?

— Dites-moi donc, pour qu'on vous ait mis dans cette oubliette, il faut que vous en ayez fait... des tours?

Daniel secoua la tête en souriant.

— Pas tant que vous pouvez le croire, répondit-il.

— Mais pourtant?...

— Vous me croyez un criminel?...

— Dame! ne m'en voulez pas pour cela, au moins... D'ailleurs vous n'en avez peut-être pas fait plus que M. de Longval!

— Et qu'avait-il fait, ce M. de Longval?

— Je vous dirai plus tard son histoire : mais contez-moi la vôtre.

Daniel considéra bien la physionomie de sa libératrice.

C'était une petite femme de vingt-cinq à trente ans, à l'air éveillé et avenant, qui avait été ce qu'on appelait une brune au minois fripon.

Une marchande qui eût pu faire une soubrette de Molière.

Daniel se demanda s'il n'aurait pas encore besoin d'elle.

— Eh bien! fit Daniel, soit, je vous confierai mon histoire, bien que, pour en garder le secret, j'aie bravé dix fois les supplices et la mort...

« Et bien que vous soyez femme... et pour cela peu capable de garder un secret...

— Oh! par exemple! se récria Suzette.

— Au moins, promettez-moi de ne rien dire à votre mari.

— Mon mari!... il ne sait que ce que je veux bien qu'il sache... Guillaume est un très-brave homme... mais enfin c'est mon mari. Allons! dites-moi ce grand secret. Ne craignez rien; on peut être discrète quoique curieuse.

— Peut-être avez-vous entendu dire, reprit Daniel, il y a huit ou dix jours, que, pendant la nuit, M. de Garlande, qui demeure rue de Harlay, s'étant absenté pour les devoirs de sa charge, un individu s'était introduit chez lui?

— Oui, et qu'il avait été arrêté par le domestique à la porte de l'écurie.

— Cet individu, c'était moi. Emmené au Châtelet, interrogé par M. de Garlande, par le lieutenant-criminel, j'ai refusé de dire mon nom et d'avouer les motifs qui m'avaient conduit chez ce M. de Garlande. On m'a pris pour un voleur.

— Ah! dame! fit Suzette.

— C'est assez naturel, et cependant ce n'était pas le vol qui m'avait fait entrer chez cet affreux juge.

« Oh! gardez bien ce secret, je vous en supplie. Vous m'avez sauvé la vie, mais vous me tueriez en me trahis-

« Ce qui m'a poussé à pénétrer chez cet homme, c'était... l'amour.

— L'amour!

— Oui. J'avais voulu... une folie qui m'avait traversé l'esprit... parvenir jusqu'à madame de Garlande pour lui dire que je l'aimais...

— Oh! se récria Suzette.

— Vous la connaissez?

— Sans doute.

— Eh bien! vous comprenez qu'on ne puisse la voir sans l'aimer; elle est si belle!

— Elle est jolie, en effet; mais moi, je la croyais... vertueuse.

— Oh! fit Daniel avec chaleur, elle n'a pas cessé d'être vertueuse... Elle ne m'aimait pas, elle ne me connaissait pas... Sa surprise, à ma vue, était extrême, et elle m'ordonna de me retirer... Je lui obéis; elle était seule, elle m'indiqua la porte de l'écurie, et vous savez ce qui en résulta.

— Mais vous avez donc le diable au corps, vous! .. En voilà une escapade!

— Maintenant, reprit Daniel d'une voix émue, si je mourais, vous iriez la trouver et vous lui diriez la suite de mon escapade, tout ce que vous savez.

— Et pourquoi mourriez-vous, à cette heure, mauvais sujet?

« Mais il faut que j'appelle mon mari pour le rassurer à propos du second trou du caveau, dont vous nous avez parlé tout d'abord. J'ai peur qu'il ne s'effarouche et fasse quelque sottise. »

Suzette s'éloigna, et Daniel l'entendit appeler à plusieurs reprises.

— Que veut-elle dire? se demandait Daniel, et quelle sottise a-t-elle à redouter?

Guillaume ne lui inspirait point grande confiance; c'était un trembleur.

Enfin Suzette rentra.

Elle avait l'air bouleversé.

— Grand Dieu! s'écria-t-elle. Mon pauvre garçon, que va-t-il nous arriver?...

« Cet imbécile est sorti malgré moi...

— Eh bien? fit Daniel en se levant.

— Il est allé au Châtelet...

— Ah! je comprends!... Le misérable!

— Chut! moins haut... Il va rentrer... je l'ai aperçu au bout de la rue... Il revient en causant avec un individu de mauvaise mine, quelque agent de police, sans doute; il va vous livrer.

— Mais ne puis-je m'échapper? s'écria Daniel frémissant d'épouvante.

— Non... Il est trop tard, je les entends. Les voici!... répondit Suzette éperdue.

Et, comme elle disait, Daniel entendit des pas et des voix dans la pièce voisine.

XII

JUGE ET MARI.

Avant de poursuivre le récit des nouvelles aventures de Daniel, qu'on nous permette de dire ce qui se passait chez M. de Garlande.

Ces huit jours s'étaient écoulés bien tristement pour Denise.

Elle n'eût pas déjà aimé Daniel qu'elle eût commencé à l'aimer. Sa pensée ne pouvait plus s'en détacher.

Elle se le figurait dans sa prison... Elle se rappelait leur première entrevue.

En se retirant de chez elle, Daniel avait laissé tomber sur le seuil de sa chambre, peut-être avec intention, un papier plié en quatre.

Elle avait trouvé ce papier à son retour: il contenait deux couplets écrits pour elle.

Des vers!... C'étaient les premiers que l'on eût faits en son honneur, et, naturellement, elle les trouva très-jolis.

Elle les lut et relut cent fois; les voici:

« L'aube, de ses doigts de roses,
Ouvre les portes des cieux;
Ouvrez vos fenêtres closes,
O belle blonde aux yeux bleux!

« Je vous vois, je sens éclore
Pour mon cœur un nouveau jour.
De mon bonheur c'est l'aurore;
C'est l'aurore de l'amour! »

Des rimes d'orfèvre; mais elle ne s'y connaissait pas.

Elle en admira tout, même l'écriture.

Ces quatrains lui tinrent compagnie et furent toute sa consolation pendant ces huit jours de tristesse et de cruelles inquiétudes, que son mari s'était appliqué à accroître avec une habileté perfide et une froide cruauté.

Il était à la fois mari et juge.

Comme mari, d'abord, M. de Garlande s'était autorisé des aveux de sa femme pour devenir le plus insupportable tyran.

Comme juge, n'ayant pas à faire donner la question au Châtelet, il s'en indemnisait en faisant subir à Denise une torture morale « ordinaire et extraordinaire. »

Denise, de son côté, se renfermait dans un silence à peu près absolu.

Elle s'était fait ce raisonnement fort simple:

« J'ai le droit de protester de mon innocence; je ne suis pas coupable; mais si je veux que cet infortuné échappe à la torture, je dois pour le moment laisser quelques doutes à M. de Garlande qui l'effraient et le retiennent de faire appliquer à Daniel la question.

« Pour atteindre ce but, le mieux est de garder un obstiné silence. »

Mais combien elle eut de mal à se dominer!...

— Madame, lui dit de Garlande le premier jour, je viens de revoir cet homme. C'est un homme du commun, un manant qui eût été à sa place dans mon écurie, comme palefrenier.

« Il a comparu devant M. le lieutenant-criminel.

« Il s'appelle Daniel; ce nom est celui d'un hérétique ou d'un juif.

« Il a caché son lieu de naissance, sa profession, et le motif pour lequel il s'est introduit chez moi... C'est significatif.

« Naturellement M. le lieutenant-criminel a conclu à une nouvelle instruction en prévenant l'accusé des moyens coercitifs qu'autorise la loi.

« Il sera mis à la question.

« Qu'en dites-vous?

— Rien, si ce n'est que vous devez être satisfait de son silence et de son courage.

— Il est probable qu'il a de bonnes raisons pour cacher sa profession; c'est qu'il n'en a aucune. C'est quelque vagabond. Ses relations avec vous devaient servir de moyen à un projet de vol.

— Tout le mal qu'il a fait est de s'éprendre de moi follement...

— Criminellement, voulez-vous dire?

— Sans doute il m'aura crue votre petite-fille.

— Ah! vous le défendez devant moi! C'est trop d'audace!

— Cessez vous-même de l'insulter alors qu'il subit le châtiment de sa faute. — C'est un voleur, dites-vous? Et que vous a-t-il pris?

« Son attitude courageuse devrait apaiser votre haine. Il lui serait si facile de se tirer d'embarras!

— Je comprends; il aurait bien des choses à raconter, n'est-ce pas?... Et cela date de loin, sans doute. Et vous avez l'effronterie de me le donner à entendre! Mais détrompez-vous. Je suis là pour défendre mon honneur, contre lui, malgré vous. La parole d'un honnête magistrat aura plus de poids que celle d'un vagabond.

« Il dira que vous étiez sa maîtresse. Cela fera sourire.

« Subterfuge grossier! se dira-t-on.

« Vous ne serez même pas appelée...

« Et en ce cas, — si vous étiez appelée devant M. le lieutenant-criminel, que répondriez-vous? »

Et de Garlande appuya cette question d'un regard menaçant.

— Ce que je répondrais, monsieur! Vous n'en sauriez douter, répliqua froidement Denise.

— Oui, je voudrais savoir de quel côté vous vous rangeriez, car vous m'avez appris à douter de tout. Que diriez-vous enfin?

— La vérité.

— Ainsi vous me trahiriez deux fois?

— A qui dois-je répondre en ce moment?... A mon mari ou au magistrat? Mon mari me demande le mensonge, et le magistrat exige la vérité. Je ne réponds pas au premier. Je ne sais pas mentir.

« Je ne vous ai jamais dit que je vous aimais ou que je vous aimerais.

« Et si je vous l'avais dit, vous l'auriez donc cru! Vous m'avez voulue et vous m'avez prise, j'étais sans défense; ceux qui tenaient de Dieu le devoir de me défendre, mes parents, m'ont livrée, comme les nègres vendent leurs enfants au négrier. Ils avaient tout perdu : — prés, champs et bois, fermes et moulins. Restaient la maison, les meubles et la jeune fille; vous êtes venu, et, par contrat dit de mariage, on vous a donné la jeune fille pour garder la maison et les meubles.

« Celle-ci ne pensait guère à vous.

« Seule dans une famille affolée de procès et de ruine, elle rêvait de se refaire une famille selon son cœur : un jeune homme qui l'aimerait, un enfant à aimer.

« Vous l'avez arrachée à ses rêves... Vous avez jeté dessus votre robe noire et barré ma vie...

« Et vous voulez que je vous aime!

« Un jeune homme est passé; il m'a vue; il s'est épris de moi; il a osé pénétrer jusque dans cette maison maudite pour me dire qu'il m'aimait...

« Et vous avez deux victimes à torturer.

« Mais plaignez-vous donc!... Mais vous êtes trop heureux, monsieur! »

Tandis qu'elle parlait ainsi, le mari se promenait à grands pas, la tête inclinée, subissant cette averse de bonnes raisons, de trop justes accusations, se reprochant, pour la centième fois depuis un an, d'avoir fait la folie de prendre cette jeune femme, mais se disant, pour la centième fois aussi :

« La folie est faite, il ne s'agit plus que de parer à ses conséquences désagréables et de tenir ferme.

« Si elle allait tenir devant le tribunal un pareil langage! » pensait-il.

— C'est bien, répliqua-t-il enfin; je sais à quoi m'en tenir. Vous me traitez en ennemi, c'est en ennemi que je vous traiterai. Quant à votre complice, il est entre bonnes mains. Et déjà vous le trouveriez moins de votre goût si vous pouviez le voir dans sa guenille où la vermine le ronge, les traits décomposés par la peur, l'œil égaré, disputant à des tire-laines et des vagabonds galeux la pitance que l'on jette dans un baquet sordide.

« Ah! le galant est du dernier galant, à cette heure! »

Et il s'éloigna pour laisser Denise sous l'impression de ce tableau hideux.

Cette impression fut cruelle, et l'imagination de la jeune femme l'aggrava encore.

Un enfer indescriptible se déroula dans son esprit.

Mais combien elle aima Daniel, alors!...

Oh! son cœur ne douta plus : il se donna tout entier.

Et combien de Garlande lui devint odieux!

Plusieurs jours, plusieurs nuits se passèrent sans que de Garlande reparût : il mangeait dehors; il rentrait tard. L'époque était d'ailleurs féconde en affaires criminelles et lui taillait de la besogne.

Denise se savait placée sous la surveillance du vieux Simon; elle n'eût osé sortir et restait seule à se désoler, s'attendant à chaque heure à voir son mari entrer et lui apprendre l'œuvre du bourreau, la torture du pauvre Daniel, — sa mort peut-être.

Puis, après avoir tenté de l'intimider, elle songeait à le fléchir...

S'il en était temps encore!... Si elle pouvait... à quel prix, mon Dieu!... oh! à tout prix!... lui arracher la grâce de Daniel... sa liberté!...

Car il pouvait le faire évader...

Comment n'avait-elle pas tout d'abord songé à cela?

Cet homme terrible avait un côté vulnérable, un côté faible, elle le connaissait. Même à cette heure, malgré tout, il l'aimait. Une femme aimée peut obtenir tout ce qu'elle veut.

Elle rougit à cette pensée.

Pour la première fois, elle se crut coupable.

Mais le silence de M. de Garlande augmentant de jour en jour son inquiétude, elle reprit cette idée, foula aux pieds ses répugnances et ses scrupules.

Plus de huit jours s'étaient écoulés.

Un soir elle se mit à sa toilette, résolue à aller trouver son mari.

Son miroir lui montra les ravages de la souffrance morale.

Son teint était défait, ses yeux battus, ses lèvres desséchées par la fièvre, ses beaux cheveux négligés, en désordre.

Elle se coiffa, se para comme pour une fête, mit son costume le plus élégant, se rappela le temps où elle était coquette et cherchant à plaire, et, sa toilette finie, se trouva comme déguisée, tant elle avait perdu le goût de plaire.

Puis elle attendit que M. de Garlande rentrât.

Les rats des oubliettes voisines l'avait dépisté. (Page 49.)

XIII

LE PLAISIR DES DIEUX.

Elle ne put dîner; mais, contre son habitude, elle voulut prendre un doigt de vin.

La nuit était depuis longtemps tombée.

M. de Garlande avait dîné en ville.

Le temps lui parut bien long.

Enfin le pas lourd du vieillard se fit entendre, et le cœur de la pauvre femme se mit à battre à se briser.

Comme de coutume, le mari rentra chez lui sans venir chez sa femme.

Celle-ci se leva en se disant :

« Allons!... Il le faut!... »

Elle s'aperçut en passant devant la glace de la cheminée : elle était d'une pâleur de morte.

Ses jambes tremblaient.

Elle frappa à la porte de la chambre à coucher de son mari et ouvrit presque aussitôt.

M. de Garlande s'apprêtait à se coucher.

Il avait ôté sa perruque et sa robe, et changé de costume et de laideur.

A la vue de sa femme vêtue comme pour une fête, il poussa un cri de surprise.

Elle s'avançait en chancelant, le sourire aux lèvres.

— Qu'y a-t-il?... Êtes-vous devenue folle?

— Je viens vous demander pardon, dit Denise d'une voix, d'un accent qui eussent ému un marbre.

Elle tomba à genoux.

De Garlande, touché au fond, s'empressa vers elle, lui prit les mains pour la relever.

— Ah! chère enfant, vous me revenez donc?

— Oui, pardonnez-moi. Je souffre trop. Je suis à bout de courage et de forces.

— Relevez-vous, chère Denise, et venez sur mon cœur.

— Je sais que vous m'aimez...

— Si je t'aime!...

— Eh bien! je veux vous aimer aussi... Je suis votre femme...

Deux larmes roulèrent sur ses joues pâles.

— Ne pleure pas, mignonne, dit le vieillard plus qu'attendri.

— Je serai... je serai votre femme.. tout à fait... soupira Denise. Mais...

— Voyez-vous cela, cette jolie petite Ninette! Tout à fait!... Ah! ah!...

— Mais pitié pour moi, monsieur!... Et pitié pour lui!...

— Pour lui!... exclama de Garlande qui tressaillit.

— Oui, grâce, grâce pour Daniel! sanglota Denise. Sanvez-le! Ne le laissez pas torturer!... Je vous en supplie... J'en deviendrais folle; j'en mourrais!... Sauvez-le, et je ne le verrai jamais plus, je vous le jure, et je vous aimerai...

— Ouais! fit le vieillard subitement éclairé sur les sentiments d'amour conjugal et de repentir de la naïve Denise.

« Vous me la baillez bonne, ma chère!

« Ainsi c'est pour lui que vous déployez tout cet élégant appareil! C'est son nom dans le cœur et sur les lèvres que vous venez me demander pardon, que vous osez me parler d'un vertueux amour! Beau repentir, en vérité!

« Je crois même que vous ne vous faites si belle que dans l'espoir de me séduire. »

Il la repoussa doucement.

Elle se voila le visage de ses deux mains, se recula lentement à l'autre extrémité de la chambre, vers la fenêtre.

Puis bientôt reprenant courage :

— Eh bien! oui, dit-elle, c'est pour le sauver.

« Mais je veux le sauver, croyez-le bien, parce qu'il est innocent.

— Innocent! Oui-dà!... Et il a été pris dans cette maison pendant la nuit!

— Vous savez bien ce que je veux dire. Que vous faut-il de plus?... Êtes-vous donc sans pitié?

« N'avez-vous jamais été jeune et n'avez-vous jamais aimé?

« Est-ce possible?... Vous dites que vous m'aimez, vous me voyez à moitié folle de chagrin, et vous me repoussez! Pourquoi donc voulez-vous que je vous aime, si vous n'êtes ni bon ni généreux?

« Vous gardez le silence!

« Vous riez!... Ce n'est pas d'un bon rire.

« Encore une fois, sa grâce, la grâce du malheureux Daniel, je vous en supplie à mains jointes!...

— C'est impossible, répondit sèchement le mari. Cessez ces supplications qui m'offensent.

— Ah! c'est ainsi! s'écria Denise avec colère. Ah! vous êtes sans pitié!... Eh bien! c'est vous qui l'avez voulu!... Que la faute en retombe sur vous!... Soyez maudit! Je vous détestais; à cette heure, je vous déteste et vous méprise, et je l'aime, lui, je l'aime et ne veux plus vivre que dans l'espérance de le revoir.

— Le revoir! fit de Garlande en haussant les épaules. Pauvre insensée!

— Il faudra bien qu'on le mette en liberté : je ne souffrirai pas qu'il se sacrifie pour l'honneur du nom que je porte. Je me présenterai devant les juges, je dirai tout. — C'est vous qui deviendrez l'accusé.

— Allons donc! Il n'y a plus de juges pour lui.

— Que voulez-vous dire?

— Puisque vous me provoquez à vous dire ce qu'est devenu ce jeune drôle, apprenez-le donc. Sachez qu'il y a huit jours, sur sa demande, il a été descendu dans un des cachots souterrains du Châtelet.

« Il voulait être seul.

« Pendant plusieurs jours, on lui porta à manger dans son cachot...

« Dernièrement le guichetier, en descendant près de lui, rencontra des bandes de rats.

« Il devina ce qui était arrivé.

« Le prisonnier avait été dévoré par les rats. Il s'en retourna avec ses provisions. »

Denise le regardait avec de grands yeux hébétés, sans comprendre.

— Vous entendez! répéta de Garlande; dévoré par les rats... dévoré vivant!...

Et il sourit avec la satisfaction que cause la vengeance, ce plaisir des dieux.

— Daniel dévoré vivant! s'écria enfin la malheureuse femme. Oh! mon Dieu, le pauvre Daniel!...

Un frisson d'horreur la parcourut tout entière; elle devint blême jusqu'aux lèvres et chancela, se retenant au chambranle de la fenêtre.

Le vieillard crut l'avoir tuée.

Il se repentit d'en avoir trop dit.

Il la prit dans ses bras, ouvrit la fenêtre, l'assit au grand air, non sans maugréer toutefois, comme on le pense, contre cette fâcheuse syncope.

Tout à coup elle releva la tête.

Ses yeux s'animèrent; ses couleurs revinrent.

— Ah! ah!... fit-elle, il est mort, dites-vous; il est dévoré par les rats, mon Daniel?...

Une voix chantait sous la fenêtre :

L'aube de ses doigts de roses
Ouvre les portes des cieux;
Ouvrez vos fenêtres closes,
O belle blonde aux yeux bleus.

Je vous vois, je sens éclore
Pour mon cœur un nouveau jour.
De mon bonheur c'est l'aurore,
C'est l'aurore de l'amour!

Elle écoutait avec ravissement.

Et lui se disait :

— Elle est folle.

Avant que le second couplet fût fini, elle s'était levée pour regarder le chanteur.

Il était si près du bord de l'eau et le ciel était si pur, qu'elle put le reconnaître.

Mais de Garlande se pencha à son tour, et le chanteur, apercevant sa grande ombre noire, crut prudent de s'éloigner.

— Dévoré vivant par les rats!... répéta Denise.

Puis à de Garlande avec colère et mépris :

— Retirez-vous donc, monsieur. Ne m'approchez pas. Ne me touchez pas. Vous me faites horreur et... pitié.

De Garlande se retira en se disant toujours :

— La malheureuse a perdu la raison...

XIV

SANS ASILE.

Ainsi Daniel Varillas avait de nouveau pris pied sur le pavé de Paris. Il n'était pas entièrement libre, mais il jouissait d'une liberté relative, la liberté d'un évadé qui se sent toujours sous le coup d'une arrestation nouvelle.

C'était déjà bien beau pour un homme qui sortait d'une oubliette du Grand-Châtelet et qui avait vu la mort de si près.

Puis on se souvient des scrupules qui s'étaient éveillés chez l'épicier son hôte et qui avaient poussé cet imbécile à avertir les gens du Châtelet.

Comment Daniel avait-il échappé à ce nouveau danger? C'est ce qu'il va nous apprendre lui-même.

Heureux de s'être fait entendre de Denise, il avait jugé inutile de s'attarder longtemps sur le quai des Orfèvres et avait passé le pont Saint-Michel.

Il avait encore une visite à faire.

Il voulait revoir son ami Éloi, et l'on sait que Defita l'apothicaire fermait de bonne heure.

Il hâta le pas, mais au moment où il entrait dans la rue Saint-André-des-Arts :

— Daniel ! exclama un passant.

Il se retourna ; c'était son ami.

— Te voilà donc enfin ! dit Éloi. Mais qu'es-tu donc devenu depuis huit jours?

— Je reviens de loin.

— D'un voyage ?

— Je te conterai cela.

— Et où vas-tu ?

— J'allais te voir chez Defita.

— Defita ! fit Éloi en levant ses grands sourcils noirs. Je vois que tu reviens de loin. Tu ne sais donc pas?

— Je ne sais rien.

— La maison est vide.

Et se penchant vers Daniel :

— Il est arrêté, lui dit-il à l'oreille.

— Aussi ! fit Varillas.

— Comment, aussi? Que veux-tu dire?

— Je te l'expliquerai, mon cher Éloi. Mais toi, que deviens-tu?

— Je me cache.

— Tu es menacé également ?

— Oui, mon cher Daniel. Je suis compromis par mon patron, et, dans cette situation affreuse, ne sachant où donner de la tête, traqué jour et nuit par les sergents, j'avais pensé à toi pour me donner asile.

— Voilà qui est inouï.

— N'est-ce pas ?

— Oh ! mais plus que tu ne t'en doutes, fit Varillas. Mais tu vas le comprendre d'un mot.

— Parle.

— Tu me cherchais pour me demander asile, et moi, je te cherchais pour la même raison.

— Incroyable !

— Seulement tu as peur d'entrer au Châtelet.

— Oh ! une peur affreuse ! Si tu savais ce que l'on souffre dans ces horribles prisons !...

— Je le sais mieux que toi, cher ami, mieux que toi !...

— De quel ton tu me dis cela ! On croirait, à t'entendre...

— Que j'y ai été?

— Oui.

— Eh bien ! j'en sors à l'instant.

Éloi était pétrifié d'étonnement.

— Nous en avons long à nous raconter, reprit Daniel, et je crois que ce ne sera pas du temps perdu ; nous sommes tous deux dans une situation périlleuse et nous avons intérêt à nous entendre. Mais nous sommes très-mal ici pour causer. Tout fermé, tout s'éteint. Les carrefours ont une société très-mêlée, puis le guet commence ses rondes. Où aller?

— J'y songe.

— Mais où as-tu passé la dernière nuit?

— Ah ! dans un singulier endroit, et nous aurions du mal à y tenir tous deux. Mais enfin, allons toujours de ce côté, c'est moins dangereux qu'ici.

Et Éloi, prenant le bras de Daniel, l'entraîna vers la rue Saint-Jacques, qu'ils montèrent jusqu'au faubourg.

En chemin, Éloi soupirait :

— S'il ne pleut pas, tout ira bien, du moins pour cette nuit. Je ne crains que la pluie.

A mesure qu'ils s'éloignaient du centre, la solitude devenait plus complète. Déjà les clôtures de jardin succédaient aux maisons.

— Nous sommes arrivés, dit Éloi en s'arrêtant au pied d'un petit mur dont le faîte, revêtu de lierre, laissait pendre vers la rue ses vertes stalactites.

« Fais comme moi. »

Il mit le pied sur une pierre qui faisait saillie, saisit les touffes de lierre et escalada la clôture.

Daniel l'imita.

Ils se trouvèrent dans un verger assez étendu et d'une végétation magnifique.

— C'est là ta chambre à coucher? chuchota Varillas.

— Non, ici c'est mon jardin ou mon salon de réception ; mais voici ma chambre à coucher, ajouta Éloi en indiquant une maçonnerie de forme ronde, haute de deux pieds environ et surmontée d'un couvercle de bois.

— Un puits !

— Une citerne qui n'est pas très-profonde et qui est à sec. Là-dedans, j'ai dormi quatre nuits ; mais, tu vois, c'est bien étroit pour deux personnes, et d'ailleurs il peut pleuvoir. Asseyons-nous ici en attendant mieux, et causons. Explique-moi d'abord comment un aussi honnête garçon que Daniel Varillas a pu être arrêté et jeté au Grand-Châtelet, et je te promets de te raconter à mon tour l'affaire Defita et les aventures du garçon de cet aimable apothicaire.

Daniel, sans se faire prier et avec une sincérité complète, raconta tout ce que nous savons et arriva à ce moment où, tandis qu'il causait avec la jolie marchande, il vit arriver le mari de celle-ci, suivi d'un inconnu dont la mine n'avait rien d'avenant ni de rassurant.

— C'était, dit-il, un rousseau de forte taille, au nez crochu, aux lèvres minces, dont les yeux gris attachèrent tout d'abord sur moi des regards d'une menaçante vivacité.

« C'est un exempt, pensai-je ; je suis pris. Mon hôtesse ne paraissait pas plus rassurée que moi.

« Après m'avoir examiné attentivement et en silence, il toucha de la main l'épaule du marchand, et tous deux se retirèrent dans une pièce voisine.

« — Quel est cet homme? murmurai-je.

« — Je l'avais pris tout d'abord pour un suppôt de La Reynie, me dit-elle ; c'est pour la première fois que je le vois.

« Et elle alla regarder par le trou de la serrure et écouter à la porte.

« Cela m'amusait de la voir ainsi espionner son mari à mon profit ; mais je ne restais point cependant sans inquiétude.

« Il s'agit de moi, pensais-je ; mon sort se décide. Une fois de plus, je dois me préparer à tout événement.

« De temps en temps, lorsqu'elle se retournait de mon côt je l'interrogeais d'un signe ; mais ce qu'elle écoutait l'impressionnait tellement, qu'elle ne me répondait point.

« Cependant je m'arrachai aux douceurs de mon lit de repos, m'étirai les bras et les jambes, prêt à toute aventure. C'était sur mes bras et mes jambes, comme la veille, que je devais compter. Je sentais une fatigue extrême ; mais je savais aussi que lorsque mes muscles se seraient réchauffés par l'exercice, je serais prêt encore pour une lutte nouvelle.

« Mes vêtements étaient délabrés, souillés de terre et de

l'indescriptible enduit des vieilles murailles, et voilà ce qui m'effrayait le plus : les vêtements sont le passeport indispensable, le permis de circulation, la première et la plus importante recommandation...

« Et les miens étaient un stigmate de misère et de vagabondage.

« Comme je me désolais, la petite femme quitta la porte; elle paraissait bouleversée.

« - Quelles nouvelles? lui dis-je.

« — Rien que de mauvais, me répondit-elle. Mon pauvre garçon, qu'allez-vous devenir!

« — Cet homme?

« — Ce n'est pas ce que nous avions cru. Il conseille à mon mari, qui lui a dit tout, de murer le caveau.

« — C'est un maçon?

« — Peut-être bien.

« — Et puis?

« — Oh! pour le reste, jamais, mon grand jamais, je ne vous le dirais.

« Elle paraissait tellement effrayée de ce qu'elle avait entendu, que mes craintes redoublèrent.

« — Écoutez, lui dis-je, je n'ai qu'une chose à faire, et sans tarder.

« — Laquelle?

« — Décamper. Pour cela, tout me manque; mais vous avez bon cœur et vous m'aiderez. Regardez-moi, j'ai l'air d'un bandit.

« — Oui, fit-elle, il vous faudrait quelques nippes; mais comment faire? ajouta-t-elle en se tordant les mains de dépit. Mon mari est de trop forte taille, rien de lui ne vous irait... Baste!... Attendez!

« Elle courut à une armoire, souleva des piles de linge, en tira un rouleau d'écus, et me le mit dans la main.

« J'eus un mouvement de fausse honte.

« — Vous me rendrez cela quand vous aurez fait fortune, me dit-elle.

« Je lui sautai au cou et l'embrassai.

« — Holà! holà! fit-elle. Et madame de Garlande?...

« Ce reproche me rappela à moi-même.

« — Je vous ai fait une petite place dans mon cœur à côté d'elle, répondis-je en souriant, et si vous voulez la garder, vous me permettrez de venir vous revoir.

« — Me revoir!... Malheureux!... Ne revenez jamais ici, ni dans cette rue.

« — Il faut pourtant que vous me disiez ce que vous avez entendu tout à l'heure, qui vous a fait pâlir et vous a toute bouleversée.

« — Jamais, vous dis-je! Mais il est temps, sauvez-vous.

« Et elle m'entraîna vers la porte.

— « Mais, repris-je, si je vous priais de voir Denise, de lui remettre un mot?

« — Les voici! s'écria-t-elle.

« Elle rentra, et je m'élançai dans la rue.

« Je courus d'abord tout droit devant moi, étonné de l'usage excellent que je faisais de mes jambes, enivré d'espace... Oh! que c'est bon, la liberté!...

« Puis j'entrai chez un fripier; je changeai de vêtements; enfin j'allai dîner.

« Tout cela, mon cher Éloi, peut se raconter en dix mots; mais, crois-moi, c'est tout un poëme, le poëme de la résurrection. Il me semblait qu'un sang nouveau coulait dans mes veines. Je me trouvais un autre homme qu'en arrivant à Paris. Un sentiment d'audace me dominait : je défiai le monde entier et je me jurai deux choses... »

Daniel s'interrompit.

— Mais tu vas rire... reprit-il.

— Non, ne crains rien, dis toute ta pensée, répondit Éloi.

— Je me jurai de faire fortune et d'être aimé de Denise.

Éloi se mordit les lèvres pour ne pas éclater de rire.

Il se fût fait scrupule d'affaiblir l'enthousiasme si nécessaire à son ami.

— Et maintenant, à toi, dit Varilles. Confidences pour confidences. Je t'écoute.

XV

LES AMOURS D'ÉLOI.

— Ce que j'ai à te dire, répondit Éloi, est moins long et surtout moins clair; enfin je n'y remplis point le principal rôle.

« Le premier jour où je te vis, je te disais, je crois, que, par mon emploi, j'étais souvent appelé à pénétrer bien des mystères. Un apothicaire ou son principal garçon, comme j'étais chez Defita, est initié à bien des secrets de santé, de fortune, de passion.

— Comme le médecin! fit Daniel.

— Aussi bien et quelquefois mieux que lui. On se gêne moins devant nous. On nous consulte souvent en secret. On nous adresse des questions que l'on n'oserait poser à un médecin. Une maladie n'intéresse pas seulement le cœur.

« Le neveu voudrait pouvoir compter les jours de son oncle.

« Le mari, l'amant, savoir la vérité sur la nature de certaines indispositions.

« La femme coquette nous demande des secrets pour faire passer ceci, pour embellir cela, pour avoir de la gorge, de la fraîcheur; elle nous demanderait des philtres pour ne pas vieillir ou se faire aimer... Mais que dis-je?

« Elles en demandent et on leur en vend.

« En somme, l'apothicaire a deux clients principaux : l'amour et la cupidité.

« Lequel est le plus terrible des deux?... Je ne le sais pas encore, mais les combats qu'ils se livrent sont effrayants... Quels affreux mystères!...

« Eh bien!... mon cher ami, la boutique de l'apothicaire est l'arsenal de ces hontes et de ces crimes.

« Il y a, dit-on tout bas, d'autres officines mystérieuses... C'est bien possible... car notre corporation compte encore beaucoup d'honnêtes gens... mais en attendant les morts subites et inexplicables se succèdent de jour en jour avec une effrayante rapidité.

— Mais le poison, demanda Daniel, se retrouve?

— Il y a trois sortes de poisons :

« Le poison minéral;

« Le poison végétal;

« Et le poison animal.

« Le premier se retrouve toujours quand on le cherche;

« Le second se retrouve ou se dénonce par ses ravages;

« Le troisième ne se dénonce ni ne se retrouve jamais.

« C'est ce dernier, l'arme des scélérats les plus redoutables, qui sort des laboratoires mystérieux dont je t'ai parlé. Il communique des maladies véritables, connues des médecins, et vous entraînent ainsi à la tombe selon les règles de l'art. C'est un secret de l'Orient, que les anciens ont connu, que les Arabes ont retrouvé, qu'ont pratiqué les sorciers des temps barbares.

« Mais les autres poisons se trouvent en abondance chez les apothicaires et les herboristes. Je suis encore jeune, mais j'ai manipulé bien des fois des drogues qui m'ont donné à réfléchir.

— Allons, je vois de quoi il s'agit. Defita est accusé d'empoisonnement.

— Pas tout à fait. Il est, — ainsi que moi, mon cher Daniel, mais à des titres plus sérieux, — compromis dans une affaire de poison. Mais cela n'est rien...

— Comment, cela n'est rien!

— Je m'explique. Je veux dire que l'affaire pour laquelle il est incarcéré a déjà eu son premier dénouement, sa victime désignée; et son dernier dénouement, celui que prononcera la justice, ne compromet plus que la tête de Defita... qui ne vaut pas cher... et la mienne...

— Eh bien! la tienne, n'est-ce rien?

— Je la donnerais volontiers pour en sauver une autre qui m'est cent fois plus chère.

— As-tu entrepris, fit Daniel, de me donner à rire de toi en matière si grave?

— Je n'ai pas ri de toi, Daniel, quand tu m'as raconté ton amour pour Denise de Garlande.

— Ah! tu es amoureux aussi! s'écria Daniel.

— Oui, mon ami, répondit Éloi avec une expression douloureuse.

— Bravo! Tope là!... Nous voilà de pair tout à fait.

— Chut! fit Éloi en apaisant un élan de joie qu'il était loin de partager. Tu oublies où nous sommes; parlons plus bas.

« Laissons la première affaire, qui me jette, moi innocent, dans l'état où tu me vois, qui a décidé l'arrestation de mon patron et que la justice débrouillera... et venons à l'autre, qui me tient le plus au cœur. Voici :

« Il y a six mois environ, je fus appelé pour un remède chez le comte de Lignerolles.

« J'ai trouvé tout d'abord fort singulier que le médecin, le docteur Cauvin, se fournît chez Defita, rue Saint-André-des-Arts, pour sa clientèle du faubourg Saint-Honoré, car c'est dans ce quartier que s'élève l'hôtel de Lignerolles. En arrivant, je fus frappé également de l'air de solitude que l'on respirait dans la cour et les appartements de cette magnifique demeure. Les écuries semblaient désertes; la plupart des fenêtres étaient fermées; les valets rares, sinon introuvables.

« Dans la chambre du malade se trouvaient un jeune homme et deux dames que je ne fis d'abord qu'entrevoir. La première avait de trente à quarante ans; la seconde était une jeune fille qui, à mon arrivée, se retira aussitôt.

« Le jeune homme voulut la suivre, mais d'un geste elle le remercia, et la dame âgée insista également pour qu'il demeurât.

« Le comte de Lignerolles était un vieillard de soixante ans à qui on en eût donné bien davantage. Il n'était pas gravement malade, mais il était miné par une vie d'excès de tout genre.

« Il s'était marié tard, avait perdu sa femme et abandonné le seul enfant né de son mariage à une parente qui l'avait élevée.

« Gabrielle de Lignerolles était cette jeune fille que j'avais entrevue.

« Puis il avait voyagé, un peu partout d'abord, et en dernier lieu en Italie.

« Là il s'était épris d'une ballerine aussi célèbre par sa galanterie que par sa beauté, et avait réussi sans peine, car il est colossalement riche, à enlever aux arts et à ses fervents admirateurs la signora Flora de San-Lucco.

« De Naples, ils remontèrent ensemble à Rome; de Rome à Florence, à Milan... Puis, comme il trouvait sa maîtresse intelligente et convenablement formée aux manières du grand monde, comme il l'aimait et cependant ne pouvait se résigner à finir ses jours en Italie, il tenta de rentrer avec elle en France.

« Mais comment la présenter à Paris?

« L'épouser, c'était se faire bannir de la cour et ainsi de tous les salons.

« Et, d'autre part, Flora, habituée à l'étranger à un rôle de comtesse, ne pouvait se résoudre à redescendre à Paris au rang de femme galante.

« Les deux amants imaginèrent une intrigue qui, dans leur esprit, devait tout sauver.

« Ils se séparèrent momentanément, et, par un entremetteur de profession, la signora fut gratifiée d'un mari à qui l'on assura une rente viagère assez rondelette, à la condition qu'il ne prétendrait jamais à user de ses droits de mari.

« Ce chaperon — le chevalier Desjardins — s'installa à l'hôtel de Lignerolles avec sa femme, et pendant quelque temps personne ne se douta de ce double ménage.

« Flora eut un enfant, ce jeune homme que j'avais vu en entrant chez le comte.

« Ce jeune homme fut élevé comme le fils de M. de Lignerolles.

« Le monde ouvrit les yeux.

« La famille de Lignerolles et la famille de la comtesse, dont la fille était restée à l'écart, s'indignèrent.

« Une guerre secrète s'alluma.

« Cependant le comte, aveuglé, ensorcelé par l'Italienne, affaibli par la débauche plus que par les années, consentit à tous les sacrifices : il se brouilla avec tout le monde, renonça à la cour, où il n'osait plus paraître, et n'eut bientôt plus d'autre société que Flora et le chevalier.

« Tout cela, mon cher Daniel, je ne l'appris pas dans la courte visite dont je t'ai d'abord parlé.

« De cette visite il ne me serait resté qu'une impression vague et indifférente, si, en sortant de la chambre du comte, je ne m'étais trouvé en face de sa fille.

« Ah! Daniel! la ravissante, l'admirable personne!

— Blonde ou brune? demanda Varillas.

— Blonde.

— Blonde aussi! s'écria Daniel en riant. Encore une ressemblance de plus.

— Mais tu ne saurais te figurer... poursuivit Éloi.

— Mais si... très-bien... je n'ai qu'à me représenter Denise et à me dire que mademoiselle de Lignerolles est presque aussi belle.

— Ou plus belle.

— Oh!...

— Allons! autant, et ne nous disputons point. Mais accorde-moi ceci, Vaillas, c'est que pour faire sur moi à première vue une impression aussi profonde, il faut qu'elle soit d'une rare beauté. Je suis d'un caractère sérieux, moi, je n'arrive pas de ma province, et par ma profession j'ai été à même de voir des femmes...

— Des femmes malades.

— De bien jolies malades quelquefois, va!...

« Des yeux pleins de langueur et de fièvre, d'ineffables sourires, et tant d'autres charmes dont le souvenir me poursuivait en rêve.

— Allons! allons! toi, un homme sérieux!...

— Je reviens à Gabrielle. Je n'eus plus que rarement l'occasion de la revoir pendant plusieurs mois, l'indisposition du comte n'ayant pas eu de suites. Mais cependant les détails que je viens de te donner, et que j'arrachai pièce à pièce aux lèvres pincées et avares de mon vénéré patron, ces détails me donnèrent à réfléchir.

« Quelle pouvait-être la situation de Gabrielle devant la Flora, le Desjardins et l'héritier de leur nom?

« Le comte ne pouvait la protéger; il n'y songeait même pas, et les autres ne pensaient qu'à la perdre.

« C'était clair.

« Aussi, ces jours derniers, lorsque je vis entrer chez Defita le docteur Cauvin, le pressentiment de quelque malheur m'assaillit aussitôt.

« Le docteur est un homme sombre, sur le visage duquel il est difficile de lire.

« — Voici, maître Defita, dit-il, une ordonnance importante, dont je vous recommande la préparation.

« — Pour qui, docteur?

« — Pour une de mes plus riches clientes, mademoiselle Gabrielle de Lignerolles.

« Je frémis de terreur.

« Et tandis que Defita lisait l'ordonnance, j'essayai de recouvrer mon sang-froid, et affermissant ma voix :

« — J'ai déjà eu l'honneur, dis-je, d'aller chez M. le comte de Lignerolles; de quelle maladie sa fille est-elle atteinte?

« — D'une fièvre gastrique causée par un grand affaiblissement nerveux, me répondit le médecin.

« — Bien, docteur, dit en même temps Defita; on portera cela ce soir même.

« Lorsqu'il se fut retiré, mon patron ne put s'empêcher de dire :

« — Ce médecin devrait bien aller porter ailleurs ses ordonnances. Je n'aime pas cela. Enfin, préparez cela, Éloi; vous le porterez ce soir.

« Je lus et bénis le ciel d'être chargé de préparer les pilules du docteur Cauvin. Il y entrait comme antispasmodique de la morphine. Je remplaçai le tout par de la farine, de la gomme et du sucre.

« Il s'agissait donc d'empoisonner Gabrielle...

« Je fus assez tard dans la soirée pour porter la boîte de pilules à l'hôtel de Lignerolles. Au lieu de monter le grand escalier qui conduisait à l'appartement du comte, on me fit prendre par un escalier de service qui donne dans l'aile gauche de l'habitation.

« J'entendis bientôt de grands éclats de voix, les intonations criardes d'une querelle.

« — Voilà bien du bruit près d'une malade! dis-je.

« — Ils se disputent, répondit le valet; c'est tous les jours comme cela.

« — Je croyais M. le comte d'humeur plus paisible.

« — Ce n'est pas lui, le pauvre homme! C'est M. et madame Desjardins.

« Le valet me laissa seul un instant dans un petit salon pour aller m'annoncer; j'entendis distinctement la voix exaspérée de Desjardins.

« — Je sais ce qui m'attend, quand tu n'auras plus besoin de moi, que le coup sera fait.

« — Silence! fit Flora. On vient.

« — Madame, dit le valet, voici le garçon de l'apothicaire.

« La porte s'ouvrit

« — Ah! s'écria Desjardins en venant à moi comme un furieux, encore ces drogues maudites!... Que nous apportez-vous?

« — Monsieur, répondis-je, j'apporte des pilules prescrites par le docteur Cauvin.

« — Donnez, dit l'Italienne.

« Mais comme je tendais la boîte, Desjardins s'en empara et la mit dans sa poche.

« — Que faites-vous? se récria sa femme.

« — Je la garde, dit-il, et je ne m'en dessaisirai qu'à bon escient.

« Flora était blême de colère.

« — Allez! mon garçon, me dit Desjardins en me montrant la porte.

« Je me retirai stupéfait.

« Est-ce que j'avais un allié en cet homme-là?

« D'où lui venait tant de zèle et de vertu?

« Mais s'il faisait analyser ses pilules de farine de gomme et de sucre et se plaignait au médecin de cette supercherie, qu'arriverait-il de moi?

« De retour chez Defita, je le trouvai occupé à brûler des papiers. Bien lui en prit : il était arrêté le soir même! Je voulais aller trouver Desjardins; puis je pensai à obtenir une audience de M. de Lignerolles... car il était possible que l'innocuité de ma préparation les engageât à faire usage des pilules du docteur Cauvin ou de l'Italienne Flora, et alors la mort de Gabrielle était certaine.

« Mais l'arrestation de Defita coupa court à ma résolution en m'obligeant à fuir et à me cacher.

« La pensée que cette belle jeune fille va être dévorée lentement par le poison, cette pensée me torture.

— Ne peux-tu écrire au comte? demanda Daniel.

— Non; il ne lit que ce qu'on lui permet de lire. Sait-il même que sa fille est malade ou rendue malade? J'en doute. On veut lui épargner ce chagrin. Quant au but de cet assassinat, il n'est pas douteux. C'est de se débarrasser de l'unique héritière d'une fortune immense et de s'emparer de cette fortune.

« Mais peux-tu m'expliquer la conduite, l'attitude de ce coquin de Desjardins?

— Enfin es-tu résigné à abandonner mademoiselle de Lignerolles?

— Non, certes!

— Et que comptes-tu faire?

— Jusqu'à présent je n'ai rien arrêté, et à cette heure... car il doit être très-tard... j'ai la tête trop lourde pour rien imaginer. Mais à demain les affaires sérieuses.

Tous deux tombaient de sommeil; ils reposèrent jusqu'aux premiers frissons de l'aube.

En même temps que les oiseaux secouaient leurs ailes

mouillées, nos deux jeunes gens étirèrent leurs bras et leurs jambes et se dérobèrent à l'indiscrétion des jardiniers.

— Où allons-nous? fit Éloi.

— Nous allons déjeuner à la campagne.

— Tiens! c'est vrai, tu as de l'argent, toi.

— Et toi?

— Quelques sous...

— Nous allons faire notre caisse et partager les bons et les mauvais sous, dit Daniel. Nous étions deux amis, l'adversité nous a faits frères. Nous allons déjeuner toute la journée ensemble.

« Il faut manger, il faut boire; cela donne des forces et des idées.

« Et ce soir nous aurons notre plan de campagne. »

Ainsi, pleins de bonne humeur, de courage et d'appétit, Daniel et Éloi se dirigèrent vers la route d'Italie.

En ce temps-là ce quartier du Paris actuel était la campagne : des champs, des masures et des tas de fumier entremêlés de bouquets d'arbres et possédant en bordure quelques cabarets.

Les jeunes gens, les Parisiens *épris des merveilles de la nature*, se rendaient là le dimanche depuis les premières grappes de lilas jusqu'aux dernières feuilles d'acacias, dans ces cabarets rustiques.

Il n'y a pas encore longtemps que les Parisiens ont poussé plus loin leurs promenades du dimanche.

En ce temps-là petits bourgeois et artisans ne connaissaient que de nom Sceaux, Bagneux.

C'était un voyage d'aller à Montmorency.

Pour aller et retour, il fallait deux journées.

Tout ce qui est devenu notre banlieue était alors la province.

Nos deux jeunes gens se trouvaient donc dans une solitude champêtre, où nul agent des pouvoirs publics ne pouvait les inquiéter.

Sous le roi Louis XIV, — soit dit en passant, — la police, réorganisée par M. de La Reynie, la police, si sévère, n'existait que dans les villes.

Eloi et Daniel, à une demi-heure des barrières, respiraient l'air de la liberté.

Ils se sentirent heureux.

Et est-il rien de meilleur dans la vie que d'avoir vingt ans, d'être amoureux et persécuté?

Avoir devant soi un monde d'aventures semé d'obstacles romanesques, et pour but une jolie femme qui vous aime ou doit vous aimer, qui vous réserve, à la fin de ces aventures et de ces périls, la réalisation des rêves voluptueux qui de votre cœur sont montés à votre cerveau, dans les nuits de votre existence vagabonde, à l'ombre des haies, sous les treilles des cabarets ou sous les toits des mansardes!

Ils étaient donc heureux, ces pauvres diables, plus heureux qu'ils ne le croyaient.

Bientôt attablés en face d'une copieuse omelette et d'une bouteille de vin, ils s'étaient remis de leur fatigue et pouvaient élaborer leur plan.

Ils procédèrent avec méthode.

— Nous avons chacun à pourvoir à une première nécessité, dit Éloi, — le plus positif des deux; — cette première nécessité est notre sûreté personnelle.

— Restons dans ce cabaret, repartit Varillas.

— Oui, et de quoi y vivrons-nous?... Il ne s'agit pas seulement de trouver un gîte, mais des moyens d'existence, un travail, de l'argent.

« Nous ne pouvons vivre sans Paris.

« Il faut donc rentrer à Paris, y trouver un asile sûr et un travail.

— Très-bien! fit Daniel avec un sourire; tu me parais en veine, mon ami; trouve, imagine... Après?

— Après, rien de plus simple. Suzette, l'épicière, t'aidera à te rapprocher de Denise, et moi je tenterai de sauver Gabrielle. Nous les enlèverons toutes deux.

— Et nous irons?

— Ah! tu m'en demandes trop.

— Eh bien! je vais te le dire.

— Parle.

— Nous irons, répondit Daniel, au Grand-Châtelet.

— Oh! protesta Éloi.

— C'est ainsi. — Mais, tiens! pendant que tu rêvais tout haut, mon ami, moi je songeais tout bas, et je crois avoir trouvé les moyens de réaliser une bonne partie de nos projets.

— Je t'écoute.

Alors Daniel développa à son ami le plan de campagne qu'il avait imaginé, et qui, après une discussion dont les détails nous entraîneraient trop loin, fut définitivement accepté.

XVI

AVENTURES DE NUIT.

Le soir venu, nos deux amis rentrèrent à Paris.

Ils redescendirent audacieusement vers la Seine et le pont Saint-Michel.

Là ils se séparèrent.

— Je vais t'attendre, dit Daniel, devant le cloître Sainte-Opportune, à l'entrée de la rue Saint-Honoré.

Et il se jeta à travers le lacis des ruelles obscures qu'il avait devant lui, tandis qu'Éloi, d'un pas lent et déterminé, allait tout droit près du Châtelet, chez l'épicier Guillaume.

Celui-ci était sur le pas de sa porte.

Éloi le reconnut sans peine au portrait que lui en avait fait Daniel.

— Bonsoir, maître Guillaume! lui dit-il civilement.

— Bonsoir, monsieur! Qu'y a-t-il pour votre service? Entrez, je vous prie.

— Ce n'est pas la peine; je n'ai qu'un mot à vous dire, maître Guillaume.

— Ah! vous avez à me parler?

— En secret.

— En ce cas, entrez; nous ne pouvons causer en secret dans la rue.

— Mais dans votre boutique?...

— Il n'y a personne.

— Votre femme?

— Elle tient compagnie à un de nos amis dans l'arrière-boutique.

Éloi se décida à entrer.

La boutique était obscure et dans la pièce voisine il entrevit à l'état d'ombres Suzette et l'ami de la maison.

— Maître Guillaume, je viens vous rendre un véritable service. Vous avez depuis peu de magnifiques caves, cher monsieur?

— Que voulez-vous dire? fit l'épicier d'une voix émue.

— Vos caves se trouvent depuis deux jours considérablement agrandies et peuvent vous être d'une grande utilité... Mais, d'autre part, cela peut vous attirer de graves désagréments.

— Je ne sais, en vérité...

— Vous le savez très-bien, au contraire.

— Mais qui a pu vous dire?...

— Ah! fit Éloi triomphant, vous convenez du fait, enfin! Eh bien! sachez donc, maître Guillaume, que je viens de rencontrer l'infortuné qui, pour s'évader du Grand-Châtelet, a doté votre établissement de cette annexe souterraine.

— Lui! Où est-il?...

— Je ne puis vous le dire, c'est un secret. Cet infortuné, que j'avais connu autrefois, qui est innocent du crime dont il était accusé; cet excellent garçon, désespéré, sans ressources, après m'avoir raconté ses douloureuses aventures, m'a déclaré qu'il était las de souffrir, et qu'il allait se jeter à la Seine.

« Il n'en était pas loin...

« Je le retins, j'apaisai son désespoir et je lui dis :

« — Je suis pauvre moi-même, mais je sais un moyen de te procurer un peu d'argent...

« — Lequel? me demanda-t-il.

« — Je puis aller au Grand-Châtelet et révéler au lieutenant-civil le secret de ces caves qui communiquent avec la ville, et il m'accordera une récompense qui t'aidera à vivre.

— Oh! monsieur! fit Guillaume suffoqué de terreur.

— Rassurez-vous!... L'infortuné rejeta vivement cette proposition.

— A la bonne heure!

— Va plutôt, me dit-il, trouver maître Guillaume; ce'st un homme généreux, un bon cœur. Tu lui diras l'état pitoyable où je suis, et tu lui demanderas les... cinquante livres dont j'ai besoin.

— Cinquante livres! se récria Guillaume.

— Je crois qu'il ne demande que cette petite somme.

— Cinquante livres, une petite somme!... mais vous êtes fou, monsieur, mais...

— Je lui disais : Ce n'est pas assez. Au Châtelet, l'on me donnera plus de cinquante livres. Toutefois je voulus vous voir auparavant.

— Mais je voulais, moi, s'écria Guillaume exaspéré, aller dénoncer son évasion!...

— Je le sais... mais maintenant il est trop tard... et c'est parce que je savais cela que je n'hésitais pas à vous dénoncer moi-même. C'est parce que vous avez été sans pitié pour mon ami que j'étais sans pitié pour vous.

« Je crois donc vous rendre un véritable service en vous avertissant de mon intention et en ne vous demandant que cinquante livres.

— Eh bien! dit Guillaume avec effort, je vais vous en donner vingt-cinq.

— Non, non, repartit Éloi; ne marchandons pas; c'est bon marché, et vous rattraperez vite cette somme dans le commerce de contrebande que vous pourrez faire.

— Mais qu'est-ce qui me prouve que demain vous ne reviendrez pas à la charge?

— Mon ami n'aura pas eu le temps de manger cette somme.

— Mais plus tard?

— Il aura fait fortune, ou il sera pendu, ou vous-mên vous serez mis en règle avec la justice. Allons, mait Guillaume, décidez-vous promptement, ou je m'en vais.

Le marchand était au supplice.

Devait-il donner cet argent?

Et que dirait sa femme?

Il passa à son comptoir, fit une rafle de toute sa mo naie, et la donnant à Éloi :

— Tenez, lui dit-il; je ne sais ce que cela fait, ma c'est tout ce que je possède.

Comme Éloi voyait la femme se lever, il crut prudent d ne point discuter davantage et s'éloigna rapidement.

En même temps que Suzette, l'ami de la maison s'éta également levé.

C'était cet individu au teint pâle, aux yeux roux, qu Guillaume avait amené chez lui la veille.

— Ah çà! s'écria cet homme d'un ton d'autorité, qu signifie?... Vous lui donnez de l'argent?...

— Ah! si vous saviez! s'écria l'épicier.

— Nous savons tout, mon bonhomme! Nous vous écou tions; mais je cours sur ses traces, et, soyez tranquille, ne reviendra jamais, ni lui ni l'autre.

Tout en parlant ainsi, l'homme roux s'élança dans l rue.

— Je me fie à lui, dit Suzette; ce n'est pas une poul mouillée. J'en suis bien désolée pour ce petit Daniel; mai en louant notre cave à maître René, nous faisons une ma gnifique affaire.

— Mais qu'espère maître René en se lançant à l poursuite de ces jeunes bandits? demanda l'épicier dé solé.

— Tu le demandes!

— Sans doute.

— Il espère les mettre hors d'état de nous nuire et d dévoiler un secret qu'il offre de nous payer si cher.

— Mais encore, que fera-t-il pour cela?

Suzette haussa les épaules.

— La sotte question! fit-elle. Que peut-on faire lors qu'on peut atteindre un ennemi mortel?

« On le tue. »

Suzette dit cela d'un ton très-résolu, et pourtant, nou le savons, Suzette était tout le contraire d'une méchant femme.

— Il est fâcheux, fit observer le mari, puisque vous en tendiez si bien notre conversation, que vous ne soyez pa intervenus plus tôt. Maître René et moi, nous aurions pris c coquin à la gorge, et nous l'aurions jeté à la cave aux rats

— Très-bien, mais l'autre?

. . . .

Cependant Éloi avait joué des jambes et n'avait pa tardé à rejoindre son compagnon devant le cloître Sainte Opportune.

Là, à la clarté de l'un des cinquante réverbères de la ca pitale, ils avaient compté les écus et les sols de l'épicier Le total ne s'élevait qu'à trente-cinq livres environ, mai c'était une somme pour ces appétits modestes; cela équi valait à environ cent cinquante francs de nos jours.

— Avec cet argent, dit Daniel, nous irons loin et nou pourrons entreprendre de grandes choses.

« Cependant ne perdons point de temps, et réalisons seconde partie de notre plan de campagne.

Il était près du bord de l'eau; elle put le reconnaître. (Page 26.)

« Tu as rempli ta mission, je vais remplir la mienne; suivons la rue Saint-Honoré.

« D'après ce que tu m'as conté, mon cher Éloi, tu as un allié dans ce Desjardins.

« Il ne veut pas être plus longtemps la dupe de sa femme, et, pour perdre celle-ci et se venger, il entrera dans nos desseins et nous aidera à sauver Gabrielle.

« D'abord il m'écoutera : je lui suis inconnu, tandis que tu lui es suspect.

« Je dirai franchement les mobiles qui te font agir, tes sentiments, tes espérances.

« Tant de franchise désarmera sa méfiance; et s'il lui faut des gages... il en aura.

— Lesquels? demanda Éloi

— N'es-tu pas poursuivi?... Pour gage de ta sincérité, il aura ta tête.

— C'est vrai, dit Éloi; l'argument est irrésistible.

— Pour le reste, pour les moyens à employer, il sera juge, poursuivit Daniel.

« Tentera-t-il d'éclairer le vieux de Lignerolles?

« Nous débarrassera-t-il de sa femme?

« Nous aidera-t-il à enlever Gabrielle?...

« Encore une fois, il avisera et l'on fera pour le mieux. Mais je compte beaucoup sur l'histoire des pilules du docteur Cauvin et des pratiques de Defita; car tu conçois...

— Chut! fit Éloi; moins haut, je t'en prie.

— Mais la rue est déserte.

— Elle n'en est que plus sonore.

— Je l'avoue... Écoute!...

Ils s'arrêtèrent.

— Tu n'entends rien?... reprit Éloi.

— Rien ou presque rien, répondit Daniel.

— Des pas derrière nous...

— Eh bien! un passant comme nous... Ce n'est pas le guet. — Craindrais-tu les voleurs depuis que nous sommes riches?... ajouta Daniel en riant; moi je ne crains que les sergents.

— Il n'y a pas de réverbères ici.

— Nous sommes au faubourg; mais nous approchons, n'est-ce pas?

— Oui, nous sommes à quelques minutes de l'hôtel de Lignerolles.

Tout en parlant ainsi, les deux jeunes gens avaient repris leur marche rapide.

Le ciel était noir, la rue du faubourg plus noire encore; on ne voyait point à cinq pas devant soi.

Bien que l'on ne fût qu'au commencement de ce qui est encore pour nous la soirée, alors c'était la nuit.

Dans les grands hôtels, on veillait, et l'on voyait la lumière filtrer en raies d'or à travers les volets; on entendait de temps en temps le bruit sourd et vague des soirées de ce quartier aristocratique; mais ces faibles lueurs, ces bruits étouffés, loin de rompre le silence et de tenir compagnie aux passants, si l'on peut dire, accentuaient davantage la solitude et le silence.

Dans la rue, le long de ces grands hôtels fermés, on se sentait bien seul.

C'était ce qu'éprouvait l'ombrageux Éloi, et peut-être aussi, bien qu'à un moindre degré, le vaillant Daniel.

— Comment reconnaître ton hôtel à travers ces ténèbres? demanda-t il tout à coup.

— Oh! je t'y conduirais les yeux bandés, répondit Éloi.

Puis étendant la main et s'arrêtant :

— Tiens, dit-il, vois-tu cette lumière, à droite, comme une étoile? C'est le flambeau de Gabrielle... Elle veille...

Comme Daniel regardait la lumière indiquée, il entendit soudain son ami pousser un grand cri.

Il se tourna vers lui.

Il le vit tomber les bras étendus, comme une masse.

— Éloi! s'écria-t-il.

Mais presque aussitôt une main de fer le saisit à la gorge.

Il se débattit.

Le pauvre garçon avait affaire à plus fort que lui, et vous savez à qui.

Éloi avait été assommé d'un coup de poing ou tué d'un coup de couteau... Daniel n'en savait rien; cependant il crut voir une lame à la main de l'agresseur, avant de rouler lui-même sur la chaussée.

Presque aussitôt il sentit le genou de ce dernier sur sa poitrine; mais aussi sa gorge était délivrée, il put parler :

— Grâce! fit-il.

— Pas de grâce.

— Oh! ne me tuez pas!... Pourquoi?

L'acier le piqua à la poitrine, par un brusque mouvement, il détourna le coup...

Il eût dû succomber, il en fut quitte pour une blessure.

— Lequel es-tu, toi? demanda l'homme.

— Daniel.

— Ah! l'évadé. Bien!

Le poignard se leva de nouveau.

Et de nouveau, se tordant comme un serpent, Varillas esquiva les coups.

L'assassin en haletait de fatigue et de colère, tout en grommelant :

— L'évadé!... Ton affaire est sûre, à toi...

— Mais je suis pauvre, disait Daniel, je ne suis qu'un ouvrier... un pauvre ouvrier bijoutier...

Soudain l'homme s'écria :

— Hein? que dis-tu? bijoutier?

— Oui, un pauvre ouvrier bijoutier.

— Ah! fit l'assassin, ce mot te sauve la vie si tu as dit vrai.

— Je vous jure sur mon âme...

— Bien, bien, tais-toi! interrompit l'homme en le soulevant dans ses bras. Tâchons de nous remettre sur nos jambes...

Et Daniel se retrouva debout.

— Mais pas un cri, pas un mot... Es-tu blessé?

— Oui.

— Grièvement?

— Je ne sais; mon sang coule.

— Où?

— Là.

Il indiqua l'épaule gauche.

— Ce ne sera rien. Si tu veux me suivre, je t'emmène; si tu ne le veux pas, je t'achève.

« Choisis.

— Je vous suivrai.

— Bien, mais songes-y : pas de tentative de révolte ou de fuite, tu risquerais ta vie... Enfin ta vie est et restera entre mes mains.

— Et mon ami? demanda Daniel en se dirigeant vers Éloi toujours inerte sur le pavé.

— Est-il bijoutier comme toi?

— Non.

— Alors je n'ai qu'en faire.

— Mais nous n'allons point le laisser là, sans secours?

— Préfères-tu que je l'achève?

— Monsieur le brigand, je vous en supplie, s'écria Daniel en retenant le bras toujours armé de l'assassin.

— Silence! et laisse-moi faire.

— Non! Je partagerai son sort, et vous ne le frapperez qu'après m'avoir tué.

— Ah! déjà! Tu te révoltes!...

Une nouvelle lutte allait s'engager, quand une vive lumière se projeta dans la rue.

La porte d'un hôtel voisin venait de s'ouvrir.

— Viens, viens, maudit garnement! s'écria maître René en entraînant Daniel. Viens! Tais-toi, ou tu es mort.

A peine s'étaient-ils éloignés que les gens de l'hôtel, apercevant un homme étendu au milieu de la chaussée, s'en approchèrent pour lui porter secours.

C'étaient des domestiques de l'hôtel de Lignerolles.

XVII

LE COUTEAU SUR LA GORGE.

Tandis que les valets de M. de Lignerolles s'empressaient autour du malheureux Éloi laissé pour mort sur le pavé, et par humanité le transportaient dans la loge du suisse, maître René, le mystérieux et nouvel ami de Guillaume l'épicier, — l'homme aux yeux roux, — entraînait son prisonnier Daniel Varillas.

— Mais mon ami? soupirait ce dernier.

— Il est mort, répondait maître René. Il faut en faire votre deuil, mon bel ami.

— Et vous suivre, vous, son assassin!...

— Et me suivre, à moins que vous ne préfériez partager son sort.

« Ah! félicitez-vous de la chance sans seconde que vous avez, de l'heureuse étoile sous laquelle vous êtes né, car vous venez de l'échapper belle!...

— Et pourquoi nous en voulez-vous? demanda Daniel.

— Vous le saurez bientôt.

— Et pourquoi m'emmenez-vous?

— Nous en causerons plus loin.

— Plus loin! Où cela?...

— En un lieu qui ne vous est point inconnu, mais que vous ne vous attendez guère à habiter.

— Vous parlez par énigmes.

— Patience!...

Et Daniel refit ainsi tout le chemin qu'il avait parcouru avec son ami Éloi.

Plus d'une fois il songea à prendre la fuite, mais son nouveau maître avait une poigne de fer et lui tenait le bras comme dans un étau.

— En tout cas, se disait-il pour se consoler, nous verrons plus tard; son logis, quelqu'il soit, n'est point aussi redoutable qu'une oubliette du Grand-Châtelet.

« Je me suis évadé de l'oubliette... »

Mais comme il songeait, tout à coup se dressa devant lui la sombre silhouette de la prison.

Brusquement il tira l'homme en arrière.

— Le Châtelet! s'écria-t-il avec épouvante. Où donc me conduisez-vous?... Êtes-vous donc un des suppôts de cet enfer?

— Non, non, jeune homme, soyez tranquille.

— Mais alors?

— Venez; ne criez point; nous allons chez quelqu'un de vos amis.

— De mes amis?

— Nous allons chez maître Guillaume... Ah!... j'espère que vous voilà rassuré!

Daniel garda le silence.

Il n'était rassuré qu'à demi.

Il se rappelait à la fois et les démarches de l'épicier décidé à le livrer à la justice, et la récente entreprise d'Éloi, enfin cet inconnu dont l'apparition avait déterminé sa fuite.

Mais il n'était plus temps ni de délibérer ni d'hésiter; bientôt il se trouvait à la porte de Guillaume.

Maître René eut à peine frappé que la porte s'ouvrit; on attendait son retour.

— En voici un, dit-il en poussant Daniel dans la boutique; l'autre... est mort.

Daniel comprit enfin.

Suzette se tenait derrière son mari.

— Ah! monsieur Daniel, vous n'avez pas bien agi avec nous! s'écria-t-elle.

— Ni votre ami avec moi! repartit Varillas.

— Trêve de récriminations! dit maître René; nous avons à causer sérieusement moins du passé que du présent et de l'avenir.

« Mais allons dans l'arrière-boutique. Que la lumière qui filtre à travers ces volets n'attire point l'attention des rondes de nuit. »

Le ton impérieux de maître René ne semblait pas admettre de réplique.

Bientôt nos quatre personnages furent réunis dans l'arrière-magasin.

Tous quatre étaient sérieux, graves; Suzette elle-même avait perdu son sourire.

C'est que depuis vingt-quatre heures un grand changement s'était opéré dans la fortune du modeste marchand.

L'homme à qui, dans l'intention de se mettre à l'abri de tout souci du côté de la police du Châtelet, il était allé conter ses peines, cet homme lui avait répondu :

— Vous feriez bien mieux de tirer parti de ce secret. Nul au monde ne soupçonne l'existence de ce caveau; il défie toute recherche. On pourrait en tirer un grand parti.

— Mais nous sommes trois dans ce secret, repartit Guillaume.

— Soyez tranquille; si nous nous entendons ensemble, je me charge de vous débarrasser du prisonnier.

— Qu'en feriez-vous?

— Rien de plus simple; nous le rendrions aux rats.

Cette parole atroce donna le frisson à maître Guillaume; René s'en aperçut.

— Ou je le ferais disparaître d'une façon moins cruelle, ajouta-t-il.

— Et que m'offririez-vous de mon caveau? demanda Guillaume mis en appétit.

— Trois mille livres par an.

C'était une fortune.

Mais Suzette leur apprit que le prisonnier s'était enfui.

— Ah! fit maître René, cela change tout; je retire mes offres. N'en parlons plus.

Jugez du chagrin de la bonne Suzette; car enfin elle ne connaissait Daniel que depuis quelques heures, et les plus beaux rêves de sa vie ne s'étaient jamais élevés jusqu'à trois mille livres de rente.

Cependant elle ne désespéra point.

Et pour retenir l'étrange client découvert par son mari, elle lui proposa de visiter les caves.

Cette excursion produisit un excellent effet sur l'esprit de maître René.

— On pourrait, fit-il observer, pratiquer une seconde issue sur la rivière.

— Et que feriez-vous de cette cave? interrogea Guillaume.

— C'est mon secret. Tout ce que je puis vous dire, c'est que j'ai des objets à mettre en sûreté; cette cave me servirait de cachette.

« Je n'y renonce pas d'une façon absolue. Le vaurien que vous avez recueilli peut se faire tuer, ou peut tomber un de ces jours entre mes mains : alors je vous rendrai vos trois mille livres et je prendrai le caveau. »

L'affaire en était là, lorsque Éloi fit sa visite intéressée, et nous savons ce qui en résulta.

Guillaume et Suzette, en voyant René ramener au logis Daniel blessé, s'étaient dit :

« Il va se passer quelque chose de tragique. »

Cependant la férocité qu'exprimait d'habitude la physionomie de l'homme roux semblait s'éteindre et faisait place à un sourire doucereux.

— Mes bons amis, dit-il en roulant son regard à la ronde, après nous être disputés et battus, nous allons signer la paix et tâcher de nous entendre pour l'avenir.

« Cette entente ne peut être basée que sur la satisfaction mutuelle de nos intérêts.

« Vous avez un caveau superbe, maître Guillaume, et vous êtes heureux de le louer un bon prix.

« J'ai besoin de ce caveau et je vous le loue.

« Quant à monsieur... monsieur comment?...

— Daniel.

— Quant à M. Daniel, il est sans travail, sans gîte, et de plus persécuté par la police.

« Je vais lui donner tout ce qui lui manque : un travail dont je lui expliquerai plus tard la nature et le salaire... un salaire élevé... et le gîte le plus sûr qui soit à Paris, — notre excellent caveau. »

A ces mots, Daniel bondit sur sa chaise.

Maître René lui posa sa large main sur l'épaule :

— Ne vous emportez point, jeune homme!... je suis riche, et, si vous travaillez bien, je ferai votre fortune...

— Dans ce caveau! s'écria Varillas blême et frémissant.

de terreur. Dans ce caveau sans air, sans lumière, où j'ai failli périr !

— Nous l'assainirons, qu'à cela ne tienne.

— Oh! non! non! c'est par trop affreux!

— Ah! vous savez, reprit René d'une voix lente, vous avez le choix :

« Ou vous serez mon esclave dans ce caveau, moyennant un généreux salaire qui vous fera riche et libre en peu de temps...

« Ou vous mourrez...

— Tuez-moi donc, répondit Varillas d'un ton résolu; je préfère la mort à un tel esclavage.

« Tuez-moi. »

René se leva et presque en même temps le marchand et sa femme; mais ceux-ci pour s'opposer à un crime dont ils lisaient la froide résolution dans les yeux roux de leur associé.

Celui-ci avait déjà saisi son couteau.

Leurs exclamations d'horreur, leurs gestes effarés le retinrent un instant.

Et Suzette profita de cet instant rapide pour se jeter entre le prisonnier et l'assassin.

— Arrêtez! s'écria-t-elle. Pas de sang ici!... Êtes-vous fou, maître René?... Et vous, Daniel, vous avez mal compris et peu réfléchi, mon ami.

— Mon parti est pris, répliqua Daniel; qu'il m'assassine.

« En définitive, que veut-il de moi dans ce caveau?

« A quelle œuvre criminelle m'a-t-il destiné? Combien de temps resterai-je dans cet abominable cachot?

« Il n'a rien dit de tout cela.

« Il promet un salaire élevé... une fortune...

« Quel salaire? Quelle fortune?...

« Il assainira cet affreux séjour!... Ah! je l'en défie bien!...

« A la lente agonie qu'il me propose, je préfère la mort.

— Voyons, reprit René, s'il ne faut que quelques explications pour te décider, jeune homme, je consens à te les donner.

« Ce soir, tu dormiras ici, près de moi. Demain, le caveau sera assaini, et voici comment je l'entends.

« Je pratiquerai une ouverture au-dessus de la Seine. Pas une fenêtre, bien entendu : un trou, une simple bouche qui permette à l'air d'entrer et forme un courant avec la cave et la maison.

« J'agrandirai le soupirail que tu as déjà pratiqué.

« Je purifierai le caveau avec du feu.

« Nous couvrirons le sol de planches et les planches de tapis épais.

« Les murs seront tendus de tapis également. J'y descendrai un mobilier complet et des provisions de toute espèce : — le buffet sera abondamment pourvu.

« Voilà pour le logement et la table.

« Quant au travail et au salaire... c'est à débattre entre nous.

« Tu m'as dit ta profession et je t'ai cru sur parole; mais je ne connais pas ton savoir-faire.

« Je puis encore te promettre une chose, — et je suis homme de parole; — si je suis content de toi, si tu es un ouvrier de talent, nous sortirons ensemble dans Paris, nous irons même nous promener à la campagne en carrosse.

« Enfin tu auras en moi un ami. »

Ce discours était fait avec un accent de sincérité auquel on ne pouvait se méprendre.

Daniel l'écouta d'abord méfiant et dédaigneux, puis bientôt avec curiosité, enfin avec intérêt.

Entre une mort certaine et immédiate et le sort qu'on lui offrait, il eût été déraisonnable d'hésiter plus longtemps.

D'ailleurs un condamné à mort doit accepter tous les sursis qui lui sont offerts.

— Eh bien ! répondit-il, j'accepte.

« Vous savez, ajouta-t-il, si je suis courageux : j'ai fait mes preuves.

« Vous saurez bientôt si je suis un ouvrier habile.

« Et moi, si vous savez tenir votre parole. »

Là-dessus ils échangèrent une poignée de mains; Suzette pansa la blessure de Daniel.

Guillaume servit une bouteille de vin de derrière les fagots; la soirée s'acheva gaiement.

Quand l'épicier et sa femme se furent retirés, et que maître René se trouva seul avec son esclave, le premier adressa force questions à l'autre, surtout au sujet de son métier.

Puis il lui expliqua ce qu'il attendait de lui.

L'étonnement de Daniel fut grand, mais il n'apprit rien qui pût révolter sa conscience ou ajouter à ses inquiétudes.

Maître René était un habile homme.

Il était aussi éloquent dans l'intimité que violent dans ses résolutions.

Ces confidences échangées, ils dormirent côte à côte paisiblement jusqu'au lendemain.

Lorsque le jour blanchit les vitres, Daniel se frotta les yeux et soupira : « Éloi!... »

Éloi, et non pas Denise.

« Et j'ai dormi près de son assassin, » pensa-t-il encore.

Mais il avait bien dormi dans l'oubliette et il devait y dormir encore.

Puis il pouvait espérer qu'Éloi n'était pas mort.

Le lendemain il travailla, autant que sa blessure le lui permettait, à la transformation de son cachot.

René tint ses promesses.

Il n'épargna rien.

Le cachot demeura un endroit infiniment triste et assez malsain, mais on le rendit habitable.

Il y coucha le soir même, et le jour suivant il trouva son buffet garni de comestibles et de vins exquis.

De belles lampes et des bougies de cire fine y répandaient la lumière sans trop altérer l'atmosphère.

La richesse des meubles, leurs sculptures, la beauté des tapisseries à personnages qui couvraient les murailles distrayaient ses regards, et si Suzette au lieu de Guillaume avait bien voulu se charger du service, il n'eût pas été inconsolable.

Maître René demeura vingt-quatre heures avant de reparaître.

Sa visite pour le prisonnier fut tout un événement. Sur l'établi de bijoutier qui avait été installé au milieu du caveau, René déposa ce jour-là des trésors éblouissants.

C'étaient des boîtes remplies de pierres fines et de perles, des écrins dont le satin et le velours recélaient de splendides parures, des diamants énormes montés avec un art et un goût exquis.

Jamais il n'avait rêvé pareilles richesses et pareils chefs-d'œuvre.

Il en fut stupéfait d'étonnement et d'admiration.

Maître René jouit naturellement de cette stupéfaction; elle grandissait son prestige et son autorité.

Il se complut ainsi à faire ruisseler les colliers de diamants, à faire étinceler les nœuds de pierreries.

Puis en souriant :

— Voilà, dit-il, de quoi occuper tes loisirs, mon garçon. La plupart de ces parures sont à démonter, d'autres doivent subir d'importants changements. Pour cela, j'ai apporté les lingots d'or nécessaires, et tu as déjà tout ce qui est nécessaire pour ton travail.

« Ah! si je découvrais en toi les précieuses facultés d'un artiste!

« En attendant, tu travailleras d'après mes indications, et je ne te demanderai que des choses fort simples. Je respecterai certaines montures, les formes des bijoux, et, par exemple... »

Il prit une bague.

Ici, au lieu de trois diamants, tu mettras trois émeraudes.

« C'est insignifiant.

« Là (et il choisit un autre bijou) tu remplaceras les topazes par des rubis.

« Tu démonteras cette rivière et ce diadème.

« La rose centrale doit devenir une étoile.

« Plus tard, nous verrons. Je te perfectionnerai.

« Tu sortiras d'ici le premier bijoutier de Paris et du monde!... Et, ainsi que je te l'expliquais hier, en me quittant tu seras riche.

« Car je connais la jeunesse et la soif de l'or.

« Je ne veux pas que tant de richesses puissent te tenter outre mesure et te laisser un intérêt réel à me trahir.

« Comme garantie de ta fidélité, j'ai sans doute ta situation d'évadé du Châtelet; j'ai M. de Garlande et le bourreau; mais ce ne serait pas assez pour t'assurer contre une tentation trop naturelle.

« Et c'est pour cela que je t'ai offert de payer tes travaux à tel prix, que dans un an tu sois riche.

« Maintenant, je te le répète, garde-toi, comme de la peste, de la curiosité de l'épicier et des cajoleries de sa femme.

« Qu'ils ne voient et ne sachent rien!...

« Il y va de ta vie.

— Soyez tranquille, répondit Daniel.

— Hum! fit maître René, tu as la langue trop légère.

— Comment cela?

— Je le sais.

« Tu aimes à faire des confidences.

— Moi! Que voulez-vous dire?

— Déjà Suzette est devenue ta confidente.

Daniel rougit.

— Oh! fit-il, dans le moment vraiment critique où je me trouvais, il est trop naturel que l'on cherche à intéresser quelqu'un à ses peines.

« Mais Suzette vous a donc répété?...

— Tout.

— Quoi! la cause de mon arrestation?

— Parfaitement. — Et sais-tu ce qui en résulte pour toi, mon garçon?

— Dites.

— C'est que je puis me faire contre toi une arme de plus de ta passion folle pour madame de Garlande.

— Oh! s'écria Daniel atteint au cœur.

— Si tu me trahissais, jeune homme, pour me venger, à défaut de toi, j'aurais madame Denise de Garlande. Comptes-y!

« Et tu sais si je suis implacable ennemi.

« Ceci, Daniel, doit te montrer le prix de la discrétion; — le silence est d'or!... »

Daniel baissa la tête, humilié, écrasé.

Les chaînes qui le chargeaient étaient autrement lourdes que celles des prisonniers du Grand-Châtelet.

Il était devenu réellement l'esclave de cet homme!...

Cet homme pouvait sans crainte laisser ouverte la porte de la prison.

Le prisonnier n'aurait osé en franchir le seuil.

Aussi bannit-il promptement toute idée d'évasion ou de révolte.

Il se résigna.

Pour contenter son maître autant que pour combattre l'ennui, il travailla avec acharnement.

Plusieurs jours s'écoulèrent ainsi sans incident qui vaille la peine d'être rapporté.

Tout ce que nous pouvons en dire, c'est que maître René paraissait satisfait de l'assiduité et du talent de son ouvrier

Varillas, comme l'esclave dans l'antiquité, travaillait à amasser le pécule nécessaire à son affranchissement.

Avec cette différence, néanmoins, qu'il n'était point certain que son maître, le pécule amassé, l'année écoulée, consentirait légalement à lui rendre la liberté.

Nous dirons plus loin ce qu'il imagina pour parer à cette mauvaise foi possible. En attendant, nous l'abandonnerons à ses travaux pour voir ce qu'était devenu son ami Éloi.

XVIII

A L'HÔTEL DE LIGNEROLLES.

La porte de l'hôtel s'était ouverte pour quelques personnes qui venaient de passer la soirée chez M. de Lignerolles.

Des valets armés et munis de lanternes précédaient leurs chaises à porteurs; ces lanternes avaient tout d'abord attiré l'attention sur le corps étendu, les bras en croix, au milieu de la rue.

Les gens de l'hôtel, honteux de voir leur rue déshonorée par une semblable épave de querelles nocturnes, s'empressèrent, en criant bien haut que cela ne s'était jamais vu; puis, quelque sentiment de pitié aidant, — ils emportèrent à quatre dans la loge du suisse le corps du malheureux garçon de Defita.

Le suisse avait été soldat; il examina la blessure d'Éloi : — un coup de couteau sous l'épaule droite.

— L'assassin, dit le suisse, s'est trompé de côté; s'il avait aussi bien frappé à gauche, ce garçon était mort.

— Il ne l'est donc pas? fit un valet, non sans étonnement.

— Non, pas encore. Ah! j'en ai vu souvent de plus malades.

Il posa sa pipe, — les suisses et les vieux soldats ont été à cette époque les initiateurs de notre tabagie moderne, — et il donna au blessé, déposé sur son propre lit, des soins intelligents.

Aucun des valets ne reconnut l'ancien garçon apothicaire.

Éloi avait changé de costume; puis la souffrance avait altéré ses traits

A son réveil, interrogé par le suisse, il pouvait donc garder l'incognito.

— Où suis-je? demanda-t-il tout d'abord.

— Vous êtes chez le concierge de l'hôtel de M. le comte de Lignerolles.

— De Lignerolles! répéta Éloi.

Et l'on crut un instant qu'il allait de nouveau perdre connaissance.

Lorsqu'il fut parvenu à surmonter son émotion :

— Et mon ami, reprit le blessé, où est-il?...

— Ah! nous ne savons pas; nous n'avons vu que vous dans la rue.

Et on lui raconta ce qui s'était passé.

Puis on lui demanda comment il se trouvait à une heure si avancée dans le faubourg. Il expliqua qu'il reconduisait un de ses amis, qui demeurait à l'extrémité du faubourg, quand des brigands les avaient attaqués...

— Et vous, où demeurez-vous?

— J'étais sans logement et j'allais partager celui de mon ami.

Cette explication ne parut pas satisfaire tout à fait ceux des domestiques qui étaient restés chez le concierge.

Cet homme n'était en définitive qu'un vagabond; un vagabond est un homme dangereux, presque un malfaiteur.

L'intérêt de ces messieurs se retira du blessé; il ne resta bientôt plus que le suisse, qui avait déjà trop fait en sa faveur pour l'abandonner.

— Demain nous verrons, dit-il, comment il ira.

« S'il le faut, nous le ferons transporter à l'hôpital; mais il y a ici tant de chambres vides, que peut-être monsieur ou madame voudront bien l'y recueillir et le laisser à mes soins. »

Les domestiques se retirèrent, et le suisse ralluma sa pipe pour prolonger la veillée.

Ce suisse était une nature épaisse, tenant de l'ours et de l'Allemand, mais par les bons côtés. Comme il avait beaucoup guerroyé, beaucoup vécu, il avait dépouillé la plupart des préjugés dont les gens de maison étaient imbus.

La *qualité* de vagabond, la seule que le blessé eût pu faire connaître, ne l'effarouchait pas trop.

Au lendemain d'une campagne dont la gloire ajoutait un rayon de plus à l'astre de Versailles, il s'était toujours trouvé sans solde, sans pain, et vagabond.

Enfin, à l'hôtel de Lignerolles, la vie était d'une monotonie désespérante, et notre suisse se disait en regardant le blessé :

— J'irai fumer ma pipe près de lui; ça me fera toujours une distraction.

La difficulté était d'obtenir une chambre pour ce pauvre diable.

L'hôtel avait trois maîtres, et trois maîtres toujours occupés à se disputer le pouvoir; c'étaient :

M. le comte de Lignerolles.

M. Desjardins.

Madame Flora Desjardins.

A qui s'adresser?

Il écarta d'abord le comte de Lignerolles.

Restaient Flora et son mari. Ce que l'un voudrait, l'autre le refuserait avec empressement.

— Si je m'adressais à mademoiselle Gabrielle? se dit le suisse.

Sans perdre son temps en paroles et faire part de sa résolution à son protégé, le suisse se rendit dès le matin chez mademoiselle Gabrielle.

Celle-ci — ne l'avons-nous pas dit déjà? — vivait assez retirée dans un appartement séparé de celui de son père.

Une femme de chambre et une bonne pour tout faire étaient les seules personnes attachées à son service particulier.

Très-souvent même elle prenait ses repas chez elle, soit que son père fût retenu au lit par la maladie, soit qu'elle jugeât bon de prétexter d'une indisposition pour se dispenser de la compagnie de madame et de M. Desjardins.

Cette société lui était insupportable.

Elle ne pouvait souffrir ni la coquette Flora ni son énigmatique époux.

Elle ignorait les désordres de son père, mais ressentait pour ces deux personnages une naturelle aversion.

Et depuis qu'elle souffrait, depuis qu'elle était atteinte, dans la force de sa jeunesse, par un mal inconnu, à cette aversion s'était jointe une méfiance vague encore, mais que le moindre incident pouvait aggraver.

Desjardins avait beau la combler d'attentions et de témoignages hypocrites; en vain Flora cherchait-elle à lui plaire.

En ces deux personnages elle sentait deux ennemis.

Aussi vivait-elle seule autant qu'il lui était possible.

Pour tuer le temps, elle lisait.

L'époque était féconde en romans, romans d'aventures où, dans un milieu de convention, avec un décor de féerie, l'auteur — mademoiselle de Scudéry, M. de La Calprenède, etc. — mettait en scène des personnages contemporains, affublés de noms latins ou grecs.

Ces romans étaient tout aussi longs que les nôtres. *Clélie*, le *Grand Cyrus*, *Pharamond*, *Cléopâtre*, étaient chacun en dix volumes.

Ils étaient fort répandus et passionnaient le public. Aujourd'hui, ce sont des raretés; les lecteurs se sont retirés d'eux : il ne leur reste plus que les bibliophiles. Aussi l'on a de la peine à s'imaginer combien de gens d'esprit, de jeunes imaginations s'éprenaient de cet ingénieux mélange de fictions et de vérités.

Mademoiselle de Lignerolles vivait donc beaucoup plus dans le monde imaginaire de la George Sand et du Dumas de son temps que dans le monde réel. — Elle y cherchait l'oubli de ses peines, un écho aux voix intérieures, les éléments de rêverie que ne pouvaient lui donner des ouvrages plus sérieux.

Il va sans dire qu'elle ne se livrait qu'en secret à ce passe-temps favori.

Lire un roman était presque un péché. Les censeurs condamnaient cette lecture, et M. Nicole déclarait les *faiseurs* de romans des *empoisonneurs publics*.

Ah! monsieur Nicole! s'il n'y avait pas eu alors d'autres empoisonneurs que M. de La Calprenède et mademoiselle de Scudéry!...

Mais ce nom d'empoisonneur nous rappelle au sujet de notre récit.

Au moment où le suisse demandait à parler à mademoiselle Gabrielle, celle-ci venait de se lever mieux portante que de coutume.

Elle était presque gaie.

— Depuis que je prends les pilules du docteur Cauvin, disait-elle à sa femme de chambre, je me trouve mieux; je ne souffre plus.

Ces pilules étaient l'innocente préparation d'Eloi, qui

au poison avait substitué de la farine et de la gomme.

— Les pilules qu'on me faisait prendre autrefois, reprit Gabrielle, me causaient des vertiges et des douleurs lancinantes dans toutes les articulations. Mais voici longtemps que je n'ai revu ce bon docteur Cauvin. Que signifie cette indifférence, Mariette?

La femme de chambre eut un sourire mystérieux.

— Mademoiselle, répondit-elle, ce n'est point par indifférence que le docteur ne vient plus. Il y a une autre cause...

— Que tu connais?

— Parfaitement.

— Pourquoi ne me l'avoir point dite?

— Je craignais de vous affliger.

— Parle donc, je te prie.

— Le docteur Cauvin ne vient plus parce qu'il est retenu... en prison...

— En prison! s'écria Gabrielle vivement émue.

— Là! fit Mariette; vous voyez l'effet que produit cette nouvelle! Mais il vous intéresse donc beaucoup, ce médecin?

— Mon Dieu! non, mais cela fait un singulier effet de se figurer en prison un homme qu'on a vu il y a peu de jours.

Puis avec un sourire :

— Et je crains aussi qu'un autre ne me rende les anciennes pilules...

« Mais comment cela est-il arrivé?

— Ah! je ne sais pas... ou du moins, et c'est tout ce que je sais, on parle beaucoup d'empoisonnements depuis quelques mois. Tout le monde à la cour est fort alarmé des morts subites survenues dans les familles les plus élevées. On a arrêté nombre de personnes accusées d'avoir fabriqué ou fait prendre des poudres ou des philtres, des médecins, des tireuses de cartes et des apothicaires.

« Il paraît même que le mal a gagné les bourgeois, qui veulent en toutes choses et même en celle-là imiter les gens de condition.

— Que tout cela est affreux, soupira la jeune fille, et que j'ai bien raison de ne lire que des romans! Ah! monsieur d'Urfé, ce n'étaient ni vos bergers ni vos bergères qui se conduisaient ainsi. Eh! que je voudrais vivre sur les bords du Lignon!...

— Oui, repartit la soubrette, il n'y a qu'un défaut aux belles histoires de M. d'Urfé, c'est que rien de ce qu'il nous vante n'a existé.

— Comment!... Mais le Lignon existe! j'ai là une carte du royaume où tu le verras marqué dans le Forez, près de l'Auvergne.

— Si le pays existe, peut-on en dire autant de la belle Astrée et des bergers qui la courtisaient?

— Ces bergers et ces bergères formaient une compagnie que l'on pourrait composer.

— Vous ne craindriez donc point de passer votre temps comme les bergères du Lignon, à parler d'amour?

Une légère rougeur passa sur le front de Gabrielle; mais bientôt prenant son parti :

— Non, dit-elle, si l'amour était comme dans le roman d'*Astrée;* puis, s'il s'y mêlait quelque aventure extraordinaire et intéressante...

— Mademoiselle, interrompit Mariette, on sonne à votre porte et j'y cours.

Puis un instant après :

— C'est Arnold, le concierge, qui demande à vous parler.

— Qu'il entre.

Le suisse entra se confondant en salutations.

— Que voulez-vous, Arnold?

— Mademoiselle, dit celui-ci, je viens faire appel à votre charité pour un malheureux blessé que j'ai recueilli hier soir dans la rue.

Et il raconta avec une grande bonhomie la scène que nous avons rapportée plus haut.

— Si j'avais pour lui une chambre dans l'hôtel, ajouta-t-il, je pourrais le soigner et le sauver.

— C'est très-bien, Arnold, et je vous félicite de votre bonne action; mais pourquoi ne vous adressez-vous pas à mon père? lui seul est le maître ici.

— M. le comte est souffrant, répondit Arnold.

— Il ne l'est pas assez pour ne pas vous entendre.

— Sans doute, mademoiselle, repartit le suisse, M. le comte est si bon, que nous ne pouvions hésiter; mais nous craignions de mécontenter des personnes dont il aime à suivre les avis : M. et madame Desjardins... Enfin, pour une œuvre de charité, c'est d'ordinaire à vous que l'on s'adresse.

— Eh bien, Arnold, j'y consens. — Choisissez dans l'aile de bâtiment que j'habite une petite chambre qui donne sur les jardins, et installez-y votre protégé sans trop de bruit.

« Si mon père faisait quelque observation, répondez-lui, avec tout le respect que vous lui devez, que c'est à ma prière que vous en avez agi ainsi. Je réponds de tout.

« Quant aux vivres... je lui enverrai de ma table, et pour l'argent dont vous auriez besoin, vous vous adresserez à Mariette, qui tient ma bourse.

« A bientôt, Arnold! J'irai voir un jour votre protégé. »

On ne pouvait être plus gracieuse.

Le concierge se retira enchanté.

Lorsqu'il raconta sa démarche à Éloi, celui-ci parut plus étonné encore que satisfait.

— C'est providentiel, dit-il d'un air grave.

XIX

SYLVANDRE.

Cet événement avait excité au plus haut point la curiosité de Gabrielle; une heure ne s'écoula point avant qu'elle ne voulût être plus complètement renseignée sur son protégé.

Comment se nommait-il?

Quel était son âge?... Était-il beau ou laid? brun ou blond?

Mariette fut aussitôt mise en campagne.

Il fallait du linge pour le lit et pour la toilette : elle en profita pour voir le blessé et le questionner.

— Eh bien? fit sa maîtresse qui l'attendait avec impatience. Comment l'as-tu trouvé?

— C'est un homme de basse condition, mais qui n'est pas trop mal pour cela; il ne lui manque que de la toilette. Il faudrait qu'une belle perruque blonde cachât ses vilains cheveux noirs, et qu'un peu de rouge ranimât ses joues pâles.

— Quel âge a-t-il?

— Une vingtaine d'années.

— Et comment se nomme-t-il?

— Oh! d'un nom tout à fait commun, fit la soubrette avec dédain : — il s'appelle Éloi.

— Oui, ce nom n'est pas joli; nous lui en donnerons un autre, pour le désigner entre nous; nous l'appellerons Sylvandre...

— Sylvandre! se récria Mariette... le nom d'un berger! Voilà qui est délicieux.

Et pendant plusieurs jours Sylvandre fut l'unique et constant objet des pensées de Gabrielle.

Tous les domestiques étaient dans le secret, mais aucun n'était disposé à le trahir; les Desjardins étaient détestés de tous.

Grâce aux soins dont il était entouré, le blessé était bientôt entré en convalescence. Arnold et lui étaient devenus les meilleurs amis du monde. Pour Éloi, cette amitié était précieuse, car par elle il s'assurait l'entrée de l'hôtel.

D'autre part, Arnold était fier de sa cure, et un beau jour il dit à Mariette :

— Est-ce que mademoiselle serait assez bonne pour nous honorer d'une visite?

Gabrielle ne se le fit point répéter.

Elle arriva très-curieuse, et quelque peu émue. Quant au malheureux Éloi, nous renonçons à exprimer ce qu'il éprouva.

Depuis longtemps il se préparait à cette entrevue et se répétait :

« Il faut réussir à lui plaire tout d'abord si je veux la revoir encore, si je veux la sauver.

« De cette première entrevue dépend mon avenir.

« Par quelle magie réussirai-je?... Quelle parole trouver que je puisse prononcer devant le suisse et la suivante qui soit insignifiante pour ces derniers et pleine d'intérêt pour elle?... »

Il était assis dans un fauteuil au moment où elle entra; il se leva pour la saluer.

— Restez assis, je vous prie, dit Gabrielle, ne vous dérangez pas. J'ai appris que vous alliez mieux et j'ai voulu vous voir.

— Je suis confus, mademoiselle, de tant de bonté.

— Je suis souvent malade et j'ai appris aussi à compatir aux maux de mon prochain.

— Je le savais, mademoiselle, et chaque jour, en demandant de vos nouvelles, j'eus le bonheur d'apprendre que vous faisiez un pas de plus vers le rétablissement complet de votre santé. Vous avez longtemps souffert, mademoiselle; votre vie a même été en danger... et pour vous sauver j'aurais fait volontiers le sacrifice de la mienne, si cela eût été possible.

« Votre santé est rétablie... le ciel en soit loué!... Mais il vous reste encore comme l'ombre du malheur disparu, *la crainte*... »

Il souligna ce mot.

— Que voulez-vous dire? fit Gabrielle troublée, et du regard interrogeant sa femme de chambre : Que puis-je craindre? Vous aurait-on dit que je crains de retomber malade?

— On ne m'a rien dit.

Il mentait, et la rougeur de Mariette en témoignait assez.

— On ne m'a rien dit, mais la vivacité de la reconnaissance que j'éprouve a beaucoup aidé ma clairvoyance naturelle et m'a permis de deviner.

« Je vous surprendrais bien davantage, si j'osais vous parler plus ouvertement.

— Votre langage est étrange et plein de mystère.

— Je suis obligé d'envelopper ma pensée d'un voile que vous seule auriez le pouvoir de déchirer.

Gabrielle garda le silence.

Un instant elle se demanda si cet homme jouissait de tout son bon sens.

Puis elle se rappela mot à mot ce qu'il venait de dire, et conclut :

— Cet homme sait quelque chose d'important qu'il ne peut communiquer qu'à moi seule.

Le but d'Éloi était atteint.

Sa curiosité était excitée à un degré irrésistible.

— Je crois vous comprendre, dit-elle. Je vous remercie à mon tour de votre sollicitude pour ce qui me touche.

« Mais c'est assez pour un premier entretien.

« Adieu donc, ou plutôt, au revoir!

— Ne pourrai-je baiser la main de ma généreuse bienfaitrice? demanda-t-il en se levant.

Elle s'avança vers lui; ils se trouvèrent assez loin d'Arnold et de Mariette.

Il lui glissa un billet dans la main qu'il portait à ses lèvres.

Dès qu'elle se fut retirée, mademoiselle de Lguerolles s'empressa d'ouvrir le billet et lut les lignes suivantes :

« Un danger mortel vous menace : je suis ici pour vous le révéler et vous sauver. »

Cet avertissement la bouleversa.

Il répondait si bien aux craintes qu'elle avait éprouvées, qu'elle ne mit pas en doute sa sincérité.

Pendant toute la journée, elle se demanda comment elle pourrait détourner l'attention de Mariette et se rendre seule près de celui qu'elle avait surnommé Sylvandre.

Et pourtant une telle démarche devait paraître bien imprudente, et si nous n'avions dit combien l'imagination de cette jeune fille éprise de romanesque aimait les événements, l'imprévu et jusqu'à l'aventure, nous ne pourrions expliquer comment elle se résolut à se rendre, la nuit, chez un jeune homme inconnu.

Enfin la soirée s'était écoulée silencieuse comme d'habitude; tout dormait ou semblait dormir dans l'hôtel, le concierge excepté :

Il attendait le retour de M. Desjardins, qui sortait presque chaque soir pour aller au jeu.

Gabrielle se dirigea de mémoire et sans lumière jusqu'à la chambre d'Éloi.

Celui-ci, pressentant sa venue, ne s'était point couché et l'attendait.

Une veilleuse l'éclairait, ou plutôt ajoutait sa douteuse lueur à la clarté pâle de la nuit qui se répandait par la fenêtre ouverte.

— Je vous attendais, mademoiselle, dit Éloi; je ne puis vous exprimer combien je suis touché de la marque de confiance dont vous m'honorez en vous rendant à ma prière.

« Votre confiance sera largement récompensée.

— Maintenant, dit Gabrielle, vous pouvez déchirer le voile dont vous enveloppiez vos avertissements en présence de mes gens. Parlez en toute liberté.

« Un grand danger me menace, dites-vous? De quelle part et quelle est la nature de ce danger?

— La nature du danger, répondit Éloi, je puis vous la signaler d'un mot : c'est le poison.

Il saisit les touffes de lierre et escalada le mur. (Page 27.)

— Le poison !...

C'était la seconde fois depuis le matin qu'on lui parlait des morsures de ce reptile invisible.

— Mais qu'est-ce qui vous fait soupçonner un crime ?

« Et, pour me parler ainsi, qui donc êtes-vous et que savez-vous de mon existence et de mes relations ?

— Il y a quelques jours, reprit Éloi, j'étais on ne peut mieux placé pour voir dans votre existence et découvrir les sinistres intrigues dont elle est enveloppée à votre insu.

« Je m'y suis trouvé mêlé moi-même, à ces intrigues. J'étais l'instrument ignorant des auteurs du complot formé contre vos jours, et je me trouvai compromis avec les coupables au moment même où je voyais clair dans leurs desseins et m'efforçais de les déjouer.

« Mais je m'aperçois que mes explications manquent de clarté. Je n'ai qu'un moyen de vous éclairer, c'est de vous raconter tout au long ce que j'ai fait et ce que j'ai observé depuis un mois. »

Éloi raconta dans tous ses détails ce qu'il avait appris de Defita et du docteur Cauvin.

Il lui expliqua aussi délicatement qu'il lui fut possible la liaison du comte de Lignerolles avec la courtisane italienne Flora de San-Lucco. Il ne recula devant aucune révélation nécessaire, si pénible, si honteuse qu'elle fût, et lui donna les raisons du mariage de Desjardins avec Flora.

Cet affreux couple démasqué et montré dans toute sa laideur, il ne lui fut pas difficile de faire comprendre à la jeune héritière le complot formé par Flora pour la dépouiller de sa fortune.

Il rapporta la conversation, ou plutôt les paroles de querelle qu'il avait entendues un jour en apportant une boîte de pilules.

Puis il raconta comment il avait été effrayé de l'ordonnance du docteur Cauvin qui, établi dans le faubourg Saint-Honoré, s'adressait à un apothicaire de la rue Saint-André-des-Arts, et Gabrielle eut l'explication du rétablissement de sa santé.

— Gardez quelques-unes de ces pilules, ajouta Éloi, afin que l'on puisse les faire analyser au besoin, et, si l'on vous offrait n'importe quel remède, bonbons ou pastilles, feignez de les prendre et mettez-les en lieu sûr.

« Lorsque le procès de Defita et de Cauvin sera ouvert, ces preuves ne seront pas inutiles.

« Méfiez-vous de Flora, et tâchez, autant que vos répugnances vous le permettront, de marquer quelque bienveillance à Desjardins.

« Celui-ci redoute la femme à qui il a donné ou vendu son nom.

« Flora n'est plus jeune, mais n'est pas vieille encore.

Elle est entrée dans cet été de la Saint-Martin où les femmes ont comme un retour de passion et de jeunesse.

« Passion rapide, mais terrible quelquefois; dangereuse chez une femme de son tempérament et de son caractère.

« Il ne peut entrer dans ses desseins de s'emparer de la fortune de M. le comte, votre père, pour la partager avec son ignoble époux.

« Desjardins est un complice qui la gêne, la dégoûte, et dont elle espère se débarrasser.

« Il ne l'ignore pas.

« Et s'il ne craignait pour lui-même, il l'aurait déjà dénoncée et perdue.

« Puis, — je me trompe peut-être? — mais ce lâche complaisant n'a point l'intrépidité de Flora dans le crime.

« Ménagez-le donc. »

Ces révélations épouvantables plongèrent d'abord Gabrielle dans une sorte de stupeur.

Jamais cette liseuse de romans n'avait imaginé ni lu rien d'aussi terrible. Les loups manquaient dans les bergeries où se complaisait son imagination.

Ce qu'elle éprouvait était analogue à ce que ressentirait une personne qui, couchée dans la campagne, aurait roulé en dormant au bord d'un abîme et se réveillerait de ses beaux rêves en présence d'un gouffre où le moindre faux mouvement peut la précipiter.

— O mon ami, — dit-elle enfin, — je puis vous donner ce titre, vous l'avez bien mérité et vous m'avez sauvé la vie. — Mon ami, déjà je me savais menacée, mais d'un danger vague dont je ne pouvais me rendre compte, déjà je tremblais avant de vous avoir entendu; mais à cette heure je ne pourrai plus vivre, et si je ne péris empoisonnée, je suis sûre de mourir de peur...

« Que je me méfie de Flora, dites-vous; est-ce assez pour lui échapper?

« Ce Desjardins tremble lui-même.

— Votre père, fit Éloi.

— Mon père!... hélas!...

— Ne pourriez-vous l'éclairer?

— Mon malheureux père se traîne languissant, sans force et sans pensée. C'est à peine si je le vois. De jour en jour il semble que j'existe moins pour lui. Et je comprends maintenant que cette odieuse créature a tué tout chez lui...

« Je ne puis donc compter sur mon pauvre père.

« Il ne m'écouterait point. Et s'il m'écoutait, me comprendrait-il?...

« Non, mon ami, il nous faudra trouver un autre appui, et, jusqu'à nouvel ordre, permettez-moi de mettre en vous mon unique espérance. »

Éloi ne demandait pas mieux, il n'avait pas espéré autant.

— Ma vie est à vous, dit-il, à vous d'un dévouement absolu.

« J'ai écarté de vous le poison, et de ce jour je me suis juré de vous sauver... et j'ai foi dans mon entreprise depuis cette heureuse nuit où le couteau d'un bandit me fit recueillir sous votre toit et me rapprocha de vous.

« C'est un fait providentiel.

« Le ciel nous protége.

— Oui, c'est Dieu qui vous envoya ici, repartit la jeune fille; mais votre mission n'est pas achevée.

— Non, et cependant, ma blessure sera bientôt complétement guérie, et je pourrais quitter l'hôtel.

— Me quitter! Y songez-vous, mon ami? Ah! rassurez moi, promettez-moi bien vite que nous ne nous séparerons jamais.

— Oh! mademoiselle!...

— Appelez-moi votre amie.

— Eh bien! chère amie, je vous jure que si je vous quitte, c'est que vous l'aurez exigé.

— Maintenant, reprit Gabrielle, il est temps que je regagne mon appartement; mais nous pourrons nous revoir sans tant de mystère pendant la journée, puis nous pourrons nous écrire.

« En nous écrivant, nous garderons toujours quelque mystère. Je vous donnerai dans mes lettres le nom de Sylvandre et vous me donnerez également le nom d'une bergère.

— Je serai Sylvandre et vous serez Astrée, fit Éloi ravi de ces projets.

Il lui baisa la main, — un peu plus tendrement que ne l'autorisait l'usage, peut-être, et ils se séparèrent.

Gabrielle se retira sans lumière, comme elle était venue.

La partie la plus périlleuse de son voyage consistait dans un espace de vingt-cinq pas environ qu'elle était obligée de franchir à découvert entre l'escalier de service qui conduisait chez Éloi et le grand escalier de son appartement.

Le concierge venait d'éteindre sa lampe...

La cour était sombre.

Tout à coup, au moment où elle y posait le pied, une fenêtre du corps de logis principal s'ouvrit en face d'elle.

Et quelqu'un apparut à la fenêtre.

C'était le sieur Desjardins, qui venait de rentrer de sa maison de jeu.

Elle se glissa le long de la muraille, le cœur palpitant mais Desjardins l'avait aperçue.

XX

M. DESJARDINS.

« Que signifie cette promenade nocturne? se dit le mari de Flora, en voyant dans la cour, le long du mur, se glisser une femme semblable à une ombre.

« Est-ce Mariette?

« Est-ce sa maîtresse?

« Une femme, à pareille heure, ne peut être sortie que pour un rendez-vous galant, et, dans cette aile de bâtiment occupée par mademoiselle de Lignerolles, il n'y a d'hommes que quelques domestiques. Ce doit être Mariette et quelque Frontin.

« Allons, ma découverte ne vaut pas cher, et ce n'est pas la peine de m'enrhumer à cette fenêtre. »

Et, sur cette réflexion, Desjardins se retira pour se coucher.

Son valet qu'il venait de réveiller, — il était près de deux heures du matin, — s'était rendormi debout.

— Eh bien! Picard, lui dit-il, viendras-tu me déshabiller?

— Oui, monsieur.

— Tu dors, malheureux, et Mariette, l'objet de ta passion va courir les rendez-vous galants!

— Monsieur plaisante.

— Monsieur ne dit tout juste que ce qu'il vient de voir

— Monsieur vient de voir Mariette?

— Monsieur vient de la voir, là, à l'instant, venant de l'escalier de service et regagnant le grand escalier.

— C'est que monsieur aura pris un homme pour une femme.

— Si j'étais gris, ce serait possible, mais j'ai trop perdu ce soir au lansquenet pour ne pas y voir clair, même la nuit : je suis plus éveillé que toi, mon drôle.

— C'est que je suis sûr et parfaitement sûr, affirma Picard, que Mariette n'a pas quitté son honnête petite chambre, voisine, d'ailleurs, de la chambre de mademoiselle.

— Ah ! tu en es sûr, parfaitement sûr; et comment cela, je te prie ?

Le valet eut un sourire sournois qui sous-entendait d'excellentes raisons, mais il se contenta de répondre en indiquant le côté gauche de sa poitrine :

— Je le sens là.

Desjardins avait observé le sourire de Picard; il savait que Mariette et lui avaient formé depuis longtemps des projets de mariage.

Il n'insista pas.

— Allons, fit-il en riant, je me serai trompé; mais te voilà tout à fait réveillé.

Au fond, il avait pris l'affaire au sérieux.

Et, en se couchant, il se dit :

— C'est donc Gabrielle !...

« Ce maraud sort de chez sa maîtresse. Il n'y a que deux femmes dans ce corps de bâtiment; ce n'est pas Mariette, donc c'est Gabrielle. Voilà qui est curieux et intéressant.

« Je tiens là un secret qui vaut mon pesant d'or.

« Et j'ai bien besoin d'or !... car le lansquenet de ce soir... »

Et sur ces réflexions il souffla sa bougie et remit au lendemain les affaires sérieuses.

Nous l'avons dit plus haut, ce misérable était un des joueurs les plus enragés d'une époque dont le jeu était la passion dominante.

C'était un temps bien curieux que ce temps-là. L'étiquette à la cour, à la ville les règlements de police prêtaient à tout le monde des dehors vertueux qui n'étaient que les dehors les plus trompeurs.

Tous les plaisirs étaient interdits, tous étaient recherchés avec d'autant plus de passion.

Louis XIV voulait que ses sujets fussent *bien sages*. Il leur était interdit de jouer aux dés, aux cartes, au trictrac, au billard, ou à aucun autre jeu, sous peine d'amende, de saisie et de punition corporelle.

Les cabarets fermaient à six heures.

Les *tabacs*, lieux où l'on fumait, étaient par arrêt du parlement déclarés infâmes.

Les théâtres subissaient une censure d'une susceptibilité anglaise.

Et cependant on jouait partout un jeu d'enfer.

On buvait sec, même dans la meilleure compagnie; et les princesses empruntaient un jour à Trianon les pipes des gardes-suisses.

A la cour, le roi, le dauphin et la favorite jouaient des sommes folles.

Les pertes de cent mille écus — lisez neuf cent mille francs de notre monnaie — y étaient communes.

Le jour de Noël 1679, madame de Montespan perdit 700,000 écus.

Une autre fois, en une seule nuit, elle regagna cinq millions.

Le roi le trouvait fort mauvais, se fâchait, mais payait toujours en cas de perte.

Son frère en avait été réduit à mettre toutes ses pierreries en gage.

On se figure d'après cela ce qui se passait à Paris, toujours porté à modeler ses mœurs sur celles de Versailles. La répression était difficile alors que l'exemple partait de si haut.

Enfin, à mesure que Louis XIV vieillissait, il cherchait dans le jeu des distractions que la galanterie ne lui donnait plus.

Le mari de Flora, lui aussi, malheureux en amour, espérait être heureux au jeu.

Le hocca et le lansquenet se partageaient ses soirées.

Et c'était toujours la cassette du comte de Lignerolles qui payait.

D'abord le vieux comte s'était réjoui d'un défaut qui forgeait une chaîne d'or au mari complaisant; puis il s'en était fatigué, et Flora autant que lui.

Maître Desjardins en était donc réduit à la ruse et à la violence pour obtenir de l'argent.

C'était un sujet de querelles de plus dans ce singulier ménage.

Le soir dont il s'agit, il avait perdu une somme considérable sur parole, et était rentré en se demandant à quel expédient il aurait recours pour se la procurer le lendemain.

On peut juger d'après cela de l'importance qu'il attacha à sa découverte.

Un secret vaut toujours un certain prix.

Et il s'endormit en se promettant de l'escompter et d'en tirer un profit quelconque.

Tel était l'individu dont Éloi avait espéré se faire un allié, tel était l'homme qu'il avait prié Gabrielle de ménager.

Cette dernière, qui l'avait reconnu à sa fenêtre, n'était pas rentrée chez elle sans inquiétude; mais l'étendue même de son malheur, l'horreur de sa situation était telle, qu'elle ne s'arrêta point longtemps à ce qui ne lui paraissait qu'un nuage dans une tempête, qu'un incident.

Elle était déjà résolue à prendre un parti extrême pour se soustraire au terrible couple qui la menaçait.

L'espionnage de Desjardins ne pouvait qu'ajouter à son affolement et précipiter sa résolution.

Le lendemain, le mari de l'Italienne, pressé par le besoin d'argent, se rendit chez sa femme.

Il s'attendait à un accueil désagréable et il ne fut pas trompé.

— Eh bien ! quoi de nouveau ? fit la dame.

— J'ai perdu hier soir au lansquenet cinquante pistoles.

— Baste ! Ce n'est pas très-nouveau, cela. Et que voulez-vous que j'y fasse ?

— Mais en rentrant j'ai trouvé quelque chose de précieux, poursuivit Desjardins en s'étalant dans un fauteuil.

— Quoi donc ?... Un bijou ?

— Mieux que cela. Et aussitôt j'ai songé à en tirer les cinquante pistoles perdues sur parole.

— Et vous avez vendu votre trouvaille ?

— Non, je viens vous l'offrir, parce que vous êtes la personne à qui elle peut faire le plus de plaisir.

— Qu'est-ce donc ?

— C'est un secret que j'ai surpris, que le hasard m'a livré, un petit mystère adorable et dont vous raffolerez...

aussitôt que vous m'aurez donné mes cinquante pistoles.

— C'est une mauvaise plaisanterie.

— Je parle très-sérieusement.

— Voyons votre secret?

— Voyons votre argent?

— Ah ! vous m'importunez. De quoi s'agit-il à peu près? Je ne puis acheter chat en poche.

— Eh bien ! ce secret appartenait à Gabrielle.

— Ah !... très-bien : après?

— Hum !... J'en ai déjà trop dit et je n'ajouterai pas un mot.

— Gardez votre secret. Je suis très au courant de la vie de Gabrielle, et je vois de quoi vous faites si grand mystère: c'est de quelque amourette, je gage?

— Je ne dirai plus rien, et, pour plus de sûreté, je me retire. Adieu.

Et Desjardins exécuta ce qu'au théâtre on appelle une fausse sortie.

La curiosité de Flora était suffisamment excitée.

— Vous partez?... Et qu'allez-vous faire de votre précieuse indiscrétion?

— Je la garde pour compte.

— Et vos cinquante pistoles?

— Je les emprunterai ailleurs ou les regagnerai ce soir. Il m'est déjà arrivé d'en perdre deux cents sans en mourir.

— Ainsi vous emportez votre secret?

— Je l'emporte.

— Terrible homme !... Voyons, revenez, vous aurez votre argent, mais contez-moi tout.

Desjardins reprit place dans le fauteuil qu'il venait de quitter et attendit son argent.

Lorsqu'il le vit sur la table, il raconta tout ce qu'il avait vu.

— Ah ! cette petite fille ! fit Flora. Elle aura pris pour amant quelque... valet... Une inclination aussi basse suffirait à nous débarrasser d'elle. On la jetterait pour la vie au fond d'un couvent. Ne dites rien, monsieur. Oubliez jusqu'au jour où j'aurai besoin de vous la rappeler l'aventure que vous venez de me conter.

— Oh ! parfaitement, répondit le joueur en mettant son argent en poche.

— Cependant j'y songe...

— Qu'est-ce encore?

— Vous rentrez tard chaque soir?

— Très-tard.

— Avant de vous coucher, jetez toujours un coup d'œil dans la cour.

— Ah ! quant à cela, je ne m'en occuperai qu'en cas de déveine persistante; j'espère bien n'en avoir pas besoin.

— Je veillerai, moi, dit Flora avec un accent de haine qui eût donné le frisson à tout autre qu'à son ignoble époux.

XXI

BILLET D'ASTRÉE A SYLVANDRE.

« Cher Sylvandre;

« Je crains que le bénéficiaire des dons de Flora ne m'ait aperçue au moment où je rentrais chez moi.

« Il était à sa fenêtre.

« Avant tout il importe de cacher votre ancienne profession.

« La connaissance de leurs intrigues, que vous possédez, fait toute notre force.

« Si vous étiez découvert et si vous étiez interrogé, dites que vous êtes un ouvrier de maître René Cardillac, mon bijoutier.

« C'est un excellent homme.

« Je me charge d'aller le voir et de le préparer à soutenir notre mensonge.

« Je renonce à vous exprimer, cher Sylvandre, ce que j'éprouvai à la vue de cet espion accoudé à sa fenêtre et les tristes réflexions qui en furent les suites.

« Jusqu'alors je n'avais tremblé que pour moi.

« Ainsi chaque minute éloigne la pauvre Astrée des bords de ce Lignon où l'herbe est sans vipères, les bois sans loups ravisseurs et les fleurs sans poison !...

« O vertu, premier lien des cœurs innocents, n'es-tu qu'un rêve?... Bonheur, n'es-tu qu'une chimère?...

« O mes rêves, mes chimères !

« Ces misérables m'ont tout ravi, même l'espérance, même le rêve du bonheur, le seul bien qui me restât.

« VOTRE ASTRÉE. »

A ce touchant billet Sylvandre répondit :

« Chère et adorable Astrée;

« Ce bonheur dont vous perdez l'espérance et que vous traitez de chimère vous sera sûrement rendu dans peu de temps.

« La Providence qui vous a protégée jusqu'à ce jour d'une façon si évidente ne permettra pas au crime de triompher.

« Vous verrez un jour ce pays de vos rêves, où l'on aime et où l'on est aimé : votre jeunesse, votre ravissante beauté, en sont garantes.

« Malgré le sombre tableau que je vous ai tracé, malgré les nouveaux sujets de crainte dont vous me parlez, j'ai confiance dans l'avenir... dans l'avenir pour vous, chère Astrée, car, moi, pauvre garçon plus obscur que le moindre berger du Lignon, je serai vite oublié...

« Mais en retombant de la faveur où je suis dans le néant d'où je suis sorti, j'aurai du moins cette consolation de me dire que j'ai contribué à votre salut, que, pendant quelques heures, j'aurai été l'artisan de votre bonheur.

« Mais parlons du présent.

« Votre idée de me faire passer pour ouvrier bijoutier est très-ingénieuse et je m'y rallie de grand cœur. Quant au concours de M. René Cardillac, je ne saurais me prononcer.

« Cette personne m'est à peu près inconnue. Je ne sais de M. Cardillac que ce que tout le monde en connaît, c'est-à-dire qu'il est le bijoutier en renom de la cour et de la ville.

« C'est plus qu'un marchand, dit-on, c'est un artiste. Cette qualité d'artiste me rassure sur son compte.

« Les gens qui aiment le beau dans les arts sont des esprits cultivés, ouverts aux idées généreuses.

« Réfléchissez et faites ainsi que vous le jugerez bon, et ayez la bonté d'avertir votre Sylvandre de ce que vous aurez fait et du langage qu'il devra tenir.

« Encore un mot :

« Évitez de me voir et *méfiez-vous*, — toujours ce vilain mot !... méfiez-vous de votre femme de chambre : elle avoir des relations avec les gens de l'Italienne, ou e-ci doit l'avoir achetée.

Sylvandre reste à vos ordres, belle Astrée, et à vos ds. »

n aura remarqué dans ces deux billets combien les deux nes gens marchaient d'un pas rapide vers ce pays de interie, ou si l'on veut de parfait amour qu'ils appe-nt le Lignon.

abrielle, toutefois, apportait dans ce voyage une bonne aïve. une ignorance toute virginale que ne pouvait ir Éloi.

omme tous les amants, celui-ci mêlait à un élan de ouement à toute épreuve l'égoïsme de l'amour.

abrielle offrait de bon cœur son amitié, une sympathie e fraternelle.

loi, sous les dehors de l'amitié, cachait une passion ente, et ne la cachait qu'à regret.

ne femme moins inexperte que mademoiselle de Ligne-les l'eût compris rien qu'à la façon dont il avait moulé mots *adorable Astrée* qui couronnaient sa lettre.

t nous ne disons rien de tant d'autres détails que vous ez remarqués.

'autres lettres succédèrent rapidement à celles-ci. Il n'y ue la première qui nous coûte.

a plume que l'on n'avait prise qu'en tremblant s'associe mptement à la vie de notre cœur; elle nous devient ère, — elle l'est toujours trop, — et nous ne pouvons ntôt plus penser sans elle.

'est une servante d'abord; puis une servante maîtresse, de ces servantes de Molière qui en disent souvent s qu'il ne conviendrait.

En amour, la correspondance nous mène souvent plus e que n'aurait fait la conversation.

Aussi Éloi et Gabrielle, malgré la distance énorme de la issance et de la fortune qui les séparait, firent un rt chemin l'un vers l'autre, et de la simple amitié arri-ent en deux ou trois jours à la tendresse...

La jeune Astrée en était arrivée à se confier entièrement ylvandre.

Elle avait remis son sort entre ses mains.

Elle n'attendait plus que ses ordres.

En même temps, elle s'était rendue chez le bijoutier rdillac.

Des nombreux fournisseurs de la maison, c'était le seul i eût, — sans le chercher, par hasard, — gagné sa con-nce.

M. de Lignerolles, ayant voulu offrir une parure à sa itresse, avait ouvert les écrins qui avaient appartenu à femme, et appelé Cardillac pour y choisir les plus belles rreries et leur donner une monture nouvelle.

C rdillac s'était acquitté de ce travail avec le goût ex-t et le savoir auxquels il devait sa renommée.

Il tira des anciens bijoux une parure splendide pour ra, et trouva encore le moyen de conserver pour made-oiselle Gabrielle, que tout le monde semblait oublier, e parure moins riche, mais non moins belle que la pre-ère.

Cette attention lui avait conquis le cœur de la jeune fille laissée.

Depuis, elle avait en différentes circonstances revu avec isir René Cardillac.

Et dans l'isolement où elle se trouvait, il était naturel qu'elle pensât à lui.

Elle alla donc le voir.

Il demeurait dans le même quartier, au bout de la rue Saint-Honoré.

Il avait là une vieille maison de structure moyen âge, c'est-à-dire avec pignon à tourelle, murailles ornées de niches de saints, et amples auvents, couvrant comme une visière l'entrée de sa boutique.

Cette boutique était dépourvue d'étalage. Ce n'était point à des dehors brillants qu'elle devait sa nombreuse et riche clientèle.

Ses vitres verdâtres, enchâssées dans un treillis de plomb, ne laissaient rien voir des trésors qu'elle recélait.

Derrière ce magasin à comptoirs de vieux chêne régnait un atelier où la lumière était prodiguée et d'où s'élançait un escalier à vis qui conduisait à l'appartement du maître joaillier.

Quand il ne travaillait point, aux heures courtes de la soirée, c'était au premier étage que se tenait René Cardillac.

C'était là qu'habitait son unique affection, — sa fille, Marie.

Une vieille bonne suffisait à leur service; elle dirigeait le ménage depuis la mort de madame Cardillac.

Ces deux femmes vivaient comme deux recluses.

On les voyait rarement.

Le bijoutier passait pour un habile commerçant, — sans conteste, — mais pour un homme à manies, très-peu sociable, et entiché des mœurs d'un autre âge.

Sa fille ne sortait que pour aller aux offices, encore n'assistait-elle que bien rarement à la grand'messe; les ouvriers étaient peu nombreux et choisis avec soin parmi les plus rangés et les moins communicatifs; pour la plupart ils étaient étrangers, Italiens ou Flamands.

Cette maison était celle du travail et du silence.

Et nous ajouterons : — du mystère.

Pour ces oisifs qui, le soir venu, ne peuvent se résigner ni à brûler de la chandelle ni à se coucher, et qui se mettent derrière le rideau à regarder la rue et observer le va-et-vient des lumières de leurs voisins; pour ces observateurs, le bijoutier de la rue Saint-Honoré était un homme d'allures inexplicables.

Chez lui on brûlait peu d'huile et de chandelle, chez lui semblaient régner des mœurs patriarcales; et cependant on le voyait souvent sortir très-tard et rentrer de grand matin.

Où allait-il la nuit ?...

Cependant son air grave, presque menaçant, son humeur peu tolérante, et, ce qui en impose encore davantage, sa richesse, mettaient un frein aux commentaires et aux bavardages.

On se taisait sur ce taciturne voisin.

Un matin, — bien avant l'heure où se levaient les gens de condition et où s'arrêtaient les riches équipages devant la vieille maison, — une jeune demoiselle arriva d'un pas pressé, furtif, chez le célèbre joaillier.

Cardillac était à son comptoir.

— Mademoiselle de Lignerolles ! s'écria-t-il avec surprise.

— Oui, monsieur. Une visite, de ma part, à cette heure matinale, a lieu de vous étonner; mais tout est extraordinaire dans ma démarche, et tout d'abord je vous préviens, drai que je désire vous entretenir sans témoin.

— Pour répondre à l'honneur que vous me faites, mademoiselle, je ne puis vous prier de monter dans mon appartement; vous seriez obligée de traverser mon atelier. Pardonnez-moi donc si je vous reçois dans un cabinet voisin, où je traite d'affaires habituellement.

Gabrielle le suivit dans un cabinet dont deux vieux fauteuils et un coffre-fort composaient tout l'ameublement.

Et lorsqu'elle eut invité le marchand à s'asseoir, elle aborda carrément le sujet de sa démarche :

— Maître Cardillac, dit-elle avec un sourire contraint, vous êtes un habile joaillier et un excellent cœur; j'ai eu l'occasion de le reconnaître; mais seriez-vous capable de mentir pour un bon motif?

— De mentir, mademoiselle? fit Cardillac incertain.

— Oui, pour une bonne cause et pour me rendre service?

— Daignez vous expliquer.

— Avant tout, répondez-moi.

Le rusé marchand enveloppa d'un regard la jeune fille.

— Je suis tout à vos ordres, mademoiselle, répondit-il. Le mensonge est un grand péché, mais si une personne telle que vous ne le craint point, c'est qu'il doit servir à une bonne œuvre.

— Ainsi, vous mentirez avec moi, maître Cardillac?

— Oui, mademoiselle.

— Eh bien! je vais tout vous apprendre. Il s'agit de dire avec moi qu'un pauvre garçon que la charité me recommande, et qui est sans papiers et sans personne dont il puisse se réclamer, a été votre ouvrier.

— Voilà tout? fit le bijoutier souriant.

— Voilà tout.

— Et votre protégé se nomme?

— Éloi.

— Éloi? fit maître Cardillac en ramenant sur ses yeux fau... es ses deux épais sourcils.

— Oui, reprit Gabrielle; je ne lui connais pas d'autre nom. Figurez-vous qu'il y a huit jours environ, ce pauvre garçon a été attaqué dans le faubourg par des bandits.

— Vraiment?

— Un de ces scélérats lui a donné un coup de couteau qui a failli le tuer. Il l'avait laissé pour mort sur la chaussée quand, par hasard, les gens du comte de Ventadour sortirent de chez nous.

« Les valets de mon père, en précédant la chaise du comte, aperçurent le pauvre malheureux, le relevèrent et le déposèrent chez le suisse.

« Celui-ci s'est dévoué à le soigner et, ne voulant pas qu'il allât à l'hôpital, qui est fort encombré, vint me prier de lui donner une chambre.

« J'y consentis.

« Mais voyez mon embarras.

« Je pris tout sur moi et n'en informai point mon père.

« Le comte de Lignerolles, comme vous le savez, est toujours très-souffrant; le moindre tracas lui est insupportable. Je craignis de l'importuner. Et aujourd'hui... voyez combien je suis en peine... on découvre l'existence de mon protégé, on chuchote mille folies autour de lui; on le suspecte... et cet infortuné sera sûrement arrêté s'il ne peut se réclamer de quelque personne honorable.

« J'ai pensé à vous. »

Cardillac avait écouté avec l'intérêt le plus vif les confidences de la jeune fille, et même il s'efforçait de prendre un air de bienveillance étranger à sa physionomie ordinaire.

— C'est très-bien, c'est très-beau, ce que vous avez fait, mademoiselle, s'écria-t-il. Et je vous remercie de m'avoir associé à votre œuvre de charité.

— Ainsi, voilà qui est entendu entre nous, conclut Gabrielle en se levant. Vous reconnaîtrez au besoin l'ouvrier Éloi pour un de vos ouvriers?

— Je vous le promets, mademoiselle, et même, s'il le fallait, je lui donnerais asile.

— Ah! monsieur Cardillac, je n'avais point trop préjugé de votre bonté.

Et mademoiselle de Lignerolles se retira, emportant la plus complète satisfaction. Elle avait trouvé pour son ami un asile sûr, et la sûreté d'Éloi assurait la sienne. Il habiterait à peu de distance de l'hôtel et serait prêt à toute heure à lui porter secours.

Enfin ses bonnes relations avec le bijoutier lui permettraient de revoir son ami et de correspondre avec lui comme par le passé.

A peine était-elle de retour à l'hôtel que sa femme de chambre vint la prévenir que madame Desjardins désirait lui parler.

XXII

FLORA ET GABRIELLE.

Les deux femmes se voyaient très-rarement; cette visite matinale était de fâcheux présage, et Gabrielle en fut tout à fait convaincue en lisant dans les yeux de son ennemie un air de joie provocateur.

— J'étais venue il y a un instant, dit la dame, et j'appris que vous étiez sortie. Il paraît d'ailleurs que l'air du matin est salutaire à votre santé, car je ne vous vis jamais de si fraîches couleurs.

— Je sais tout l'intérêt que vous prenez à ma santé, répondit Gabrielle, et je ne doute pas de la satisfaction que vous cause mon rétablissement.

Le ton ironique de ces paroles n'échappa point à l'Italienne.

— Mon amitié respectueuse, mon dévouement pour M. de Lignerolles me portent naturellement à m'intéresser à tout ce qui vous touche. Mon mari est l'intendant de cette maison, et votre père, mademoiselle, me considère comme votre gouvernante.

Gabrielle fit un mouvement de protestation.

— Ce titre n'a rien d'enviable : il me rappelle trop que j'ai deux fois votre âge, mais il me servira à vous expliquer l'objet de ma visite et la sollicitude que j'apporte à tout ce qui vous concerne, à me défendre enfin contre toute apparence d'indiscrétion.

— Parlez sans ambages, madame, venez au fait; je me doute où vous voulez en venir.

— C'est au sujet de ce jeune homme à qui vous avez donné l'hospitalité.

— Je le pressentais. Eh bien?

— Trouvez-vous cela bien convenable?

— Parfaitement. — Autrement je ne l'aurais pas fait.

— Pour moi, sans doute, votre conduite a pour mobile la charité, et le motif qui vous fait agir est au-dessus de tout soupçon; mais il n'en est point de même pour tout le monde.

« On jase beaucoup ici.

« Ces bavardages peuvent se répandre au dehors...

« La calomnie peut vous atteindre.

— Je ne crains pas la calomnie.

— Vous avez tort, et la médisance est déjà un grand mal. Je vous l'affirme, mademoiselle, en recueillant ce jeune homme chez vous, vous avez sans le savoir causé un grand scandale.

— Il me semble difficile, madame, de scandaliser les gens de cet hôtel.

— Que voulez-vous dire? s'écria Flora avec vivacité.

— Que j'ai agi sans mystère vis-à-vis des gens de la maison, qui tous m'ont suppliée de recueillir ce malheureux blessé; que ma conduite n'est donc point pour eux un sujet de scandale.

« Je n'en dirai pas davantage, n'ayant pas l'autorité que l'âge vous donne pour vous faire à mon tour la leçon.

— Très-bien, mademoiselle, repartit Flora cruellement blessée; mais ne craignez-vous pas que votre père en juge autrement que vous?

— Je sais l'influence que vous exercez sur mon père. Je sais que dans votre zèle vous n'hésiterez pas à attirer sa colère sur un innocent digne de compassion...

— Un vagabond, un rôdeur de nuit, sans nom, sans papiers, sans état, sans domicile!... ah! mademoiselle!... Mais je ne veux pas m'exposer à quelque mot piquant de votre part. Je désirais vous avertir; vous ne m'avez pas comprise : je me retire.

Les deux femmes se saluèrent.

La guerre était déclarée.

Gabrielle devait s'attendre à quelque violence, et aussitôt elle courut prévenir son cher Sylvandre.

Et les deux jeunes gens tinrent conseil.

La perspective d'aller vivre chez un marchand qui lui était inconnu souriait peu à Éloi, qui connaissait les habitudes quelque peu avares des marchands et redoutait d'être bientôt à charge à son hôte.

Il avait espéré mieux.

— Ah! disait-il, si je pouvais arriver à dessiller les yeux de votre père sur les machinations ourdies contre lui, mon but serait rempli, vous seriez sauvée et je verrais chasser par les laquais les deux coquins qui me menacent de me jeter à la porte.

— Impossible! répondait Gabrielle; vous ne connaissez pas mon père.

« Il ne voit plus que par les yeux de cette femme.

« Il ne m'écouterait point, moi, sa fille.

« Pourquoi vous écouterait-il?

« Les meilleures raisons, l'évidence, rien ne pourrait vaincre son aveuglement.

— Mais dès que je serai parti, reprenait Éloi, vous serez de nouveau à la merci de cette femme.

« Elle a tenté de vous empoisonner; doutez-vous qu'elle renouvelle sa tentative?

« Un de ces jours on m'apprendra que vous avez succombé à des spasmes de l'estomac, que vous avez été emportée par cette maladie suspecte qui vient d'emporter madame la duchesse de Bourgogne et que l'on appelle la *fièvre gastrique*.

« Oh! je n'ai pas vécu chez Defita pour ignorer cela! Chère Gabrielle, généreuse et divine Astrée, vous pensez à moi; — pensez à votre propre salut. Mes jours sont moins menacés que les vôtres.

« Ou il faut que cette femme périsse, ou il faut que vous succombiez.

« Elle a des armes! les armes des traîtres... et vous n'en avez pas à lui opposer.

— Qu'y faire? répondit Gabrielle avec découragement.

« Dieu, qui m'a déjà sauvée par vous, me sauvera encore. Ne me l'avez-vous pas dit?... Et d'où vous viennent ces subites alternatives d'espoir et de découragement?

« Je ne puis fuir...

— Ah! fit Éloi chez qui cette exclamation répondait à une pensée secrète. — Ah! si vous pouviez fuir!...

— Je le pourrais...

— Vous le croyez?

— Mais ce serait trahir tous mes devoirs, abandonner mon père, compromettre mon nom, le sien!...

« Autrement nous serions avant huit jours dans les prairies et les montagnes du Forez!...

— Nous, avez-vous dit? s'écria Éloi avec ravissement.

— Nous, répéta Gabrielle.

Puis, avec une sincérité naïve :

— Refuseriez-vous de m'accompagner au beau pays de M. d'Urfé?... ne serais-je plus Astrée? ne seriez-vous plus Sylvandre?

— Oh! je vous suivrais au bout du monde; ce serait trop de bonheur pour moi!

Gabrielle avait parlé de ses devoirs envers son père; — Éloi avait pensé à des obstacles plus sérieux.

Pour aller aux bords du Lignon, à plus de cent lieues des bords de la Seine, et pour y vivre même de la vie pastorale des Sylvandre et des Amaryllis, il fallait... de l'argent...

De l'argent pour le voyage, pour l'achat d'un domaine, et d'un troupeau... (Les moutons étaient de rigueur.)

Qui de nous n'a rêvé, enfant, d'être Robinson Crusoë, et, ne pouvant s'embarquer, a dû, faute d'argent, renoncer à s'acheter une île?

Enlever cette jeune fille romanesque et naïve à des persécuteurs acharnés n'était pas au-dessus du courage de l'ami de Daniel Varilles, mais était au-dessus de ses moyens.

A peine avait-il de quoi payer les premiers relais de la poste.

Tandis qu'ils délibéraient, Flora agissait.

La haine ne reste jamais inactive.

Assise sur une chaise basse, près du comte de Lignerolles étendu dans un grand fauteuil, elle lui faisait un tableau saisissant des désordres de Gabrielle.

Cette malheureuse jeune fille égarée par les passions, qui dans la solitude où elle se confine depuis longtemps ont un empire irrésistible, avait ramassé sur la voie publique un vagabond, un rôdeur de nuit...

— C'est le scandale de la maison aujourd'hui, disait Flora; demain ce sera la fable de Paris.

« Et ne m'accusez point, cher comte, d'avoir manqué de vigilance.

« Je n'ai sur Gabrielle aucune autorité. — C'est par des injures qu'elle accueille mes observations.

« On nous a noircis dans son esprit.

« Elle ne parle de moi qu'avec mépris, et de vous qu'avec une sorte de compassion mêlée de dédain. »

Le comte, abruti, faisait de visibles efforts pour soutenir son attention et comprendre les abominables inventions de sa maîtresse.

Éloi blessé, recueilli à l'hôtel de Lignerolles (Page 39.)

— Il faut la mettre au couvent, dit-il enfin...

— Avant tout, reprit Flora, il faut jeter dehors le misérable qu'elle a recueilli.

Une contraction pénible des muscles du visage exprima un nouvel effort du malade.

— Non, dit-il avec énergie.

— Comment?

— Pas d'esclandre!... Ce qui vous manquera toute la vie, Flora, c'est le sentiment des convenances du monde où je vous ai fait entrer.

« Pas d'esclandre, pas de bruit : que tout se passe avec décence, et ne laisse chez nos témoins inévitables, les gens de service, qu'une bonne impression.

« Si mademoiselle de Lignerolles a commis une faute, il ne faut pas en profiter pour la déshonorer.

— Oh! cher comte! serais-je assez insensée...

— Nous devons au contraire chercher à relever ce misérable, ce vagabond, le traiter avec quelques égards, qui lui donnent un air plus sortable...

Puis, avec un sourire :

— Si nous pouvions le faire passer pour un prince, cela n'en vaudrait que mieux pour nous.

— A merveille, comte, et j'admire la noblesse de vos idées. L'indignation, le chagrin, m'avaient emportée au delà de toute mesure, je le reconnais maintenant.

« Mais, dites-moi, comment devons-nous procéder?

— Rien de plus simple :

« Faites dire à Gabrielle que je désire lui parler; ensuite je ferai prier cet individu de se rendre près de moi.

— Oui, comte, je vais transmettre vos ordres.

— A propos, fit M. de Lignerolles, comment s'appelle ce jeune homme?

— Éloi.

Le comte fit la moue.

— Il n'a point d'autre nom?

— Mademoiselle l'avait surnommé Sylvandre.

— Cela vaut mieux. On priera M. Sylvandre de passer chez *son hôte*... Vous entendez, Flora... son hôte, M. le comte de Lignerolles.

« Est-ce un gaillard de bonne mine, au moins, et dont la tournure ne prête pas à rire?

— On le dit d'assez bonne mine.

— Tant mieux. — Allons! faites appeler ma fille.

Le cabaret de la Pomme-de-Pin.

XXII

FLORA ET GABRIELLE (*suite.*)

Après sa récente querelle, Flora ne pouvait se rendre chez Gabrielle. Ce fut la femme de chambre qui alla prévenir celle-ci.

Elle était chez son protégé.

— Nous allons avoir une explication, dit la jeune fille : n'oubliez pas, Sylvandre, que vous avez été ouvrier du célèbre bijoutier René Cardillac, et tenez haut la tête devant la signora, — car elle est très-impertinente !...

« Quant à mon père, c'est un excellent gentilhomme, un peu raide en apparence, très-faible au fond... mais vous le connaissez...

« Cependant, comme on ne sait point ce qui peut résulter en cette occurrence, il serait prudent de ne négliger aucune précaution.

« Nous allons faire avancer nos réserves.

« J'entends par là maître René Cardillac.

« Je descends chez Arnold et charge celui-ci d'aller de suite chez Cardillac. »

L'aimable fille partit sur ces mots, légère et vive comme une alouette, passa chez le concierge, donna ses ordres et se rendit à la demande de son père.

« Le comte est très-monté contre moi, se disait-elle, mais je suis forte de ma bonne conscience.

« Son sermon ne saurait m'effrayer. »

En entrant chez M. de Lignerolles, elle trouva l'Italienne qui fit mine de se lever, mais consentit sans peine à demeurer à la prière du comte.

— Mademoiselle, dit celui-ci, je n'ai jamais regretté autant qu'aujourd'hui que l'état de ma santé ne m'ait pas permis de donner à votre éducation et à votre conduite tous les soins nécessaires.

« Je serai très-indulgent pour vous, parce que la trop ande liberté que je vous ai laissée vous donne des droits cette indulgence.

— Mais, mon père, permettez! l'indulgence n'est due aux fautes, et j'ignore y avoir des droits.

— Très-bien, je m'attendais à ce que vous chercheriez à vous disculper.

— Me disculper, moi? je n'en ai nul besoin.

— Gabrielle! fit le comte avec impatience, ne dissimulez point, c'est inutile :

« Je sais tout.

— Veuillez me dire ce que vous savez, mon père.

— Vous m'y forcez?

— Je vous en prie.

Le valétudinaire parut contrarié d'être obligé à une si grande dépense de paroles.

— Voyons, reprit-il avec effort, n'avez-vous pas, depuis huit jours environ, disposé sans mon aveu d'une chambre de cet hôtel en faveur d'un inconnu?

— Oui, mon père, un blessé qui...

— Je sais, je sais. — Vous n'en aviez nul droit...

— Je l'avoue.

— Bien.

— Je m'inspirai de votre générosité et je crus bien faire en agissant ainsi que vous auriez agi vous-même.

« Je sais que vous êtes le maître, mon père, mais je sais aussi que vous êtes souffrant, et j'ai craint de vous importuner en vous demander votre autorisation pour un acte de charité.

— Vous poussez trop loin la charité, mademoiselle, et vous allez jusqu'à l'imprudence.

« Il ne me plaît ni de récriminer, ni de sermonner. Je vous dirai seulement que je suis loin d'être satisfait de votre conduite.

« Vous faites de la liberté que je vous laisse un usage qui ne me convient pas, et je suis décidé à vous envoyer au couvent.

— Au couvent!... se récria la malheureuse. Vous séparer de moi, demeurer seul...

— Silence, il suffit. Telle est ma volonté. Mais auparavant nous avons à terminer cette sotte affaire du vagabond blessé et reçu par vous.

Se tournant vers Flora :

— Madame, faites entrer ce jeune homme.

La Desjardins s'empressa d'exécuter cet ordre.

Éloi comparut devant son juge.

— Laissez la porte ouverte, ajouta le comte, tout le monde peut entendre ce que j'ai à dire.

Les domestiques se groupèrent à la porte de l'antichambre, tandis qu'Éloi, d'un pas ferme, s'avançait pour saluer le comte.

— Monsieur le comte m'a fait appeler?

— Oui, mon ami, j'ai appris que vous aviez reçu une blessure assez grave?...

— Un coup de couteau.

— C'est cela; et j'ai engagé ma fille à vous faire donner une chambre où mon concierge pût vous soigner.

Éloi s'inclina.

— Je suis content que vous soyez guéri, et j'ai voulu vous le dire avant que vous sortiez d'ici.

— Monsieur le comte met le comble à ses bontés, balbutia Éloi non sans étonnement.

— C'est de la charité chrétienne, mon ami, et ma fille et moi n'en avons jamais négligé la pratique.

« Vous pouvez vous retirer.

« Mon intendant va vous remettre une petite somme qui vous permette de pourvoir à vos premiers besoins.

— Monsieur le comte est trop bon, mais je n'ai pas besoin d'argent...

— Ah!

— Avec mon travail, je ne suis pas sans ressources.

— Très-bien; vous avez un métier, alors?

— Oui, monsieur le comte.

— Vous êtes?

— Bijoutier.

— Vous êtes un honnête garçon.

— Je m'en flatte, monsieur, et serais désolé que vous pensiez le contraire.

— Vous êtes très-fier, à ce qu'il paraît, pour un homme de votre condition.

— Si humble que soit ma condition, repartit Éloi avec vivacité, j'ai du moins le sentiment de ma dignité.

— La dignité d'un bijoutier... Ah! ah! fit le comte en riant et sans y mettre de malice, — c'est parfait, parfait... Ah! ah!...

Puis bientôt se reprenant et voyant le jeune homme pâlir :

— Mais pardon; vous n'avez pas cessé d'être mon hôte, mon brave garçon, et je n'ai pas l'intention de vous mortifier, ce serait indigne de ma part.

« On peut être d'ailleurs bijoutier et être un galant homme... parbleu!... C'est ce mot de dignité qui m'avait fait rire. Vous avez une boutique?... J'irai acheter quelque chose chez vous.

— Je ne suis pas établi, monsieur le comte; je suis simple ouvrier.

— Ah!... fit le comte contrarié.

Et machinalement :

— Ouvrier de quel fabricant?

— D'un maître dans son art, monsieur le comte, répondit Éloi en regardant Gabrielle afin de s'affermir dans son mensonge.

« De maître René Cardillac, bijoutier du roi.

— Ah! très-bien, très-bien, jeune homme. Cardillac est aussi bijoutier de ma maison. Eh bien! je suis tranquille sur votre sort.

Et se tournant vers Flora :

— Vous voyez, madame, cet honnête garçon travaillera peut-être à vos parures.

Flora enrageait autant que Gabrielle était heureuse.

— Il ne me reste donc, monsieur le comte, reprit Éloi, qu'à prendre congé de vous et de mademoiselle votre fille, et à vous assurer de mon éternelle reconnaissance.

— Adieu, monsieur Sylvandre.

Il salua et se dirigea vers la porte.

Mais au même instant un domestique annonça :

— Monsieur René Cardillac :

— Tiens! fit le comte surpris de cette coïncidence singulière.

L'Italienne, qui se doutait d'un mensonge, eut un éclair de joie dans ses grands yeux noirs.

Quant à Éloi, regardant en face le nouveau venu et se reculant lentement, il devint pâle.

Cette rencontre du patron et de l'ouvrier manquait de cordialité.

Cardillac souriait sous ses cils jaunes; Éloi, lui, pâlissait.

Il éprouvait un serrement de cœur étrange. Après avoir salué M. de Lignerolles, sa fille et la dame Desjardins, le bijoutier se tourna vers le jeune homme.

— Ah ! ah ! fit-il, voici, je crois, quelqu'un de ma connaissance.

Éloi voulut répondre, voulut sourire, mais grimaça et balbutia, en proie à un trouble toujours croissant.

— Je suis heureux de vous voir, jeune homme, reprit maître René.

— Et moi, répondit Éloi, je ne saurais vous dire...

— Oui, oui, vous êtes toujours timide, mon garçon, et d'ailleurs, depuis que nous nous sommes quittés, vous avez eu des aventures... à ce que l'on m'a dit.

« Allons, remettez-vous, tout vous est pardonné. »

Et, parlant ainsi, maître René frappa légèrement sur l'épaule d'Éloi.

Celui-ci frémit au contact de cette main et de son épaule blessée.

« Mais je connais cet homme, se disait-il, je l'ai vu quelque part... Où donc l'ai-je déjà vu ? »

Et tout à coup, rapide comme un éclair, le souvenir de sa visite à l'épicier Guillaume se reproduisit dans son esprit, et il reconnut dans René Cardillac cet ami de l'épicier qui s'entretenait avec Suzette dans l'arrière-boutique.

Cet individu suspect à Daniel.

Cet homme dont il avait craint d'être suivi.

L'homme enfin que depuis il avait toujours soupçonné d'avoir tenté de l'assassiner.

Ce soupçon était tellement étrange, qu'il s'efforça tout d'abord de le repousser.

Et tandis que Cardillac s'entretenait avec le comte de Lignerolles, il se disait qu'il était trompé par quelque trait de ressemblance extraordinaire.

Mais la voix, l'accent?...

Il avait entendu la voix de maître René dans l'arrière-boutique de l'épicier.

Et c'était bien la même voix, le même accent !...

Enfin existait-il à Paris deux hommes de cette haute taille, ayant ces épais sourcils roux et ces yeux fauves ?...

Certaines physionomies vous frappent et demeurent ineffaçables de votre souvenir.

En tombant sous le couteau, sa subite et dernière pensée avait été :

— C'est cet homme !...

Cependant, avec une hypocrisie doucereuse :

— Monsieur le comte, disait Cardillac, je vous suis personnellement reconnaissant de l'hospitalité généreuse et des bons soins que vous avez fait donner à mon jeune ouvrier.

« Grâce à vous, le voilà debout et il va pouvoir reprendre ses travaux dans mon atelier.

— Mais, sans reproche, maître René, comment laissez-vous donc ces jeunes gens sortir et se hasarder la nuit dans les rues des faubourgs ?

— Que voulez-vous, monsieur le comte? la jeunesse est imprudente et d'une gouverne difficile.

« Quelque amourette peut-être l'attirait dans le faubourg.

« Mais maintenant je réponds de lui. »

Éloi s'était rapproché de Gabrielle à petits pas, et de façon à ne pas être remarqué.

Celle-ci l'observait et s'étonnait de son trouble.

Puis, secondant sa manœuvre, elle fit la moitié du chemin.

— Qu'avez-vous? lui dit-elle à voix basse.

— Il se passe en moi quelque chose d'affreux, répondit de même le jeune homme.

— Qu'est-ce?

— Il faut que je vous dise... Cet homme, je ne le vois point pour la première fois.

— Ah !... Eh bien?

— Je crois le reconnaître... Et jamais je ne me résoudrai à le suivre.

— Pourquoi donc? Je tremble... vous êtes d'une pâleur livide.

— Cet homme, c'est celui qui m'a suivi... *C'est mon assassin !...*

A ces mots, Gabrielle ne put se retenir de jeter un cri de surprise.

Et l'attention du comte et de Flora se tourna soudain vers eux.

Était-ce son assassin?...

Le moment n'était point propice à une explication.

Malgré ce qu'elle avait pour elle de monstrueux, Gabrielle dut accepter l'accusation d'Éloi, sous bénéfice d'inventaire.

« Il se trompe, c'est évident, pensait-elle, mais il n'y a pas à discuter, et l'horreur qu'il respire à la vue de ce brave marchand est trop violente pour être combattue en ce moment. Il faut trouver un biais, un moyen de s'esquiver, ne serait-ce que pour vingt-quatre heures. »

Éloi n'était en état de rien imaginer.

La découverte du nom de son assassin, sa présence, l'écrasaient.

C'était à Gabrielle d'improviser.

Une heureuse inspiration lui vint en aide.

— Mon père, dit-elle, j'ai une prière à vous adresser.

— Parlez, mademoiselle.

— Je désirerais que monsieur passe encore cette journée sous notre toit, afin d'éviter le fâcheux effet que pourrait produire un départ précipité.

— Je ne comprends pas bien, je l'avoue, répondit le comte en regardant tour à tour sa fille et son protégé. Cependant si vous le désirez, mon ami?...

Éloi, baissant les yeux, toujours pâle, était devenu une vivante énigme.

— J'aurais besoin de quelques heures, monsieur le comte, dit-il d'une voix émue et presque suppliante.

— Accordé, c'est accordé ! répondit M. de Ligneroles.

Éloi salua et s'empressa de se retirer.

— C'est un garçon bien singulier, fit René Cardillac, qui se résigna et fit contre mauvaise fortune bon cœur.

Quant à l'Italienne, elle était alarmée par l'amitié des deux jeunes gens, et les projets de couvent ne lui souriaient guère.

Pour elle la situation se résumait ainsi :

« Si je n'y mets bon ordre, ils se sauveront l'un par l'autre. Je vais en finir avec Gabrielle. Quant à son amant, il a un passé mystérieux que je dois pénétrer et qui me servira peut-être à le perdre. »

XXIII

LES PROJETS DE MAÎTRE RENÉ.

Maître René était satisfait de son ouvrier Daniel. Il avait trouvé en lui une habileté de main, des connaissances qu'il n'espérait point.

D'autre part, Varillas paraissait prendre bravement son parti et se résigner à sa caverne.

Seulement Varillas était curieux.

— D'où vient donc, demanda-t-il un jour, que vous ayez tant de bijoux à transformer?

— Mon garçon, cela vient que j'achète beaucoup à Paris pour revendre à l'étranger, et comme les goûts diffèrent selon les pays, je suis obligé de démonter telle parure, de refondre telle autre au goût de mes clients de Londres, d'Amsterdam, ou de Vienne.

« D'ailleurs, les dames et les grands seigneurs étrangers ne seraient pas flattés de paraître à Versailles avec des bijoux dont on pourrait reconnaître la provenance, je dirais volontiers la généalogie.

— Mais, objecta Daniel effrontément, un tel travail n'a rien que de fort naturel; pourquoi l'entourer de tant de mystère?

— Tu veux trop en savoir, avait reparti maître René. Nous ne sommes pas d'assez vieux amis pour nous ouvrir entièrement l'un à l'autre.

« Je ne t'ai pas demandé, moi, pourquoi tu t'étais fait coffrer au Châtelet.

— Parbleu, vous le savez.

— Comment le saurais-je?

— Quelqu'un vous l'aura dit.

— Qui cela?

— Suzette.

— Elle le sait donc?

— Quelle manie de feindre! Elle n'a point de secret pour vous.

— Elle m'a bien en effet conté quelque fable.

— Vous a-t-elle parlé des bijoux de M. de Garlande?

— Non! fit maître René avec vivacité. Quels bijoux, mon ami?

A son tour, Daniel prit un air mystérieux et important :

— Des antiquailles très-précieuses; un petit trésor de pierreries fines, transmis d'âge en âge, dans la maison de Garlande, au vénérable examinateur du Grand-Châtelet.

— Tu les as vus?...

— Comme je vous vois et mieux encore, car l'eau pure des diamants était sans mystère. J'ajouterai même qu'un grand nombre de pierres d'une grosseur énorme n'avaient pas subi la taille, et semblaient dater des temps mérovingiens.

« Vous ne devez pas l'ignorer, certaines familles entassent ainsi, comme autant de reliques, des richesses qu'elles sont incapables d'apprécier.

— Il est vrai, fit maître René pensif. Mais comment as-tu vu ces bijoux, mon cher Daniel, et que prétendait-on en faire en te les montrant?

— Mon maître, nous serons plus tard d'assez vieux amis pour nous ouvrir entièrement l'un à l'autre.

— Ah! bien! très-bien; tu es un garçon d'esprit, de beaucoup d'esprit, et tu veux me rendre la monnaie de ma pièce... Mais, mon ami, cette intention trop sensible enlève beaucoup d'importance à ce que tu me dis et me porte à croire que le bonhomme de Garlande, — d'une pauvre famille en somme, — ne possède rien de si extraordinaire.

— Comme il vous plaira, maître René.

— D'ailleurs, je puis aller le voir...

— Allez.

— Et m'entendre avec lui.

— A quel sujet?

— Mais pour acheter... si cela me convient.

— Vous croyez? Je vois que vous ne connaissez pas du tout M. de Garlande.

— Pas autant que tu le connais.

— Raillerie à part, non.

— Je sais qu'il aime l'argent.

— Dans la maison Tardieu, l'on a toujours aimé l'argent.

— Je sais qu'il a une jeune femme dont il lui reste toujours à faire la conquête.

— Ah! vous savez cela?

— Certes! fit maître René avec vanité.

— Mais tout le monde le sait. Que savez-vous ecnore?

— Que tu es amoureux de sa femme.

— Eh bien, après?

— N'est-ce pas assez?

— Non; car dans tout cela rien ne vous indique la marche à suivre pour vous procurer ces bijoux anciens et précieux, ces bijoux qui déjà sont devenus l'objet de votre curiosité ou de votre convoitise.

— Et tu connais la marche à suivre, toi, Daniel?

— Parfaitement.

— Eh bien?...

— « Indique-la-moi!... » n'est-ce pas? fit Varillas en riant.

— Oui; tu auras ta remise sur les bénéfices.

— Sérieusement, maître René?

— Sérieusement.

Daniel parut réfléchir, mais depuis longtemps il avait réfléchi à ce sujet et il avait un plan tout tracé.

— Vous me disiez tout à l'heure, reprit-il après un silence, que M. de Garlande avait une jeune femme dont il lui restait toujours à faire la conquête. C'est vrai, ce vieillard incorrigible est épris de sa femme et a la prétention de s'en faire aimer. Il résulte de là que madame de Garlande exerce un souverain empire sur son mari.

« Elle obtiendra de lui tout ce qu'elle voudra.

— Alors, c'est à elle que je m'adresserai.

— Vous perdriez votre peine, et pour deux raisons.

— Lesquelles?

— Madame de Garlande déteste son mari; ce qui est une première et excellente raison pour ne rien lui demander, et refuser tout ce qu'il ose lui offrir.

« Et la seconde raison, c'est que cette jeune femme n'est pas coquette et n'a aucun besoin de parure, puisqu'elle ne sort que pour aller aux offices du matin à Saint-Germain-l'Auxerrois.

« Êtes-vous convaincu?

— Hum! fit maître René, s'il en est ainsi, je crois en effet que je perdrais mon temps. Mais alors que dois-je faire?

— Si vous ne pouvez rien près de madame de Garlande, moi je peux tout obtenir. Chargez-moi de lui demander ses écrins.

— Oui-dà!... Je te vois venir

— Que je puisse la voir, lui parler, et..

— Et prendre tes jambes à ton cou, n'est-ce pas?

— Vous m'accompagnerez et me garderez à vue.

— Non.

— Alors n'en parlons plus, dit Daniel avec découragement. Voir madame de Garlande est la seule récompense que je vous aurais demandée. Vous êtes bien dur avec moi, maître René, et bien méfiant.

— Mon ami, quand tu auras terminé les travaux que je t'ai réservés, je te le jure, je te remettrai sur le pavé du roi, les poches pleines d'or et plus libre que tu ne le fus jamais.

— Je n'ai que votre parole pour garantie.

— Tu as mieux que ma parole : je ne pourrai toujours t'occuper; un jour viendra où nous n'aurons plus rien à faire ensemble. Travaille et prends patience.

— C'est facile à dire.

Cependant Daniel s'était remis à l'ouvrage avec son inflexible et singulier patron. Il croyait ses projets enterrés, quand maître René lui dit :

— Je suis sûr que mon refus me fera détester de toi encore plus, si c'est possible. Tu me considères comme ton bourreau et tu crois que le plus grand malheur de ta vie est d'être tombé entre mes mains.

« Erreur, mon garçon!

« D'abord je te ferai riche et libre, et je te traite un peu mieux, conviens-en, que ce vieux tigre de Garlande.

« Voilà un homme à qui tu devrais réserver ta haine.

— Et qui vous dit que je ne le hais pas?

— En te jetant dans une oubliette, il savait fort bien qu'il supprimerait un interrogatoire embarrassant pour lui, il comptait bien que tu serais dévoré. Eh bien! échappé par miracle à cette mort atroce, ton premier mouvement n'a pas été d'en tirer vengeance.

— Qui vous dit que je ne me vengerai pas un jour?

— Tu n'y songes point.

— Il ne se passe pas un jour sans que j'y pense.

René le considéra attentivement.

— Eh bien! reprit-il, si je te le livrais ici, à ta discrétion, serais-tu satisfait?

— Ce serait mon premier bonheur, répondit Daniel, et je vous réponds que ce vieux gredin ne sortirait pas du caveau.

— Ah! ah! fit maître René, à la bonne heure! Et voilà comme je t'aime.

— Mais pourquoi ces suppositions inutiles?

— C'est un projet sérieux, au contraire.

— Amener de Garlande ici est impossible.

— Je me charge de le faire descendre dans ce caveau, et de te procurer le plaisir de le jeter aux rats nos voisins, mais à une condition.

— Parlez.

— Tu ne peux aller voir madame de Garlande, mais tu peux lui écrire.

— Oui.

— Je lui ferai tenir ta lettre par quelqu'un à moi.

— Et que devrai-je écrire?

— Tout ce que tu voudras, pourvu que tu obtiennes d'elle de faire sortir son mari ce soir.

— Attendez! fit Varillas.

Il prit une plume, de l'encre et du papier, puis écrivit le billet suivant :

A M. de Garlande.

« Si vous sortez à neuf heures, ce soir, postez-vous près de l'échoppe de l'épicier qui fait le coin du Châtelet, près de la Seine; c'est là que viendra bientôt votre femme lorsqu'elle se sera assurée de votre absence. »

— Qu'en dites-vous? demanda Daniel en passant le billet à son patron.

Celui-ci réfléchit un moment, puis se levant soudain :

— S'il vient, dit-il, tu auras ta vengeance et moi... j'aurai ses bijoux.

« A quel terrible homme ai-je donc affaire? se dit Varillas. Il y a chez lui le savoir d'un artiste, l'habileté d'un commerçant et la férocité d'un bandit. »

Cet homme l'effrayait et lui répugnait tout à la fois.

D'un mot, il venait d'avouer son infamie.

Et lorsqu'il se fut éloigné, Daniel promena sur les richesses qui l'entouraient un regard d'épouvante.

Déjà plus d'une fois leur origine suspecte lui avait donné à réfléchir; mais, après ce qu'il venait d'entendre, il n'en pouvait plus douter, et le mystère dont René s'entourait était celui du crime.

Il entrevit alors une responsabilité terrible.

Il comprit qu'il était devenu le complice et comme l'associé d'un scélérat.

« Je ne resterai pas davantage ici, se dit-il; dussé-je jouer ma vie, je tenterai de m'affranchir de cet esclavage.

« Ses récompenses, son salaire... je n'en veux pas! Je ne veux pas d'un or taché de sang. »

Dans ces pensées, il avait oublié la vengeance qui lui avait été promise... et après laquelle — ainsi qu'il l'avait dit — il soupirait depuis si longtemps.

Il rangea l'or et les pierres fines dont les scintillements lui faisaient mal.

Il venait de refermer le dernier écrin, quand tout à coup son attention fut attirée par un bruit extraordinaire.

C'était le bruit d'une courte lutte, suivi d'un silence profond.

Il se souvint des menaces de René, de son billet à M. de Garlande et regarda la pendule :

Il était neuf heures et demie.

— Ce sont eux! se dit-il.

XXIV

LA VENGEANCE.

Presque aussitôt la porte du caveau s'ouvrit et livra passage à maître René et à un homme que Daniel voyait pour la première fois.

Ils portaient un long sac dont le poids exigeait toutes leurs forces.

— Ferme la porte derrière nous, Daniel, dit René.

Et pendant que Varillas fermait cette porte qu'il eût si volontiers franchie, les deux hommes déposèrent leur fardeau.

Alors Daniel assista à un spectacle d'une étrangeté sinistre.

Les cordons qui fermaient le long sac s'ouvrirent, et René tira de son fourreau un individu privé de l'usage de ses sens, assommé, et qu'il reconnut aussitôt.

— Est-ce bien là ton homme, Daniel ? demanda maître René en ricanant.

— Oui, c'est de Garlande.

— Eh bien, je vais le tirer de sa syncope ; plaçons-le dans ce fauteuil, et tu auras bientôt le plaisir de questionner ton juge et de supplicier ton bourreau.

Bien qu'il fût loin de comprendre le sens secret de ces paroles, Daniel en frissonna.

— Sam, ajouta le maître en s'adressant à son compagnon, occupe-toi de tirer ce vieux coquin de sa syncope.

« Nous allons procéder d'une façon très-originale et tout à fait dans les us et coutumes de notre prisonnier.

« Ce fauteuil remplacera pour lui la sellette des accusés.

« Moi, je siégerai en qualité de juge, et toi, Daniel, tu prendras la parole comme examinateur.

« Notre ami Sam, enfin, sera chargé d'appliquer au prévenu la question ordinaire ou extraordinaire, selon la marche du procès. »

Comme il achevait cette bouffonnerie lugubre, le vieux de Garlande reprit ses sens.

Il promena d'abord autour de lui des regards effarés.

— Où suis-je ? fit-il.

— Au Grand-Châtelet, répondit René.

Un sourire amer plissa les lèvres minces du vieux magistrat.

Il était bien éloigné de croire qu'on lui dît la vérité.

— Vous en doutez ? reprit René. — Sam, soulève cette tapisserie, que ce digne homme reconnaisse les murailles de sa geôle.

Sam exécuta cet ordre.

— Vous êtes ici, monsieur, dans une oubliette du Châtelet ; vous y êtes pour y rendre compte de vos crimes juridiques et pour d'autres raisons que nous vous exposerons plus tard.

— Une oubliette ! fit de Garlande qui crut rêver.

— Monsieur de Garlande, dit alors Daniel en s'avançant vers lui, me reconnaissez-vous ?

— Non.

— Je suis une de vos dernières victimes... Avez-vous déjà oublié ce jeune homme surpris à l'entrée de votre écurie... ce jeune homme dont le seul crime était, dans un égarement de sa passion, d'avoir risqué de compromettre une honnête femme ?...

— Ah ! fit le mari ; mais ce jeune homme...

— Dans votre pensée, il devrait être mort ?

— Ce serait vous ?

— C'est moi. — Vous m'avez fait jeter dans une oubliette, moins encore pour vous venger que pour vous épargner une explication qui vous eût couvert de ridicule.

« Est-ce la vérité ?

— J'ai fait mon devoir de magistrat.

— Mensonge !

« C'est le mari qui m'a jeté dans l'oubliette, et non le juge.

« Vous m'avez supprimé pour supprimer mon procès.

— Je vous ai fait enfermer sous prévention d'avoir pénétré la nuit dans une maison habitée.

— Vous saviez bien ce que sont les caveaux du Grand-Châtelet.

— Je n'y suis jamais descendu.

— Vous n'ignoriez point que ces caveaux sont mortels.

— Je ne l'ai jamais entendu dire.

— Vous saviez que les prisonniers qui descendent dans ces souterrains n'en sortent jamais.

— Du tout. Et pourquoi cela ?

— Parce qu'ils y sont dévorés par les rats.

— C'est une calomnie.

— Ah ! j'en sais quelque chose, moi. Et dans l'oubliette voisine du lieu où nous sommes à cette heure, j'ai trouvé tout d'abord l'entassement affreux des squelettes de mes prédécesseurs, puis, au moment où, achevant de percer la muraille, je m'évadais, je faillis être dévoré vivant par des légions de rats.

« Mais vous n'ignoriez rien de la fin atroce à laquelle vous m'aviez condamné.

« Tout ce que j'ai souffert, vous le saviez.

« La mort à laquelle j'échappais, vous l'aviez voulue et ordonnée, — comme homme, comme mari, par vengeance...

« Et voilà pourquoi, à cette heure, échappé à votre cruauté, je vous accuse de tentative d'assassinat... d'*assassinat !* Vous entendez, monsieur de Garlande !...

« A votre tour d'être jugé et d'être puni.

— Je comprends que vous avez une vengeance à exercer, répondit le vieux magistrat avec sang-froid, et que je suis à votre merci.

« Eh bien, que voulez-vous de moi ?

— C'est à moi de répondre, intervint maître René.

« Vous avez reconnu l'une de vos victimes dans la personne de Daniel.

« Vous n'avez pu vous disculper du crime dont il vous a accusé.

« Ce crime, par toutes les législations du monde, est puni de la peine de mort.

« Vous allez donc périr de la mort que vous aviez réservée à notre ami Daniel. Nous allons vous garrotter, vous mettre un bâillon et vous jeter enfin dans l'oubliette voisine, cette même oubliette où Daniel faillit être dévoré par les rats.

« Sam, garrotte cet homme. »

A ces paroles, une inexprimable terreur convulsa les traits du prisonnier.

Son être tout entier se révolta.

— Grâce ! s'écria-t-il. Parlez, que vous faut-il de moi, que voulez-vous ?... Tout... oh ! tout plutôt que cette mort horrible !...

Sam, insensible à ses gémissements, lui avait déjà lié les pieds et lui tenait les poignets.

— Tuez-moi !... disait encore de Garlande. Mais pourquoi un meurtre inutile ?...

« Jeune homme, est-ce donc par l'assassinat que tu veux arriver jusqu'à *elle ?*...

« Tu m'accuses de m'être vengé. Es-tu assez cruel toi-même !

« Malheur sur vous ! »

Daniel, livide d'horreur, mais implacable, le regardait se tordre sous l'étreinte vigoureuse du complice de René.

Au moment où Sam allait lui fermer la bouche sous un mouchoir plié en quatre, René le retint :

— Un instant ! fit-il ; un mot encore !

« De Garlande, j'ai résolu de vous livrer à la justice de mon ami Daniel ; mais voyons, vous êtes toujours mon prisonnier, et, en définitive, vous n'avez pas cessé de m'appartenir.

« Je vais vous donner la faculté de racheter votre vie. »

De Garlande ouvrit de grands yeux à cette proposition inespérée.

— Ordonnez ! s'écria-t-il.

Maître René réfléchit un instant.

— On m'a dit que vous possédiez des bijoux, reprit-il.

— Il est vrai ; qui n'en possède pas ?

— Sont-ils d'une grande valeur ?

— Ce sont des bijoux anciens.

— Les diamants n'ont point d'âge, et vous avez, m'a-t-on dit, de très-beaux diamants ?

— Je ne le cache point. Ils sont à vous, si vous les désirez.

— A combien les estimez-vous ?... Ne mentez point... car votre vie dépend de votre sincérité... et je saurai bientôt à quoi m'en tenir.

— Il y a quelque temps, répondit de Garlande, un orfèvre du quai, M. Oudard, les estimait à vingt mille écus.

Maître René fit une moue dédaigneuse.

— Ce n'est guère pour la rançon d'un homme tel que vous, dit-il.

« Votre vie vaut davantage.

— Qu'exigez-vous de plus ? demanda le prisonnier résigné à tous les sacrifices. Tout ce que j'ai d'or et d'argent est à vous.

— Très-bien ! répondit René ; mais il ne suffit pas d'offrir et de promettre. Pouvez-vous me faire remettre, à moi ou à quelqu'un des miens, les bijoux en question ?

De Garlande parut réfléchir.

Le sujet, d'ailleurs, en valait la peine. Il chercha presque simultanément le moyen de satisfaire en apparence le bandit et de le faire arrêter.

De son côté, maître René semblait pénétrer son intention et suivre sa pensée.

Après un silence de plusieurs minutes :

— Allons, fit René, vous avez l'imagination paresseuse et je crois que nous perdons notre temps. Il nous faut donc renoncer à cette rançon. De nous deux, celui qui doit y perdre le plus, ce n'est pas moi.

— Permettez ! reprit de Garlande. Accordez-moi quelques minutes. Si j'étais chez moi, je vous dirais : « Voici ce que vous voulez, prenez-le ; » mais ici, du fond de ce souterrain, que puis-je faire ?

« Donner des ordres ?

« Seront-ils exécutés ?...

« Mais venez à mon aide, et si vous trouvez un moyen, je m'empresserai de l'accepter. Tenez ! que Daniel aille chez moi porteur d'un billet écrit de ma main ; ma femme le connaît ; elle aura confiance en sa parole et lui livrera tout ce que je demanderai.

— Daniel ? fit maître René hésitant. Non ; lui, c'est impossible. J'ai des raisons pour ne pas exposer ce jeune homme dans une semblable aventure. Votre maison lui a déjà été trop funeste.

— Alors, allez-y vous-même, répliqua de Garlande ; je vais vous remettre les clefs de la maison, vous donner toutes les indications désirables, et enfin écrire un mot à madame de Garlande.

— Pourquoi Sam n'irait-il pas ? demanda Daniel.

— Sam ne sait pas deux mots de français, répondit René tout en méditant sur la proposition qui lui était faite.

« Eh bien ! reprit-il, j'irai. Je suis à deux pas de la maison : dans une demi-heure, je serai de retour. Écrivez donc un mot à votre femme, M. de Garlande. Dites-lui franchement la situation périlleuse où vous êtes, et dans une demi-heure, si je ne suis pas rentré, c'est que votre femme ou votre domestique m'auront inquiété ; ce sera votre arrêt de mort.

« Sam, laisse-lui la main libre, qu'il puisse écrire. »

Un instant après, de Garlande écrivait à sa femme le billet suivant :

« Ma chère Denise,

« Le porteur de ce billet est chargé par moi d'enlever les écrins enfermés dans le coffre de mon cabinet ; je lui ai à cette fin remis les clefs et les instructions nécessaires.

« Ne l'inquiétez ni questionnez aucunement, ma chère femme. Laissez-lui accomplir en paix cette opération délicate, car autrement vous seriez cause de ma mort.

« Au prix de votre obéissance à mes volontés, je pourrai être de retour près de vous cette nuit.

« Votre époux affectionné. »

Maître René, muni de ce billet, s'éloigna sans perdre un instant, non toutefois sans répéter à Sam, son homme de confiance :

— Si dans une demi-heure je ne suis pas ici, exécutez cet homme, et jetez-le dans l'oubliette voisine ; puis toi, Sam, viens à *ma rencontre quai des Orfèvres*.

Un morne silence succéda à ces paroles.

Personne dans le caveau n'avait le désir de relever l'entretien.

Le temps parut aussi long à Sam et à Daniel qu'il sembla court à leur prisonnier.

Ils ne quittaient point l'horloge des yeux.

Et ce n'était point sans une cruelle impression que de Garlande rencontrait ainsi les regards de ses deux gardiens, qui dans quelques minutes pouvaient devenir ses bourreaux.

A mesure que l'aiguille marchait sur le cadran, son anxiété devenait plus vive.

Il semblait que l'air se raréfiât dans le caveau ; sa respiration devenait courte et saccadée ; des gouttes de sueur perlaient sur son front ; ses joues s'étiraient.

C'est qu'il avait bien lu dans les yeux des deux jeunes gens.

Daniel respirait la haine, la soif de la vengeance. La physionomie de Sam était d'une froide cruauté.

Lorsque l'aiguille s'approcha de la demie, il observa chez ses ennemis un mouvement équivoque et se prit à trembler.

Il voulut parler, mais en vain ; sa gorge se dessécha comme chez tous les condamnés à l'approche du supplice.

Daniel, observant ces angoisses, éprouva un sentiment de pitié, mais il pensa presque aussitôt que cet homme avait toujours été sans pitié lui-même.

Combien de malheureux avait-il, sans émotion, envoyé au supplice ?

A combien avait-il froidement fait appliquer la torture ordinaire et extraordinaire sur de simples soupçons ?

Et il se dit :

— C'est le châtiment d'un grand coupable ; et derrière ce coupable il n'y a pas une amitié, pas une affection qui se trouve indirectement atteinte par le coupe qui va le frapper.

Tout à coup Sam se leva, et de la main indiqua le cadran.

Il s'approcha du condamné, le bâillonna, et le laissant en proie aux convulsions d'une terreur extrême :

— A vous! dit-il simplement à Daniel.

Celui-ci devint aussi pâle que la victime.

— A vous! répéta Sam en lui offrant un long couteau.

Daniel souleva l'arme et la laissa retomber.

— Non, dit-il. Nous avons l'oubliette.

Et il écarta la tapisserie à l'endroit nouvellement refermé par lequel il s'était évadé.

Pour rouvrir la muraille, il y avait un long travail à faire.

Sam examina le mur, puis, reportant son regard froid et ironique sur Daniel, il sourit de sa pâleur et de sa faiblesse.

— Maître René, dit-il dans un jargon où l'allemand se mêlait pour une forte partie au français, — maître René veut qu'il meure. Vous tremblez; j'exécuterai l'ordre de notre maître.

Et il saisit le couteau.

— Et l'oubliette? fit encore Daniel.

— Plus tard, répondit Sam.

— Les rats?...

— Le couteau est plus sûr. C'est l'ordre de maître René.

— Ah! que je suis lâche! s'écria Varillas. Après ce qu'il m'a fait souffrir, je devrais le déchirer à coups de couteau.

Comme il disait, la lame s'était levée au-dessus de la face livide du vieux de Garlande et avait pénétré dans sa poitrine.

Daniel était vengé.

— L'oubliette, maintenant, reprit Sam toujours aussi calme.

Et tandis que sa victime rendait le dernier soupir, tous deux se mirent à attaquer la muraille à l'aide d'un pic et d'une barre de fer.

Le trou n'avait été refermé qu'avec des pierres; cette maçonnerie sèche était sans solidité. En moins de dix minutes, une ouverture suffisante au passage du cadavre fut pratiquée.

Daniel voulut jeter un dernier coup d'œil dans le lieu où il avait tant souffert.

Il approcha une lampe du trou, mais se retira aussitôt.

— Dépêchons-nous, dit-il effrayé.

Il avait entendu les cris des rongeurs affamés.

Sam comprit.

Et en un instant le corps de l'examinateur du Grand-Châtelet fut jeté à l'oubliette.

Ah! s'il avait été vivant!...

Un bruit bien connu de Daniel se fit aussitôt. Des milliers de rats accouraient sur leur proie.

Et l'oubliette se referma.

XXV

CE QU'ÉTAIT DEVENU MAÎTRE RENÉ.

Ce travail terminé, Sam et Daniel, émus d'une même inquiétude, se tournèrent vers le cadran de la pendule.

Il y avait près d'une heure que René était parti.

Un tel retard était alarmant et il ne devint explicable que par un accident.

— Je vais voir, dit Sam; c'est l'ordre du maître.

Il frappa à la porte; Guillaume vint ouvrir et referma aussitôt.

Et Daniel resta seul.

Plusieurs heures s'écoulèrent sans que rien de nouveau vînt l'arracher à ses tristes réflexions.

Que s'était-il passé entre René et madame de Garlande? Daniel se rappela le vieux domestique qui l'avait, d'un bras si vigoureux, livré aux sergents du Châtelet, puis la célèbre serrure à secret de la porte d'entrée, et il ne douta plus bientôt qu'il ne fût arrivé malheur au scélérat qui était devenu son maître.

Mais alors ne devait-il pas trembler pour lui-même?

Les gens du Châtelet ne seraient-ils pas mis sur sa trace?

Et un frisson lui passa dans les cheveux à la pensée que bientôt il pouvait être arrêté de nouveau et passer par les mêmes dents que l'examinateur.

Au milieu de la nuit, ne pouvant plus dominer l'inquiétude cruelle qui s'était emparé de lui, il heurta à la porte de son cachot.

Il dut heurter longtemps avant de réveiller Guillaume et de le décider à descendre jusqu'à lui.

Guillaume le savait seul; il se méfiait de lui; il s'arma et n'osa qu'entre-bâiller la porte.

— Que voulez-vous? demanda-t-il.

— Vous parler.

— Pourquoi?

— Je suis très-inquiet.

— A quel sujet?

— Maître René devait revenir ici à dix heures et demie; il est plus de minuit.

— Eh bien?

— Ouvrez, que nous puissions causer.

— Oui-dà! N'essayez pas de pousser la porte; vous ne sortirez point, et je vous préviens que je suis armé.

— Triple bonté!... Ce que je vous dis ne vous inquiète-t-il pas comme moi?... René est peut-être arrêté. Réfléchissez!

— Arrêté!... s'écria Guillaume avec l'accent de l'épouvante; et il referma brusquement la porte.

« L'animal! pensa Daniel; il serait capable de me murer dans cette tombe.

« Attendons Sam; celui-là reviendra peut-être! »

Cependant Sam était allé à la découverte. Malgré le dangereux voisinage du siége de la police municipale, d'où rayonnaient les rondes de sergents à pied et à cheval, il avait exploré les environs du Châtelet et le quai des Orfèvres.

Il avait examiné du dehors la maison de Garlande, mais en vain.

Le quai était désert.

La maison semblait morte comme son maître.

Il s'était hasardé à sonner à sa porte, et c'était de l'audace!...

Personne ne lui avait répondu.

Alors il s'était décidé à aller rue Saint-Honoré. Mais lorsqu'il fut à une centaine de pas de la maison de maître René Cardillac, il observa un groupe noir et mobile qui lui fut suspect.

Il redoubla de précautions, et parvint à distinguer la qualité des gens de ce rassemblement.

C'étaient des gens du guet.

Le comte de Lignerolle.

Il demeura en observation pendant un quart d'heure, et finit par se convaincre qu'il était arrivé malheur à son maître et que la maison du célèbre joailler était occupée par la police.

Dès lors il ne songea plus qu'à sa propre sûreté.

Naturellement, quelle que fût son audace, il ne pensa point à retourner au caveau. Un criminel ne rôde pas impunément autour des prisons, et d'ailleurs il était probable que l'épicier et Daniel étaient aux mains des sergents.

Il s'enfonça dans le dédale le plus obscur des ruelles qui avoisinaient le marché des Innocents, en remettant au lendemain pour prendre des nouvelles de René Cardillac.

Il était à peu près inconnu dans le quartier Saint-Honoré.

Nous l'avons dit et nous l'expliquerons plus loin, les ouviers de Cardillac logeaient chez leur patron et sortaient aussi rarement que possible.

Le lendemain, Sam se hasarda de nouveau dans la rue Saint-Honoré.

C'était à l'heure où arrivaient les approvisionnements à cette époque, c'est-à-dire au lever du jour, à l'ouverture des barrières.

Les laitières et les fruitières, les paysans de la banlieue encombraient alors les rues.

Les ménagères et les servantes descendaient et augmentaient la foule.

Sam put, sans être remarqué des agents de police, se mêler à la foule et même aux groupes nombreux qui commençaient à stationner devant la maison du bijoutier.

Il écouta.

Et, des on-dit contradictoires qu'il put recueillir ainsi, il conclut que René Cardillac était ou arrêté ou tué; — que toutes les personnes de sa maison: sa fille, — son innocente et charmante fille, — sa vieille bonne, ses ouvriers, étaient déjà sous les verrous.

Comme il ne comprenait le français qu'avec difficulté, il ne put se renseigner plus complétement.

On parlait de crimes, de vols, d'assassinats. Mais les uns désignaient Cardillac pour une des victimes, tandis que les autres l'accusaient des plus épouvantables forfaits.

Cependant le nom de de Garlande n'était point prononcé, non plus que ceux de Daniel ou de Guillaume.

Et Sam, frappé de ce fait, eut grande envie de retourner chez l'épicier du Châtelet.

Néanmoins il renonça à ce dangereux dessein, et il regagna la retraite qu'il s'était choisie du côté des Halles.

S'il fût allé chez Guillaume, il eût trouvé celui-ci dans de mortelles alarmes.

Il n'avait plus dormi, et Suzette l'avait décidé à prêter l'oreille aux révélations de Daniel.

En conséquence, un pistolet armé à la main, un poignard

à la ceinture, — et suivi de sa femme, il était descendu à la pointe du jour au caveau et avait appelé Varillas.

Cet honnête Guillaume connaissait très-peu son principal locataire.

Il le savait un coquin, bon payeur, un individu redoutable et riche... riche du bien d'autrui; mais c'était tout.

Il ne le connaissait que sous le nom de maître René, et, comme Daniel, il était à cent lieues de se douter qu'il eût été faussaire ou bijoutier de la cour.

Au moment où il appelait Daniel, celui-ci sommeillait de fatigue sur une chaise; il se frotta les yeux, et sa première idée fut celle d'une descente de police.

Mais la voix adoucie de l'épicier, appuyée de celle de sa femme, changea entièrement ses suppositions :

« Ah! ah! pensa-t-il, ils ont peur, là-haut, et ont besoin de moi. »

— J'y vais! répondit-il, je suis à vous; un instant!

Et il employa cet instant à s'armer du long coutelas que Sam avait déposé sur le coin d'une table, et à glisser dans sa poche un rouleau d'or.

« Le moment est venu de m'échapper de cet antre, » s'était-il dit.

De son côté, Guillaume ouvrit, et entra suivi de sa femme.

— Eh bien! il paraît qu'il est arrivé malheur à M. René? fit l'épicier.

— Je m'en doute, répliqua Daniel; mais avez-vous de ses nouvelles?

— Non. C'est très-inquiétant...

— Entrez, entrez donc, cher monsieur Guillaume! dit Varillas en attirant son geôlier au milieu de sa prison. Et vous, madame, asseyez-vous dans ce beau fauteuil, je vous prie.

Et lorsqu'il se fut placé entre eux et la porte :

— Ainsi, vous êtes sans nouvelles? reprit-il.

— Mon Dieu, oui, monsieur Daniel.

— Eh bien! je vais vous en chercher, répliqua Varillas.

Et il s'élança vers la porte.

A cette vue, Guillaume bondit de peur.

— Arrêtez! cria-t-il, ou je vous tue.

Daniel était déjà dans l'escalier.

— Ne tire pas, malheureux! disait Suzette en saisissant le pistolet que son mari tenait à la main. Ne tire pas; tu vas ameuter les passants.

Le pistolet fut abandonné, et l'épicier se jeta dans l'escalier.

Daniel était en haut, mais, par malheur pour lui, la porte de l'arrière-boutique était fermée, et, dans l'obscurité, il perdit un instant à en chercher le loquet ou l'olive.

L'épicier en profita pour le rejoindre.

Il saisit le fugitif à bras-le-corps.

— Gredin! grommelait-il, tu veux nous perdre!

— Vous perdre, imbécile! Vous serez bien perdu et pendu sans moi, si votre complice est pris.

« Laissez-moi, ou je crie à l'aide. »

Et, en se débattant, il faisait déjà contre la porte un bruit du diable.

Guillaume, effrayé du bruit et des cris, le lâcha d'une main pour le reprendre à la gorge.

Mais Daniel, aussi agile que lui, en profita pour se dégager complétement et faire redescendre une marche ou deux à son adversaire.

Et au moment où celui-ci voulait regrimper, il était saisi aux cheveux et sentait au-dessous de la gorge une piqûre.

— Descendez, ou vous êtes mort! disait Daniel en appuyant son coutelas.

— Ah! tu m'assassines!

— Je me défends. Faites un pas, et vous êtes mort.

« Allons! lâchez prise et descendez près de votre femme.

— Oui, Guillaume, oui, mon ami, descends! implorait Suzette. Que nous importe, après tout? Qu'il aille au diable, s'il le veut!... Tu vas te faire tuer, mon homme.

— Eh bien! soit! dit Guillaume en descendant quelques marches.

— En bas, dans le caveau, lui cria Varillas qui redoutait une feinte.

Et lorsque l'épicier fut à la dernière marche :

— Maintenant, reprit-il, adieu!

Il ouvrit l'arrière-boutique, quand soudain un véritable vacarme le fit hésiter à s'avancer plus loin.

— Holà! quelqu'un!... Holà!... criait-on dans la boutique en faisant résonner le carrelage sous de furieux coups de talon de botte, et en frappant le comptoir à coups de poing.

— Daniel, fit Guillaume tremblant, laissez-moi passer, je vous prie, moi ou ma femme; il le faut.

— Que votre femme monte voir.

Le vacarme redoublait.

Suzette s'élança pour s'enquérir de ce que l'on voulait.

— Laissez la porte entr'ouverte et écoutez, dit-elle en passant à Daniel.

Puis courant aux tapageurs :

— Me voilà! me voilà!... Bon Dieu! que veut-on et que de bruit!

— Ah! enfin! répliqua une voix. Je commençais à perdre patience.

— Qu'est-ce? demandait cependant Guillaume d'une voix étouffée par la peur.

— Laissez-moi écouter, répondait Daniel.

Puis un instant après :

— Mais c'est étrange!

— Quoi donc?

— Il me semble reconnaître cette voix... Mais non, c'est impossible!...

Enfin Suzette revint sur ses pas en courant et criant d'une voix joyeuse :

— Monsieur Daniel, Guillaume, accourez; c'est un ami.

D'un bond, Daniel fut dans l'arrière-boutique où il manqua de renverser Suzette au passage.

Cet ami, il n'en pouvait douter, c'était Éloi...

Ils se jetèrent dans les bras l'un de l'autre...

Et nous renonçons à dépeindre leur bonheur.

— Moi qui te croyais mort! s'écriait Daniel.

— Et moi, je doutais fort que tu fusses vivant.

Guillaume contemplait Éloi avec ébahissement, car lui aussi le croyait dans l'autre monde.

— Mais comment viens-tu ici? reprenait Daniel.

— Je te conterai cela plus tard.

— Et ta blessure?

— Guérie depuis longtemps.

— En vérité, je n'en puis croire mes yeux.

— Mais toi, se récria Éloi à son tour, d'où sors-tu?...

— Du caveau, répondit Varillas à voix basse.

— L'infâme!...

— Tu veux parler de maître René, l'homme au coup de couteau?

— Parbleu!... J'ai fait sa connaissance; — maître René Cardillac, joaillier du *roi*!

— Que dis-tu? René Cardillac!

— René Cardillac! se récrièrent à leur tour Guillaume et sa femme.

— Ah! j'y vois clair, maintenant! fit Daniel. Mais sais-tu ce qu'il est devenu; car nous l'attendons ici depuis hier, et il n'est pas revenu?

— Tu ne le reverras plus, dit Éloi. Il n'est plus à craindre. On ne parle que de lui dans toute la ville et l'on en parlera encore dans cent ans. Mais viens, viens! Nous perdons un temps précieux, et tu n'es pas en sûreté ici.

« Maître Guillaume, je vous ai emprunté vingt-cinq ou trente livres dernièrement; cet emprunt m'a coûté cher, mais je vous les rembourse; voilà votre argent... »

— Du tout, monsieur, nous ne voulons point le reprendre, dit Suzette.

— Et, par-dessus, je vous donne un bon conseil, reprit Éloi.

« Fermez votre cave; fermez-la aussi bien que vous le pourrez, prenez tout ce que vous avez d'argent et décampez au plus vite.

« Je suis tout étonné que la police ne soit pas déjà ici. Adieu! »

Et, entraînant son ami Daniel, il disparut avec lui dans la rue.

— Où allons-nous? demandait Daniel ahuri.

— Chez un fripier d'abord; car tu ne te vois pas, mais ta toilette, mon pauvre ami, est dans un état de délabrement effrayant.

« Rien que sur la mine, on t'arrêterait; aujourd'hui surtout, jour d'orage où les mouches sont mauvaises et piquent volontiers. »

Daniel, tête nue, en pantoufles, suivit son ami. Les friperies étaient fort communes à cette époque, et dans le quartier du Châtelet elles étaient aussi nombreuses que les cabarets.

Éloi était vêtu avec une certaine élégance bourgeoise; du beau drap neuf de couleur olive, des bas à côte, des souliers fermés par de larges rubans, enfin tout ce qu'il fallait pour avoir l'air cossu et honorable.

Il voulut que son ami s'habillât de même.

Lorsque la transformation du jeune ouvrier en bourgeois fut accomplie :

— Maintenant, dit Éloi, allons déjeuner et nous causerons.

— Causons d'abord, causons en chemin, répondit Daniel.

— Non point; ce que nous avons à dire ne peut se confier aux passants; les rues ici sont trop étroites et peuplées de trop d'indiscrets. Allons déjeuner dans la Cité, à *la Pomme de pin.*

— Mais te voilà bien enhardi! fit Daniel.

— Cardillac occupe tout le monde, et mon affaire est ainsi oubliée pour le moment.

— Mais Cardillac, qu'est-il devenu? reprit Daniel.

— Ne prononce pas ce nom tout haut, fit Éloi en serrant le bras de son ami. Ce que cet homme est devenu, je vais te le dire. Je le sais mieux que personne au monde, mais c'est mon secret, mon secret à moi.

Daniel le suivit en silence.

XXVI

AU CABARET DE LA POMME DE PIN.

Éloi conduisit son ami chez un marchand de vin qui jouissait alors d'une certaine célébrité, un nommé Crenet, qui tenait le cabaret de *la Pomme de pin.*

Ce cabaret était situé près du pont Notre-Dame, vis-à-vis l'église de la Madeleine.

De nos jours on en avait ressuscité l'enseigne; mais elle disparut avec la rue de la Cité. Cet établissement était déjà fameux du temps de Rabelais, qui dit : « *Puis cauponisons ès tabernes méritoires de la Pomme de pin, de Castel, de la Madelaine et de la Mule.* »

Régnier l'illustra de deux vers, et Boileau l'accusa de vendre du vin d'Orléans pour du vin de l'Hermitage, ce dont le sieur Crenet ne fit que rire. Il ne se doutait pas, le brave homme, que son nom passerait ainsi à la postérité la plus reculée. Mais il ne détestait point les rimeurs; plus d'un fréquentait sa maison et y apportait cette gaieté et cette attraction dont les gens d'esprit ont le privilége.

Le tabac et les dés y étaient prohibés; mais la cuisine y était bonne; l'abondance y tenait lieu de science.

Aujourd'hui, c'est le contraire, et ce n'est pas un progrès.

Autrefois, le restaurateur avait une cuisine; aujourd'hui, il a un laboratoire.

Autrefois, au temps du grand roi, alors que sévissaient les Voisin, les Brinvilliers, les Defita, il fallait être riche pour craindre d'être empoisonné, et l'on ne redoutait que les officines des apothicaires; aujourd'hui, pour s'empoisonner, il suffit d'être pauvre... ce qui est bien plus facile.

Mais laissons ces digressions et voyons ce que l'ex-garçon apothicaire avait à raconter à son ami Daniel.

Une friture, quelques écrevisses et une volaille avaient apaisé l'appétit de nos jeunes gens, et le vin d'Orléans de Crenet avait délié leur langue... Éloi avait raconté ses aventures à l'hôtel de Lignerolles jusqu'à ce moment où, reconnaissant dans Cardillac l'associé de Guillaume et son assassin, il s'était refusé à le suivre.

— Lorsque ce scélérat se fut retiré, poursuivit-il, je regagnai ma chambre, où Gabrielle ne tarda point à me rejoindre.

« Elle ne pouvait croire à la fidélité de mes souvenirs, et j'avais beau lui répéter :

« — Mais voyez donc la physionomie de cet homme, est-ce que c'est la physionomie d'un homme honnête? »

« Elle conservait toujours sa première opinion sur ce scélérat, que j'étais bien décidé à confondre.

« C'est singulier comme les circonstances s'enchaînent, et comme elles commandent à notre existence!...

« Pour avoir été porter des médicaments, je suis devenu amoureux fou, et, de plus, ma vie semble devoir être consacrée au rôle de redresseur de torts, de justicier.

« J'avais entrepris de confondre les Desjardins... il me fallait encore démasquer Cardillac!...

« Pour atteindre ce dernier but, je quittai le même soir l'hôtel de Lignerolles et fus me loger dans la mansarde d'une maison située vis-à-vis de celle du bijoutier.

« Pendant plusieurs jours, je l'épiai du haut de cet observatoire.

« J'observai que le soir, longtemps après le couvre-feu, ce bourgeois de mœurs exemplaires, au dire des habitants de son quartier, sortait seul, enveloppé d'un long manteau, et ne rentrait chez lui qu'à l'aube.

« Que faisait-il dehors toutes les nuits?

« J'avais tâté de son savoir-faire, et je résolus de le suivre.

« Je me tins prêt, armé d'un bâton ferré que je dissimulai sous un manteau, — par respect pour les ordonnances contre les porteurs de bâton, — et d'un poignard qui ne m'a point quitté.

« Je me vengerai, me disais-je; je vengerai mon ami Daniel; je ferai mieux encore peut-être... je porterai secours à quelque malheureux prêt à tomber sous les coups de ce brigand hypocrite. »

« Et je sortis.

« Il ne tarda point à paraître.

« Je le suivis, tout en me tenant prudemment à distance.

« Il allait au Marais, et j'entrai après lui rue des Francs-Bourgeois.

« Tout dormait, excepté toutefois dans un riche hôtel, l'hôtel d'Orgeval, je crois.

« Malgré le mur élevé qui séparait la cour de cet hôtel de la rue, on voyait une vive lueur se répandre au dehors, et l'on entendait un bruit de fête.

« Mon homme se blottit sous une porte cochère.

« J'en fis autant que lui à une distance de cinquante pas environ.

« Je ne pouvais douter de son dessein.

« Près d'une heure s'écoula dans une attente pénible.

« Enfin la porte de l'hôtel s'ouvrit et livra passage à trois personnes : un gentilhomme et ses deux domestiques.

« Mon Dieu! que la police de Paris est mal faite!

« Pendant tout ce temps, nous n'entendîmes que les cris : A l'aide! Au secours!... bientôt étouffés sous un morne et lugubre silence.

« Pas un archer!... Pas un sergent!

« La porte de l'hôtel se referma, et le gentilhomme, qui sans doute habitait les environs puisqu'il allait à pied, s'avançait dans la rue des Francs-Bourgeois, précédé de deux valets portant chacun une lanterne.

« Au moment où ceux-ci arrivaient à la hauteur de la porte cochère, le bandit, avec une rapidité inouïe, se jeta sur eux et les étendit de deux coups de bâton.

« Les lanternes roulèrent çà et là et s'éteignirent.

« Et presque en même temps, — car on n'a pas l'idée de l'agilité de cet homme, elle n'est comparable qu'à celle d'un tigre, — il tomba sur le gentilhomme éperdu, dans les ténèbres.

« Il lui sauta à la gorge comme une bête fauve.

« J'étais à cinquante pas de là; je courus, le poignard à la main, décidé à tuer le monstre sur sa proie.

« Il faisait un noir d'enfer.

« En arrivant, je me heurtai à la victime, déjà sur le pavé, et je tombai sur elle.

« Cardillac était déjà loin; le crime était consommé.

« Il ne me restait qu'à me sauver moi-même ou à relever le gentilhomme et à le reconduire à l'hôtel d'Orgeval.

« Ce fut à ce parti que je m'arrêtai.

« Je ne te fatiguerai point des détails de cette scène, mon cher Daniel; je te dirai seulement que le gentilhomme, — il se nomme le chevalier d'Escot, — qui, un quart d'heure plus tard, se fût très-bien relevé sans moi, me remercia beaucoup, et m'engagea à aller le voir.

« — J'avais acheté hier chez Cardillac, ajouta-t-il, une très-belle épingle en diamant; c'est tout ce que le brigand m'a pris. Il ne m'a point tué, il m'a même laissé ma bourse; j'aurais mauvaise grâce à me plaindre.»

« Je ne dis pas que je connaissais le voleur, et je repris ma surveillance.

« Le lendemain soir, — c'était avant-hier, — je suivis encore mon homme; mais cette fois il n'était pas seul; un grand gaillard l'accompagnait, vêtu comme lui, et armé de même, probablement.

« Ils me conduisirent tout près d'ici, aux environs du Palais-Cardinal, entre ce palais et la butte des Deux-Moulins.

« Il était très-tard, et je dus attendre longtemps encore avant de voir se répéter le même attentat qu'au Marais. Ce fut affreux... Mes deux voleurs renversèrent une chaise et ses porteurs à grands coups de gourdin.

« En un clin d'œil, ils *fauchèrent* les porteurs, si je puis dire.

« Ce furent des hurlements, des cris perçants de femme épouvantée, auxquels j'unissais mes cris. Mais, je te l'avoue, j'hésitai à tomber sur ces deux bandits.

— Et tu fis bien, ami Éloi; tu n'aurais pas été le plus fort.

— Quand j'arrivai, la dame était évanouie ou mourante. J'avais ramassé une lanterne qui brûlait encore et relevé la chaise à moitié brisée, et je n'oublierai de ma vie l'état affreux de cette malheureuse dame.

« Elle portait au cou les marques rouges de cinq griffes; le sang coulait de ses oreilles arrachées; son collier et ses boucles d'oreilles lui avaient valu ces horribles blessures.

— J'aurai vu ces colliers et ces boucles, — fit Daniel; oui, c'est cela, il me les apporta hier matin.

— Je m'en voulus, reprit Éloi, de ne pas être accouru plus tôt au secours de cette infortunée, et j'éprouvai contre ce Cardillac un redoublement de haine.

« Je me jurai donc de risquer ma vie, s'il le fallait, plutôt que de le laisser échapper.

« Et tu vas voir, Daniel, si j'ai tenu mon serment.

« Hier soir, il sortit de bonne heure et je l'accompagnai à distance jusqu'au Châtelet.

« Là il disparut.

« Ainsi que j'avais fini par en prendre l'habitude, j'attendis. Je m'étais posté au coin du quai des Orfèvres, et j'étais bien placé.

« Vers neuf heures, un homme passa tout près de moi; j'allais le frapper, je le prenais pour lui; mais bientôt je reconnus mon erreur, et peu de temps après je vis distinctement le Cardillac descendre sur le quai; sa haute taille, ses larges épaules voûtées laissaient toute méprise impossible.

« Il passa sans m'apercevoir.

« Je sentis un frisson me parcourir tout entier. « Scélérat, me dis-je, je ne te laisserai plus le temps d'un nouveau crime. »

« Et je lui plantai mon poignard dans les reins. »

. . . .

En disant ces mots, Éloi baissa les yeux, étouffa le son de sa voix.

Daniel devint aussi pâle que son ami, et n'osa le regarder.

Sans doute cet acte était un acte de justice autant qu'un acte de vengeance; sans doute Cardillac, le voleur et l'assassin, avait mérité la mort... Mais, ces deux jeunes gens le sentaient, ils n'avaient pas mission pour frapper ce grand coupable.

En se substituant à l'autorité sociale, Éloi était coupable et devait se souvenir de la loi :

Homicide point ne seras!..

. . . .

— Après? demanda Daniel à voix basse.

— Il tomba comme une masse, et je m'enfuis.

— Après?

— Je n'appris que le matin ce qui s'était passé. Au milieu de la nuit, je fus bien attiré à ma fenêtre par le bruit des sergents qui rapportaient à son domicile le corps de maître René Cardillac, mais je n'osai descendre et m'informer. Je vis, sous le coin du rideau, les fenêtres des voisins s'ouvrir, les têtes en bonnet de nuit apparaître en chuchotant : « Qu'y a-t-il?... » Puis, à l'aube, des groupes devant la maison, et enfin quelque chose d'extraordinaire :

« Le lieutenant de police, informé de l'évènement, s'était transporté sur les lieux.

« Cardillac était presque un personnage; sa mort était, je l'ai dit, un évènement.

« Mais il paraît aussi que l'on avait saisi sur lui des papiers qui révélaient ses forfaits.

— Parbleu! fit Daniel.

— Ah! tu sais quelque chose de ces papiers?

— Il me quittait quand tu l'as... rencontré, et il emportait le papier le plus compromettant.

— Qu'était-ce?

— Va toujours; après ton récit viendra le mien; je te dirai ce que je sais tout à l'heure.

— En conséquence de cette découverte, poursuivit Éloi, le lieutenant de police, édifié sur le compte du célèbre joaillier, visita sa maison de la cave au grenier...

« Et il paraît... qu'il ne perdit point son temps.

— Ah! fit Daniel avec un sourire mystérieux, que trouva-t-il, M. le lieutenant de police?

— Cardillac était un homme étonnant. Il n'avait point seulement l'amour de son art, qu'il avait poussé très-loin, mais la passion des pierres fines et des œuvres d'art.

« Cette passion, avec l'âge, était arrivée chez lui au degré de la manie.

« On a retrouvé dans ses caves des quantités considérables de bijoux qui, sortis de ses ateliers, avaient ensuite été volés par lui à ses clients.

« Il ne pouvait se résigner à se séparer, à quelque prix que ce fût, de certaines œuvres, de certaines pierreries.

« Ces diamants, ces bijoux, étaient nécessaires à son existence; il ne les livrait qu'avec l'espoir de les reprendre; y renoncer pour toujours eût été au-dessus de sa volonté, de ses forces.

« Aucun crime, aucun danger ne l'eût arrêté dans son désir de rentrer en possession de certaines merveilles.

« Il les aimait comme un inventeur aime la machine dont il a construit les essais; comme un amoureux, sa maîtresse; comme un avare, ses pièces d'or.

— Oui, oui, faisait Daniel, j'en sais quelque chose.

— Il paraît, reprit Éloi, que cet amour inouï des pierres précieuses était chez lui d'enfance, et comme inné. Depuis hier on raconte beaucoup de choses, et entre autres l'histoire suivante :

« La mère de Cardillac, dit-on, se trouvant à un bal dans une brillante compagnie, fut invitée à danser par un gentilhomme qui portait à son cou une rivière de diamants dont l'éclat la fascina...

« Elle était enceinte.

« Et l'enfant qu'elle devait mettre au monde, pour le malheur de tant de gens, et qui devait s'appeler René Cardillac, hérita, même avant sa naissance, de cet amour des diamants, de ce désir inassouvi et insatiable de pierres fines qui tourmenta sa vie.

« Étrange, n'est-ce pas?... mais est-ce bien sûr?...

« Ce qu'il y a de certain, c'est sa passion, sa manie et ses crimes.

« A l'heure qu'il est, la police procède chez cet homme au plus incroyable des inventaires, et il y a une procession de carrosses de ses anciens clients de Versailles et de Paris pour reconnaître les mille objets qui attestent autant de crimes.

« Que c'est édifiant!

« Ayez donc M. de La Reynie, un homme de capacité incontestable, ayez le guet à pied et à cheval, les sergents et les agents, le Châtelet, — tout un monde, — pour aboutir à une telle aventure!...

— Eh! fit Daniel avec philosophie, les sergents... ce sont les drogues contre la peste... La peste régnant, que veux-tu y faire?...

« Mais j'ai bien autre chose à te conter.

— Ces papiers saisis sur Cardillac et dont tu me disais avoir eu connaissance? demanda Éloi.

— Patience, et permets que je te raconte tout ce que je sais, en commençant... par le commencement.

Et Daniel fit part à son ami de tout ce que nous connaissons déjà de ses aventures.

Arrivé au meurtre de M. de Garlande :

— Il est évident, dit-il, que la police va faire d'actives recherches pour découvrir le repaire où le juge-examinateur est resté comme otage.

« Personne ne se doute de sa mort. — Qui pourrait jamais supposer que ses os reposent dans une oubliette du Grand-Châtelet?...

« Et je suis convaincu que jamais on ne s'en douterait si le secret du caveau n'appartenait qu'à trois personnes : — Sam, toi et moi.

« Mais quand je songe à Guillaume, à Suzette, vois-tu, j'ai des frissons dans le dos. Guillaume surtout me fait peur; c'est une tête de poule, un cœur de lièvre. Sot et poltron, il ne tardera point à nous perdre.

— Suzette, dit Éloi, ne résistera pas au désir de se parer de quelques-uns des magnifiques bijoux abandonnés dans la cave. Le danger est plutôt dans l'avidité des deux époux et la coquetterie de la femme. Certainement ils ne fermeront boutique et ne décamperont qu'après avoir fait main basse sur les trésors de Cardillac, et leur subite fortune éveillera l'attention des agents de M. le lieutenant de police.

« Mais d'ici là nous aurons eu le temps de régler nos affaires et de nous mettre à l'abri.

— Régler nos affaires! se récria Daniel en riant. Tu es superbe!

— Eh! mon ami, comment l'entendais-tu lorsque nous déjeunions ensemble près de la route d'Italie? Tous tes projets sont-ils restés dans les souterrains du Châtelet?... As-tu perdu l'amour qui t'enflammait ou perdu l'espérance?

— Nous ne sommes guère plus avancés que ce jour-là, répondit mélancoliquement Daniel.

— Que dis-tu? Nous avons au contraire fait un grand pas vers l'avenir de nos rêves.

— Toi, mon ami; toi, tu es parvenu à te rapprocher de mademoiselle de Lignerolles; tu lui as sauvé la vie; tu es devenu son ami.

— Et, de plus, j'ai pour protecteur le chevalier d'Escot, que j'ai secouru rue des Francs-Bourgeois.

— Très-bien, mais moi?

— De Garlande n'est plus; Denise est libre. Pouvais-tu espérer un tel bonheur il y a quinze jours?

— Denise est libre... mais je suis toujours pauvre.

— Ah! voilà seulement que tu t'en aperçois?

— Je suis toujours traqué.

— Ne suis-je pas toujours compromis?

— Puis, fit Daniel, ce n'est pas cela. J'ai un autre souci au cœur.

— Lequel?

— Je vais revoir Denise, et je me demande ce qu'elle éprouverait si elle apprenait que j'ai fait de ma vengeance la complice de l'infâme Cardillac.

— Ne lui parle de rien.

— Si, il faut qu'elle sache tout, au contraire!... C'est de moi seule qu'elle peut apprendre ce que de Garlande est devenu. Voilà ce qui serre mon cœur d'appréhension.

— Mais tu n'as point frappé de Garlande, tu n'as fait qu'assister à sa mort.

— Chut! fit tout à coup Daniel.

Un inconnu s'était arrêté à la porte du petit cabinet où Cranet avait servi à déjeuner aux deux amis; et cet inconnu avait pu entendre les dernières paroles prononcées par Éloi.

Furieux de l'indiscrétion de cet inconnu, Éloi se tourna vers lui.

— Que désirez-vous? lui dit-il brusquement.

— Vous parler.

— Vous écoutiez à la porte?

— Je l'avoue, et c'est justement au sujet de ce qui vous occupe que je voudrais vous entretenir.

Les deux jeunes gens s'interrogèrent du regard.

— Qu'il entre, dit Daniel; du moment que ce monsieur écoute aux portes, il n'a pas besoin de nous être présenté et sa profession nous est connue.

Le monsieur salua en souriant, comme il eût répondu à un compliment, et s'assit en face de Daniel.

— Je me nomme Philippe Brinon, ancien clerc de M. de Garlande, et chargé par lui, selon les termes du règlement, « d'avoir l'œil et regard aux fautes qui se commettent par les vagabonds, malvivants, fréquentant tavernes, cabarets, jeux de paume, dès et cartes, faire prendre et constituer prisonniers ceux trouvés en flagrant délit. »

« Mon indiscrétion a donc son excuse dans la loi, messieurs, puisque nous sommes ici au cabaret.

« Mais je n'aurais point troublé votre entretien, si je n'avais entendu l'un de vous affirmer qu'il savait ce qu'est devenu mon vénéré maître, M. de Garlande.

— C'est-à-dire, fit Daniel, que nous ne savons pas précisément...

— Permettez! vous disiez ceci en parlant de madame de Garlande : « C'est de moi seul qu'elle peut apprendre ce que de Garlande est devenu. »

« Eh bien, ce secret que vous savez ne vous appartient pas; il appartient à la justice, monsieur.

— Mais, monsieur, qui vous a dit que mon intention n'est pas d'avertir l'autorité?

— Vous n'auriez pas attendu jusqu'à cette heure pour le faire.

— Et pourquoi, je vous prie?

— Quand ce n'eût été que pour toucher la prime de 500 livres offerte à celui qui fera retrouver, mort ou vivant, M. de Garlande.

— Ah! il y a une prime?

— Vous l'ignoriez?

— Je vous le jure, et je suis heureux de l'apprendre.

— Votre intention est de la toucher?

— Oui, monsieur; quoi de plus naturel?

— J'en doute.

— Pour quelle raison?

— Parce que vous avez trempé dans l'assassinat du vénérable magistrat.

— Moi!...

— Vous, monsieur; ne vous récriez pas ainsi, je vous prie.

« Ce que je dis, je le tiens de vous. Après le propos que je viens de vous rapporter, votre ami répliqua, — oh! j'ai bonne mémoire! — « Mais tu n'as point frappé de Garlande, tu n'as fait qu'assister à sa mort! »

« Vous avez donc été témoin de l'assassinat dont M. de Garlande a été victime; vous savez où et quand il été frappé; vous connaissez le coupable.

« Il n'est pas probable que vous ayez l'intention d'aller vous-même faire cette révélation à M. le lieutenant de police... et réclamer la prime de 500 livres...

« Voyons, convenez-en, ajouta en ricanant l'inspecteur de cabarets.

— Où voulez-vous en venir? demanda Daniel à qui l'imminence du danger rendait enfin tout son sang-froid.

— A faire ce que vous ne pouvez faire vous-même.

— Expliquez-vous nettement.

— A toucher la prime.

Daniel interrogeait Éloi du regard.

C'était très-grave...

— M. de Garlande a été assassiné. Dites-moi en quel endroit je puis retrouver son corps... ajoutez à cette *confidence* quelques détails qui, sans vous compromettre (vous voyez que je ne suis pas très-exigeant), ajoutent à l'intérêt de ma révélation, et je me retire satisfait.

« J'irai de ce pas trouver M. le lieutenant de police, je dirai qu'en tournant le coin d'une rue je surpris deux jeunes gens qui causaient ensemble et qui s'enfuirent à mon approche, et que ces deux jeunes gens disaient au moment où je les surpris : « De Garlande a été assassiné à tel endroit, *à tel moment*, je l'ai vu. » — « Je les poursuivis quelque temps, ajouterai-je; mais je n'ai pu les rejoindre. »

« Si vous ne me révélez pas ce que je vous demande de bonne volonté, rien de plus simple... »

Et, sur ces paroles, M. Philippe Brinon se leva et se plaça entre la porte et ses deux interlocuteurs.

— Rien de plus simple, messieurs : je vous prierai de me suivre... au nom du roi.

Les deux jeunes gens demeuraient silencieux.

Daniel se disait:

« La découverte du caveau, c'est l'arrestation de Guillaume et de sa femme.

« Ceux-ci, en se voyant trahis, ne garderont plus aucun ménagement; ils raconteront toute mon histoire, mon évasion, mon amour pour madame de Garlande, mes travaux pour Cardillac, enfin l'exécution du magistrat... et dans quelques heures j'aurai à mes trousses toute la police de Paris.

« Éloi lui-même sera recherché.

« Et, d'autre part, si je garde le silence, que va-t-il se passer entre ce maudit homme et nous?... »

Éloi, de son côté, avait fait rapidement les mêmes réflexions et avait conclu qu'ils devaient se taire et trouver un moyen de se débarrasser de ce fâcheux.

Mais quel moyen?... En vain il se creusait la tête.

Assommer cet homme?... mais c'était attirer les sergents.

— Eh bien! asseyez-vous, dit-il à l'inspecteur, et causons.

FIN DE LA PREMIÈRE PARTIE.

DEUXIÈME PARTIE

LES AMANTS

I

A L'HOTEL DE LIGNEROLLES.

L'événement de la rue Saint-Honoré, la mort de René Cardillac et les révélations qu'ils provoquèrent avaient eu un profond retentissement à l'hôtel de Lignerolles.

— Eh bien! mademoiselle, disait Mariette à Gabrielle, qui aurait cru cela du père Cardillac?... Et maintenant, que pensez-vous de ce jeune homme que vous aviez surnommé Sylvandre? Comme les apparences sont trompeuses!...

— Mariette, répliqua mademoiselle de Lignerolles avec vivacité, je te défends de mal parler de ce jeune homme. Tu m'obligeras même en ne prononçant jamais son nom devant personne; je serais désolée qu'il lui arrivât malheur à cause de nous.

— Oh! ce n'est pas nous qui pouvons lui nuire! Et il a bien assez du titre d'ouvrier de Cardillac pour se faire charper, car à cette heure, dans le quartier Saint-Honoré, les gens sont tellement montés contre cette bande de scélérats, que, si l'un d'entre eux était reconnu dans la rue, il serait mis en pièces.

« Si la police ne l'avait empêché, on aurait démoli la maison.

« Et au contraire, si on connaissait celui qui a délivré Paris de ce monstre, en lui appliquant dans le dos ce bon coup de poignard, on le porterait en triomphe.

— Assez sur ce sujet, je te prie, interrompit Gabrielle, que ces propos mettaient à la torture, et qui se reprochait [illegible]ment d'avoir fait passer Éloi pour un ouvrier de Cardillac.

Mais, quelques heures plus tard, inquiète du silence de Mariette, avide de savoir des nouvelles, elle questionnait encore sa femme de chambre ou l'envoyait chez le concierge s'informer s'il n'était rien arrivé de nouveau.

Et naturellement elle tremblait d'apprendre que son protégé avait été ou arrêté par la police, ou écharpé par la foule.

Cette préoccupation s'était substituée à celle que lui causaient la haine de Flora et ses manœuvres. Depuis la scène de famille que nous avons rapportée et le départ d'Éloi, Gabrielle avait repris sa vie de recluse, ses promenades solitaires dans le jardin et la lecture de ses romans.

Cependant son ennemie ne l'oubliait point.

Elle aussi menait l'existence d'une recluse, mais rien ne convenait moins que la solitude à sa nature ardente, vouée aux plaisirs de la coquetterie et de l'ambition.

Elle avait espéré, en suivant le comte à Paris, une vie de fêtes, des succès de beauté et de galanterie dans le monde doré de Versailles, et ce monde l'avait maintenue à distance; puis la décadence physique de son amant, la ruine subite de sa santé, l'épuisement de ses forces, en clouant celui-ci sur son fauteuil, l'avaient confinée dans son appartement.

Un moment elle avait hésité à accepter cette situation.

Elle était trop jeune et trop belle encore pour être la Maintenon de ce vieux gentilhomme.

Assez de jeunes gens n'attendaient d'elle qu'un mot, un sourire, pour lui donner un hôtel, des valets, un carrosse...

Mais les fortunes de la galanterie sont très-changeantes, et le sort des courtisanes célèbres de cette époque le prouve; elles sont mortes pauvres.

Les cadeaux et le crédit dont elles vivaient ne valaient pas la propriété d'un beau domaine.

Flora y réfléchit.

Elle se dit d'abord :

« Le comte est épuisé, il n'ira pas loin; il n'a qu'une enfant.»

Puis elle se dit :

« Si le comte n'avait plus d'enfant?... »

Cette supposition, qui renfermait la pensée d'un crime, lui ouvrait une perspective dorée.

Le comte avait deux cent mille livres de revenus.

Desjardins, devenu son mari fictif et l'intendant général de son amant, avait achevé de l'éblouir en lui montrant un jour les cartes teintées des nombreux domaines du comte de Lignerolles : châteaux, forêts, cours d'eau, moulins, métairies.

« Il faut que tout cela m'appartienne un jour,» s'était-elle dit.

Et peu de temps après Gabrielle tombait malade. Sans l'intervention d'un obscur garçon apothicaire, le vieux comte de Lignerolles n'avait plus qu'à tester en faveur de sa maîtresse...

Gabrielle n'était plus.

Amener le comte à coucher le nom d'une comédienne, d'une courtisane sur son testament, ce n'était pas une tâche facile.

Plus d'une fois Flora avait pressenti les intentions de son amant, avait tâté le terrain.

Rien de plus délicat, car il faut, en écartant toute image funèbre, tout en évitant de prononcer certains mots, présenter à l'esprit prompt à s'effaroucher de celui à qui l'on s'adresse les éventualités auxquelles *on doit toujours* pourvoir.

Quel moment choisir pour de semblables ouvertures?

Oh! le malheureux testateur! il ne se doute pas que ce moment est guetté sans cesse.

A table, pendant la causerie qui roule sur les sujets les plus étrangers à ce grave sujet;

Au coin du feu, l'hiver; l'été, pendant la promenade, en cueillant des fleurs, en se réjouissant de l'air chaud et salubre qui apporte la santé;

Durant le tête-à-tête de l'oreiller...

Tandis qu'on lui sourit, qu'on l'amuse, qu'on le choie, on ne pense qu'à cela :

Comment lui parler de testament?

A travers les sourires et les paroles vaines, il n'entrevoit point cette pensée immuable, lui;

S'il l'entrevoyait, il ne répondrait point à ces sourires, et ces propos divertissants auraient pour lui le son lugubre d'un glas funèbre.

Pauvre homme à millions! qui n'a d'intéressant, de vrai, que ses millions.

Qui n'a que cela de bon en lui, souvent!...

Il ne voit, ne pressent rien dans les bontés dont on l'entoure; tant mieux. Qu'il remercie la Providence qui n'a pas permis au poulet de se placer au point de vue culinaire, de s'apprécier soi-même à la Marengo, à la fricassée, au moment touchant où le cuisinier l'appelle de sa voix la plus douce et lui jette des graines...

Ainsi le comte de Lignerolles acceptait les soins attentifs et délicats de Flora.

Ainsi Flora s'évertuait à séduire le valétudinaire à plus de frais qu'il ne lui en avait fallu pour faire jadis sa conquête en Italie.

Mais sa jolie main faisait honte à l'éclat du sèvre de la tasse de tisane; mais son beau bras semblait rendre plus doux l'oreiller qu'elle relevait sous la tête du malade; et ses grands yeux enchantaient le mal.

Sa présence était plus indispensable au comte à cette heure qu'au temps de la santé.

Elle était tout ce qui lui restait de son bonheur passé; elle lui tenait lieu de tout ce qui s'était évanoui.

Ce n'était plus le plaisir, ce n'était plus la volupté, mais c'était encore son fantôme rose.

A la vue de ce charmant fantôme, le monde du moment lui importait peu; il l'oubliait.

Pour lui, il oubliait tout volontiers... même sa fille.

En définitive... sa fille?...

Gabrielle était surtout la fille de la comtesse, avec qui M. de Lignerolles avait peu vécu.

Gabrielle avait grandi loin de ses yeux.

La comtesse morte, l'enfant, qui était en nourrice, avait été élevée par une vieille parente, puis mise au couvent.

Depuis, elle avait été le souci de ses insomnies; oui, le souci.

Et, sans être malade, il est naturel de chercher à bannir les soucis.

Jugez un peu, dans l'état pitoyable où ses succès, ses bonnes fortunes avaient mis le comte, s'il n'était pas accablant pour lui de voir une grande fille de dix-huit ans, jolie, accomplie, ne demandant rien que sa place dans le monde?...

La dernière scène que nous avons rapportée avait été pour son cœur peu paternel une cause d'irritation et de fatigue de plus.

— Au couvent! avait-il conclu.

Certainement Flora, en paraissant se rallier à cette détermination du comte, n'était pas de bonne foi.

Le couvent, pour elle, n'offrait aucune solution; il ne supprimait point l'héritière, et Gabrielle n'était pas disposée à prononcer des vœux.

Et cependant :

— Mon cher comte, disait-elle, cette vie de Paris me mine et vous tue. Pas d'air ici; pas de soleil; un ciel toujours brumeux, chargé de pluie et d'ennui. Une société guindée, solennelle et fatigante. Des intrigues sans relief, terre à terre, aboutissant à des crimes qui révoltent... Ah! retournons en Italie!

« Retournons à Florence, la cité des fleurs, retournons au paradis terrestre de Naples si vous le voulez.

« C'est du jour où vous êtes rentré à Paris que votre santé a été compromise.

« Là-bas vous retrouverez la vie... et moi j'échapperai à l'ennui mortel qui me ronge. »

Le comte souriait à ce projet.

— Oui, répondit-il, tu as raison. Allons seulement à Nice, et je crois que j'y reprendrai des forces.

« Mais pour arriver jusque-là?

— Nous voyagerons à petites journées.

— Sans doute, mais ce n'est pas le voyage que je redoute... c'est le départ.

— Que voulez-vous dire?

— Ma fille!...

— Eh bien! n'avez-vous pas décidé qu'elle entrerait au couvent?

— C'est toujours ma volonté... mais ce n'est pas la sienne.

— Et vous attendrez que sa vocation religieuse se déclare?... Mais, comte, avant que ce miracle se fasse, vous serez mort, et moi j'aurai des cheveux blancs.

« Et, tenez, dans mon existence de garde-malade, il me passe souvent en tête des idées sombres. Savez vous ce qui arriverait si ce soir, par exemple, j'avais le malheur de vous perdre?... Ce soir même votre fille me jetterait à la porte de cette maison; elle n'attendrait pas jusqu'à demain.

« Et je me trouverais sur le pavé, seule, étrangère, que dis-je? entourée d'ennemis, sans un ami et sans ressources...

« Car je n'ai jamais pensé à l'avenir, comte.

« Aussi j'ai hâte de quitter ce pays, cette maison où je n'ai que des ennemis, et de me rapprocher de ma patrie.

« Et si vous ne faites acte de décision et d'autorité, comte, si vous me sacrifiez...

— Achève, fit le comte avec amertume.

« Tu partiras seule, tu m'abandonneras. »

Flora garda le silence.

— Ah! tu n'es pas juste, car tu vois bien que je suis trop souffrant pour faire ce que tu entends par un acte d'autorité.

« Tout ce que je puis, c'est de signifier ma volonté.

« Mais je ne puis faire atteler et conduire moi-même ma fille dans un couvent.

— Et cependant ou vous voulez ou vous ne voulez pas quitter Paris... Quitter Paris en laissant ici votre fille ou en l'emmenant avec vous, de toutes façons, c'est impossible, et vous aviez été heureusement inspiré l'autre jour en vous décidant pour le couvent.

Gabrielle de Lignerolles

« Vous m'objectez que vous ne pouvez l'y conduire.

« Ce n'est pas sérieux.

« Sachez vous faire écouter de Gabrielle, et à sa prière, à la vôtre, son confesseur, l'abbé Dumesnil, la conduira à la maison de retraite qu'elle aura choisie.

— Tiens, fit le comte, c'est vrai; je n'y avais pas songé.

— En huit jours, si vous le voulez, tout peut être arrangé et nous serons en route vers l'Italie, vers le soleil et la santé!

— Eh bien! reprit M. de Lignerolles, tout est entendu, ma chère Flora; je vais sermonner ma fille...

— Non point! lui signifier votre volonté et lui dicter sa conduite.

— Soit.

— Donnez-lui deux jours pour choisir le couvent qui lui déplairait le moins, et engagez-la à aller trouver sans retard le directeur de sa conscience.

— Et si elle résiste? si elle proteste? objecta le comte quelque peu effrayé.

— Vous la menacerez de l'y conduire vous-même; elle aura peur et se résignera.

—Allons! soit; c'est entendu, répondit de Lignerolles avec lassitude, ennuyé du rôle qu'il avait à remplir, et désireux cependant de se débarrasser de Gabrielle.

— Je vais me retirer, dit Flora, afin de vous laisser toute liberté.

— En t'en allant, ajouta le comte, fais prévenir ma fille.

— A l'instant.

— Et reviens près de moi dès qu'elle m'aura quitté; nous aurons à causer.

Flora sortit, transmit l'ordre du comte à un domestique, et, grimpant un étroit escalier de service, pénétra dans une partie reculée de l'habitation où de temps immémorial les intendants de la seigneurie de Lignerolles avaient établi leurs archives et leur bureau.

II

LA LETTRE

Un couloir étroit et d'un accès difficile conduisait à la retraite de l'intendant, dont, par surcroît de précaution, un petit vestibule protégeait l'entrée.

Desjardins grimpait très-rarement à ce réduit, et sa femme n'y était jamais venue qu'une fois pour voir les plans coloriés des domaines du comte de Lignerolles.

Elle frappa discrètement.

Desjardins vint lui ouvrir : 5

— Tu as parlé au comte? dit-il en l'introduisant.

— Oui, tout va bien. Et toi, où en es-tu?

— C'est fait.

— Ah! très-bien; je serais fort curieuse?...

— Tu vas en juger.

Desjardins tira d'un carton une feuille de papier manuscrite, et d'un autre carton une liasse.

— Examine d'abord ceci, dit-il en tendant la liasse à sa femme.

— C'est moi qui t'ai remis ces lettres, et je connais assez l'écriture de Gabrielle.

— J'en ai fait de nombreuses copies; je me suis livré à une étude vraiment sérieuse pour arriver à une imitation parfaite.

— Voyons ce chef-d'œuvre.

— C'est, en effet, un chef-d'œuvre; je le crois, dit Desjardins avec quelque fatuité.

Et il tendit à sa complice la lettre suivante, dont elle examina avec soin l'écriture :

« Ceci est mon testament :

« Moi, Gabrielle de Lignerolles, ne prenant conseil que de ma conscience et me préparant seule à comparaître devant Dieu, notre souverain juge :

« Je me recommande aux prières des âmes charitables qui auront connaissance du présent écrit, et les engage à prendre en considération les peines que j'ai souffertes et celles encore plus cruelles que je devais souffrir avant de me résoudre à la mort.

« Privée dès mon enfance de toute affection, abandonnée à des soins mercenaires, j'avais espéré recouvrer, il y a quelques années, l'affection du comte de Lignerolles, mon père, et c'est avec le plus profond chagrin que j'ai dû renoncer à cette légitime espérance.

« J'ai vécu comme une étrangère sous le toit paternel.

« Il y a peu de temps, un acte de charité m'avait permis de connaître un jeune homme, blessé, malheureux, abandonné de tous comme moi.

« Son infortune m'avait intéressée. Ses qualités, son caractère, dignes d'un homme de condition, m'avaient inspiré pour lui un sentiment plus tendre que l'estime, plus ardent que l'amitié.

« Mon père, prévenu par de faux amis à qui je pardonne ici le mal qu'ils m'ont fait, m'a signifié sa volonté de m'enfermer dans un couvent.

« Pour comble de malheur, celui auquel je m'intéressais était accusé d'avoir été l'ouvrier de l'infâme René Cardillac.

« Ne pouvant me résigner à la vie monastique, le cœur brisé, par le poids du malheur, je me suis décidée à demander pardon à Dieu de ma faiblesse, et à me réfugier dans la vie éternelle.

« Que tous ceux qui m'ont connue prient pour moi.

« *Amen.*

« Gabrielle de Lignerolles.

— Très-bien! fit l'Italienne. On jurerait son écriture.

Desjardins lui fit quelques remarques en comparant son œuvre aux lettres que Flora lui avait procurées.

Le faussaire avait l'amour-propre d'un artiste.

— Et maintenant, reprit sa complice, la date au bas de la signature.

— Quelle date?

— Celle d'aujourd'hui.

Le faussaire reprit la lettre et traça les caractères qui lui étaient demandés.

— C'est fait.

« Mais donnant donnant; » ajouta-t-il.

Et, tenant la lettre d'une main, il s'adressa de l'autre à la bourse de Flora.

— Dépêchons, répondit celle-ci en lui donnant un rouleau de louis, mon temps est précieux. Le comte ne retiendra pas longtemps Gabrielle près de lui, et je devrais déjà être près de cette jeune fille.

Elle saisit la lettre et disparut.

Nous n'expliquons pas, nous racontons; l'action est limpide.

On a compris la manœuvre de Flora près du comte, et ce qui va suivre peut également se passer de commentaires.

Cette femme n'était restée que quelques moments chez son complice. Sans descendre dans la cour de l'hôtel et par des couloirs dérobés, créés par les secrets de l'intrigue, elle se rendit dans l'aile de bâtiments dont Gabrielle occupait une partie.

Mariette était achetée et à sa dévotion.

Elle ne lui demanda même point où elle allait, ni ce qu'elle voulait.

Et elle-même, possédée par l'idée sinistre qui la dominait, ne remarqua point la présence de la camériste.

Elle alla d'un pas rapide à la chambre où se tenait d'ordinaire Gabrielle.

Cette petite chambre était dans le désordre familier d'une pièce où l'on transporte pour ainsi dire toutes ses habitudes. Les objets les plus divers y formaient un fouillis.

Livres, papiers, objets de toilette étaient jetés çà et là pêle-mêle.

Flora promena un regard investigateur autour d'elle, puis — non sans une émotion violente — tira de sa robe une petite fiole plate et qu'elle eût pu tenir cachée dans le creux de sa main mignonne.

Elle en détacha le bouchon de cristal.

Sur un guéridon, au milieu de la chambre, étaient une carafe de limonade et un verre.

Elle s'en approcha.

Elle versa quelques gouttes de sa fiole dans la carafe.

Puis reboucha avec soin le flacon et le glissa dans son corsage.

— C'en est fait! parut-elle se dire.

Il faisait chaud; à la suite de la discussion qu'elle avait eue avec son père, il était plus que probable que Gabrielle en rentrant boirait un verre de limonade.

Il ne resterait plus, pour parfaire le crime, qu'à glisser sur un meuble le chef-d'œuvre de Desjardins.

Comme elle y songeait, elle entendit quelqu'un venir.

C'était Gabrielle; elle reconnut sa voix.

Elle n'avait plus le temps de se retirer, et elle ne sentait que trop cependant que le trouble qui la dominait devait être visible et pouvait inspirer des soupçons.

Mais elle espéra dans la surprise de Gabrielle ellemême et courut au-devant d'elle en s'écriant :

— Ah! vous voilà... Je vous attendais, chère enfant!...

A sa vue, à cette exclamation, mademoiselle de Lignerolles s'arrêta saisie, stupéfaite.

— Vous! madame!... chez moi!...

— Il faut que je vous parle.

— Mais vous n'ignorez pas?...

— Je sais tout...

— Vous qui avez conseillé à mon père..!

— Je veux m'expliquer.

— Ah! c'en est trop!... Laissez-moi, je vous prie, fit la jeune fille révoltée en passant devant elle.

— Pas avant que je me sois expliquée et que j'aie obtenu de vous mon pardon.

Gabrielle, frémissante, bouleversée par l'explication violente qu'elle venait d'avoir avec son père, se jeta dans un fauteuil sans lui répondre.

— Je sais tout, reprit Flora, et, si je suis venue ici, je n'ignorais pas combien vous pouviez être irritée contre moi; mais ce serait le chagrin de toute ma vie de vous quitter sans être parvenue à me justifier à vos yeux.

— Assez! vous dis-je, s'écria Gabrielle en frappant de la main le bras de son fauteuil; ne voyez-vous pas que vous m'exaspérez? ne voyez-vous pas que je vais me trouver mal?

Elle haletait.

Flora s'approcha d'elle.

— Oh! pardon! s'écria-t-elle, pardon! Mais vous pâlissez... de grâce!...

Elle saisit la carafe et le verre :

— Buvez!

Elle verse.

Gabrielle à demi-pâmée tendit la main...

Quand tout à coup quelqu'un s'écria

— Ne buvez pas!

La porte d'un cabinet s'ouvrit, et un homme, témoin secret de cette scène, s'élança dans la chambre, attachant sur l'empoisonneuse des regards flamboyants.

— Ne buvez pas, Gabrielle!

Puis d'une voix sourde et impérieuse :

— Et vous, madame, buvez!...

Flora tenait toujours le verre.

Et, à l'accent de cette voix bien connue, Gabrielle avait été soudain arrachée à la torpeur qui l'envahissait.

Cet homme, on l'a deviné, c'était Eloi.

— Vous allez boire, madame, dit-il en s'approchant de Flora qu'il dominait de sa haute taille, et sur qui il étendait la main.

«Vous allez boire le poison que je vous ai vue verser.»

Exprimer l'émotion terrible que ressentait la coupable en présence de cet accusateur inattendu nous serait impossible.

Elle serrait convulsivement le verre à demi plein, son bras s'était roidi et elle ne pouvait plus ni desserrer les doigts ni reposer le verre.

On eût dit une statue de l'Épouvante.

Ses yeux regardaient sans voir, un sourire hébété errait sur ses lèvres.

Tandis qu'Éloi s'emparait d'elle, lui posait une main sur l'épaule et de l'autre lui ordonnait de boire, Gabrielle avait recouvré toute sa présence d'esprit.

— Attendez, dit-elle en agitant le cordon d'une sonnette. On dirait que nous l'avons empoisonnée. Il nous faut des témoins.

Au coup de sonnette, deux domestiques parurent.

— Courez appeler Arnold le concierge, dit Gabrielle à l'un d'eux.—Et vous, demeurez et surveillez cette femme.

— Ah! c'est trop fort, s'écria Flora qui commençait à revenir de sa stupéfaction.

Et jetant le verre qu'elle tenait à la main, elle essaya de se dégager d'Éloi et de gagner la porte.

Mais ce mouvement avait été prévu.

Éloi lui barra le passage.

— Vous ne sortirez pas, dit-il.

— Et qui êtes-vous pour me donner des ordres?

— Je suis le témoin de vos crimes.

— Vous, un ouvrier de Cardillac!... Vous avez de l'audace de parler de crimes; et ne craignez-vous pas que je vous fasse arrêter?

— Vains discours! Vous êtes prise, ma belle dame, et vous irez prochainement rejoindre le bon docteur Cauvin et son excellent apothicaire Defita, à moins que tout à l'heure vous ne consentiez à boire un verre de la limonade que vous avez préparée.

Et comme elle marquait son étonnement en l'entendant parler du docteur et de l'apothicaire :

— Je vous connais depuis longtemps, ajouta-t-il, et nous nous sommes déjà rencontrés plus d'une fois.

Cependant le suisse était accouru.

— Que désire mademoiselle? demanda-t-il.

— Que vous obéissiez à monsieur, répondit Gabrielle, en tout ce qu'il vous commandera.

«Je vais prier M. le comte de vouloir bien se rendre ici.»

Et tandis que Gabrielle s'éloignait.

— Madame, dit Éloi à Flora en lui avançant un siége, veuillez vous asseoir.

Elle s'assit machinalement.

— Arnold, ajouta le jeune homme, asseyez-vous près de madame; ne la perdez pas de vue un seul instant et prévenez le moindre de ses mouvements.

Et la coupable se trouva ainsi entre deux gardiens.

Inutile de dépeindre la poignante émotion qui s'était emparée d'elle. Elle cherchait un expédient et n'en trouvait aucun. Elle ne comptait plus que sur l'intervention de son amant qui, à son gré, tardait trop à venir.

Enfin il parut.

— Que signifie tout ce tapage? dit-il; a-t-on juré de me tuer?

— Oui, monsieur, s'écria Flora en se levant d'un bond, on a juré votre perte et la mienne. Et je vous le disais bien, que j'étais entourée d'ennemis : me voilà prisonnière de votre suisse et d'un ouvrier de Cardillac, rentré ici je ne sais comment, pour m'accabler d'outrages...

— Encore ce garçon! fit le comte avec colère.

— Oui, mon père, et sans lui votre fille aurait cessé de vivre.

— Arnold, jette-moi ce drôle à la porte.

— Arnold!... gardez-vous d'obéir!...

— Par la sambleu! quel est donc le maître ici?

— Ce n'est pas vous, comte! s'écria Flora.

— Silence, empoisonneuse! répliqua Gabrielle.

— Monsieur le comte, reprit Eloi, daignez m'écouter un instant et vous me ferez ensuite jeter à la porte si bon vous semble.

« Sur ma vie, sur le salut de mon âme! voici ce qui vient de se passer.

« Mademoiselle de Lignerolles était sortie et j'étais venu pour lui parler.

— Drôle! exclama le comte.

— Je me justifierai plus tard.

— Et vous écoutez ces indécentes sornettes, monsieur! interrompit Flora.

—Parlez, oh! parlez, je vous en supplie, dit Gabrielle.

— J'étais là, dans cette chambre, poursuivit Eloi, j'entendis quelqu'un entrer dans l'appartement et je me jetai dans ce cabinet.

« Alors, par la porte vitrée, je vis madame entrer dans la chambre, aller droit à ce guéridon, tirer de sa robe un flacon de cristal et verser quelques gouttes d'une liqueur blanche dans cette carafe de limonade.

— Quelle infamie! cria l'Italienne.

— Laissez-le achever, dit le comte.

—Presque aussitôt mademoiselle de Lignerolles entra. Elle paraissait très-émue, et la présence de madame acheva de l'exaspérer, au point qu'elle sembla se trouver mal.

« Alors la dame au flacon s'empressa de lui verser un flacon de limonade et le lui tendit.

« Mademoiselle déjà prenait le verre, quand je m'élançai pour détourner un tel malheur.

« Et me tournant vers l'empoisonneuse, je lui ordonnai de boire elle-même.

« Ce qu'elle refusa.

« Mais voici la carafe encore pleine; si je mens, elle peut vous le prouver.

— Et qui prouvera, dit Flora, que ce n'est pas vous qui avez empoisonné cette boisson?

Un éclair de joie jaillit des grands yeux noirs d'Eloi.

— La preuve est facile à faire, dit-il. Je demande à être fouillé, et je demande à indiquer l'endroit... l'endroit précis où se trouve caché le flacon de cristal.

Et, en parlant ainsi, il désignait du regard et du doigt le corsage de l'Italienne.

— Quelle audace! fit celle-ci à demi suffoquée de terreur.

— Vous me permettrez, madame, dit Gabrielle en s'avançant vers elle, de saisir ce flacon.

Flora se recula soudain.

— Vous permettrez! insista la jeune fille.

— Comte, s'écria Flora éperdue, est-ce assez d'outrages, et mettrez-vous fin à une pareille scène? Quoi? vous gardez le silence?...

Gabrielle avançait toujours et déjà portait la main au corsage.

— Ne me touchez pas, mademoiselle, ou je saurai me défendre!

C'était au comte d'intervenir pour empêcher que la querelle ne dégénérât en rixe scandaleuse.

— Gabrielle, dit-il, retirez-vous; et vous, madame, pour dissiper l'aveuglement de cette jeune fille, soumettez-vous de bonne grâce à ce qu'elle exige.

« Mariette, ajouta-t-il, assurez-vous que madame n'a rien dans son corsage.

Mariette s'approcha de Flora : celle-ci la saisit dans ses bras, l'embrassa et lui dit quelques mots à l'oreille.

La caméristè glissa ses doigts à l'endroit désigné par Eloi et en retira une lettre...

Une lettre! puis le flacon!...

Flora poussa un cri et tomba sans connaissance.

Personne ne songea à la relever.

Le saisissement était profond et général.

La caméristе remit en tremblant le flacon et la lettre entre les mains du comte.

— Elle m'a dit tout bas, balbutia-t-elle :

« — Ne me perds pas, ta fortune est faite. »

Le comte demeurait muet d'horreur.

Il déplia lentement la lettre et, y ayant jeté les yeux, il reconnut aussitôt l'écriture de sa fille.

— Cette lettre est de vous? dit-il en la tendant à Gabrelle.

Celle-ci la prit, la regarda à son tour et jeta un cri de surprise.

— Qu'est-ce? demanda M. de Lignerolles.

— Un faux!.. Cette lettre est un faux!...

— Lisez.

La jeune fille lut le testament, chef-d'œuvre de Desjardins.

Chacun se récriait à cette étrange lecture :

— Mais c'est un monstre!

« Mais c'est le démon, cette femme-là!... »

Pour le comte, c'était une désillusion, une déception immense.

Et le peu de temps qu'avait pris cette scène émouvante avait suffi à l'accabler. Ses traits s'étaient étirés; une pâleur livide l'avait envahi jusqu'aux lèvres.

Il était effrayant à voir.

— Il va mourir sur le coup, se disait Eloi.

« Dans quel embarras affreux nous nous trouverions tous! »

Le comte faisait pour parler d'inutiles efforts, la voix manquait à sa gorge serrée, et la lumière se retirait de ses yeux vitreux.

Gabrielle suivait ses mouvements d'un regard anxieux.

— Mon père se meurt! s'écria-t-elle tout à coup; il se meurt!

Elle se précipita vers lui, le prit dans ses bras. Le malheureux succombait en effet à une congestion cérébrale.

Il inclina la tête sur l'épaule de sa fille et rendit le dernier soupir.

III

QUELQU'UN QUE L'ON N'ATTENDAIT PAS.

Ce fut pendant un instant un désarroi général.

Les domestiques couraient comme des fous.

Et tandis qu'Eloi et Arnold portaient le corps du comte sur un canapé, que Mariette donnait ses soins à sa maîtresse, Flora rouvrait les yeux et cherchait à se rendre compte de ce qui se passait.

Bientôt quelques mots qu'elle entendit la mirent au courant de la catastrophe.

Toujours étendue sur le parquet, elle aperçut la lettre échappée aux mains de Gabrielle : cette lettre était à sa portée; nul ne faisait plus attention à elle; elle la saisit et la dévora.

Restait le flacon.

Mais il était dans la poche du comte.

Elle se demandait ce qu'elle devait faire, se relever et tenter de fuir ou demeurer inerte et attendre quelque occasion favorable.

Tout à coup un bruit extraordinaire se fit dans la cour de l'hôtel, puis à l'entrée de l'appartement.

Un bruit confus de voix, des pas lourds et précipités.

Elle écouta, partagée entre la crainte et l'espérance.

— Par ici, messieurs, disait une voix, par ici !

Elle reconnut la voix de son mari.

Puis presque aussitôt la porte de l'appartement de Gabrielle s'ouvrit, et une voix grave et sonore fit entendre ces paroles solennelles :

— Messieurs, au nom du roi !...

C'était la police,

En un instant Flora fut debout.

Elle vit accourir Desjardins, qui, la serrant dans ses bras avec passion, lui dit à voix basse :

— J'ai été témoin de tout : quand j'ai vu le comte mort; mon parti a été vite pris, j'ai couru à la police ; je les ai accusés de l'avoir empoisonné.

« Mais la lettre ?

— La lettre, je l'ai détruite.

— Bon ; nous sommes sauvés; ils sont perdus. Feins de te trouver mal, et observe.

Flora ferma les yeux, et son mari l'emporta évanouie.

En même temps, le magistrat appelé par Desjardins demandait à voir le comte de Lignerolles, et plaçait des gardes près du corps qu'Éloi et Arnold venaient de déposer sur un canapé du salon, puis il pénétrait dans la chambre, où, selon les indications déjà fournies par l'intendant, le crime avait été commis.

Le verre brisé sur le parquet, la carafe à demi pleine restée sur le guéridon frappèrent tout d'abord ses regards et accrurent ses soupçons, déjà excités par l'extrême surprise de Gabrielle, du concierge et d'Éloi.

Gabrielle, gardée à vue dans le salon, attendait avec impatience que cet homme revînt près d'elle, afin de lui demander une explication.

Mais le commissaire, escorté de M. Desjardins, après avoir examiné les lieux, dressait un procès-verbal de l'état dans lequel il les avait trouvés, et pendant ce travail silencieux on n'entendait plus rien que le piétinement des soldats échelonnés le long de l'escalier et dans la cour de l'hôtel.

Ce procès-verbal, aussi minutieux qu'un inventaire, était destiné au juge examinateur.

Il restait à prendre les noms, prénoms et qualités des personnes trouvées sur le lieu du crime ; le commissaire rentra dans le salon, et interrogea successivement chaque prisonnier.

Quand vint le tour d'Éloi :

— Comment vous nommez-vous? lui demanda-t-il.

— Éloi Gormond.

— N'avez-vous pas travaillé chez Cardillac?

— Jamais.

— Votre profession ?

— Élève apothicaire.

— Élève de qui?

— De Defita, rue Saint-André-des-Arts.

— Tiens, tiens!... Il est étonnant que je vous trouve ici.

— Mais puisqu'il s'agit d'empoisonnement, ricana Desjardins, il n'est pas étonnant de rencontrer un élève de Defita.

Le commissaire passa devant Gabrielle.

— Mademoiselle de Lignerolles? dit-il en s'inclinant.

« Gabrielle de Lignerolles, je crois ?

— Oui, monsieur.

« Puis-je maintenant savoir, monsieur, à quoi je dois l'invasion de mon appartement par les gens du Grand-Châtelet ?

— A l'avis qui nous a été donné par le sieur Desjardins, intendant de M. le comte de Lignerolles, de la mort subite de son maître attribuée au poison.

— Le misérable ! mon père a succombé à une attaque d'apoplexie, à la révélation d'une tentative d'empoisonnement commise par la femme de ce Desjardins contre moi-même !...

« Et qui ose-t-il accuser ?

— Ce jeune homme et vous, mademoiselle.

— Et ses preuves ?

— Il appartiendra au juge examinateur de les rechercher.

« C'est pourquoi, mademoiselle, vous devez sur-le-champ quitter cet appartement, qui désormais appartient aux investigations de la justice. Mais, par privilége dû à votre haute connaissance, vous pourrez attendre dans votre hôtel que la justice ait décidé si oui ou non vous devez rester en liberté.

« Je n'emmènerai que trois personnes particulièrement compromises, votre concierge, votre femme de chambre et le sieur Éloi Gormond.

— J'ai confiance en la justice, monsieur, répondit Gabrielle, et j'espère qu'avant la fin de cette journée, ces trois personnes, également innocentes et également dévouées, seront remises en liberté.

Puis élevant la voix :

— Quant à l'empoisonneuse Desjardins et à son infâme époux, je les chasse !...

Une demi-heure plus tard, Gabrielle était seule, à genoux près du lit mortuaire.

Là elle pouvait donner cours à sa douleur ; mais, avouons-le, ce n'était point son père qu'elle pleurait.

Peu après on vient la prévenir de l'arrivée du juge examinateur.

Celui-ci, guidé par le procès-verbal et accompagné de Gabrielle, visita le théâtre de l'événement, puis interrogea longuement l'orpheline, qui, avec l'accent de la vérité, lui raconta toute son existence, depuis le jour où son père, l'appelant près de lui, lui imposa le contact et presque la société de sa maîtresse et du mari de celle-ci.

Le rôle d'Éloi, seul, jetait l'ombre du soupçon dans l'esprit du magistrat.

Ce jeune homme avait déjà été compromis dans l'affaire Defita.

Si Gabrielle n'était pas coupable, — et c'était déjà la conviction intime du juge, — cet Éloi devait l'être.

Mais les Desjardins ? direz-vous... Qu'en pensait le magistrat ?

Il demanda à les entendre, mais ils ne s'étaient point attardés à l'hôtel et avaient décampé au plus vite.

Nous ne nous attarderons pas à donner dans tous ses détails l'action judiciaire qui suivit.

Le même soir, deux médecins procédèrent à l'autopsie du cadavre, et la justice attendit leur rapport pour savoir s'il y avait lieu de poursuivre et faire arrêter mademoiselle de Lignerolles.

Plusieurs jours s'écoulèrent sans qu'elle fût inquiétée.

Elle gémissait de l'isolement funeste auquel elle était condamnée.

Après les funérailles du comte, elle était rentrée seule dans le vaste hôtel, et s'était demandé si elle ne ferait point sagement de se retirer dans une maison religieuse.

Toute communication avec ses malheureux amis jetés au Châtelet lui était interdite, et ainsi toute consolation lui était refusée.

Oh! combien les journées et les soirées surtout lui semblent longues!

Où étaient-elles, les heures de rêveries d'autrefois, ces heures passées à causer avec Sylvandre des beautés pittoresques des bords du Lignon et du sort heureux des bergers et des bergères!...

Où était-il, ce pauvre Sylvandre?...

C'est à nous de répondre à cette question.

Nous avons d'ailleurs à expliquer comment il s'était échappé des griffes du sieur Philippe Brinon et les raisons qui l'avaient de nouveau conduit à l'hôtel de Lignerolles.

Le pauvre diable était dans de bien mauvais draps.

Non-seulement il avait contre lui l'affaire de Lignerolles, mais encore il était impliqué dans le procès Defita.

VI

SUITE DU DÉJEUNER A LA POMME DE PIN.

Nous l'avons quitté au moment où, à bout d'arguments pour congédier l'indiscret Brinon, il lui avait dit:

— Eh bien! entrez, asseyez-vous et causons.

Brinon avait pris place en face des deux amis en répondant avec un sourire:

— Causez.

Eloi, non plus que Daniel, ne savait que lui répondre.

Bien décidés à lui cacher la vérité, ils comptaient sur les hasards heureux de la conversation, sur quelque inspiration soudaine pour se tirer d'embarras.

— Or çà! fit Daniel, notre bouteille est vide; on cause mieux le verre à la main, et puisque nous sommes appelés à faire connaissance... Holà! maître Grenet!... Une bouteille et un verre!...

Cette diversion leur permit d'imaginer et de réfléchir un instant.

Mais l'indiscret personnage n'était pas homme à les laisser longtemps éluder la réponse qu'il attendait d'eux.

Il le leur fit entendre.

— Sachez donc, cher monsieur, dit Éloi, que le vénérable de Garlande, sorti de chez lui vers neuf heures du soir dans un but que nous n'avons pas à rechercher, cheminait seul le long de la Seine dans la direction du Pont-Neuf.

« Il faisait noir comme dans un four.

« Mon ami et moi nous suivions le quai dans le sens opposé, c'est-à-dire en nous dirigeant vers le Châtelet.

« Quand tout à coup le bruit d'un tumulte frappe nos oreilles.

« Est-ce une querelle?... est-ce un assassinat?...

« Avons-nous devant nous, dans les ténèbres, des ivrognes qui se battent ou des malfaiteurs?

« Nous l'ignorons.

« Et la prudence nous commande de nous arrêter.

« Bientôt cependant plus de doute.

« Des cris: «A l'aide! A l'assassin!...» nous glacent le sang dans les veines.

« On a terrassé un homme et on l'entraîne à la rivière.

« Un peu honteux de notre frayeur, nous nous ava çons pour porter secours à cet infortuné, mais no arrivons trop tard, et en nous éloignant nous entendo un des assassins prononcer le nom de la victime.

« Voilà tout le mystère.

— Oui-dà! fit l'indiscret.

— Êtes-vous satisfait?

— Point du tout.

— Que voulez-vous de plus? Je vous ai dit tout que nous savons.

— Vous vous moquez de moi.

— Et vous monsieur Philippe Brinon, vous essaye dit Daniel avec vivacité, de nous en imposer.

— Comment l'entendez-vous, monsieur?

— Vous vous dites inspecteur des cabarets?

— Eh bien! monsieur?

— Attaché à la police du Châtelet?

— Sans doute.

— Et ce n'est pas vrai! s'écria Daniel en le regarda fixement. Vous êtes un imposteur.

— Monsieur!

— Vous êtes un imposteur. Autrement est-ce qu vous auriez autre chose à faire pour toucher votre prim de cinq cents livres que de nous ordonner purement simplement de vous suivre à un poste de police.

Philippe Brinon se troubla.

Daniel avait deviné juste.

Il voulut protester.

— Agissez, lui répliqua Daniel, le mettant ainsi a pied du mur.

Éloi partit d'un éclat de rire.

— Eh bien! soit, je l'avoue, reprit l'indiscret, je ne su pas du Châtelet, mais vous n'êtes pas au bout, et je su homme à vous y faire enfermer, car vous possédez ce s cret qui pour moi vaut une fortune, cinq cents livres!.

« Et je ne vous lâche pas!... Il faudra bien que vou me le donniez.

— Et pourquoi cela, je vous prie?

— Parce que, j'en suis convaincu, témoins de l'assa sinat, vous y avez trempé. Parce que nous êtes de ce gens qui n'aimeraient pas à se trouver en face d'u honnête sergent...

« Et la preuve...

— Ah! oui, la preuve, de grâce! honnête délateu vertueux mouchard que vous êtes.

— La preuve, c'est que si vous ne redoutiez la justic l'appât de cinq cents livres n'est pas si à dédaigner qu des gens de votre sorte hésitent à aller le gagner.

Le raisonnement ne manquait point de justesse.

Les deux amis en furent interdits.

Ce Brinon les égalait en perspicacité.

— C'est pourquoi, reprit ce terrible homme, je su bien décidé à ne pas vous lâcher. Il me faut mon secre ou je fais du tapage et j'attire sur vous l'attention d ceux que vous redoutez le plus au monde: les sergent.

— Vous avez donc bien besoin de cinq cents livres fit Éloi en haussant les épaules avec dédain.

« C'est honteux... Si je les avais sur moi, je vous le jetterais comme un os à un chien affamé.

— Et que vous coûte-t-il de me dire où est le corp de ce de Garlande.

— Puisque nous l'ignorons.

— Mensonge !

— Enfin il vous faut de l'argent ?

— Oui, l'argent ou le secret.

— Quelle somme vous faut-il ?

Brinon réfléchit un instant :

— Faisons, comme l'on dit, part à deux, répondit-il. « Je me contenterai de deux cent cinquante livres.

— L'honnête homme ! fit Daniel. Eh ! l'ami pour qui me prenez-vous ? Déjeune-t-on chez Crenet quand on a pareille somme en poche ?

— Vous la trouverez ! s'écria Brinon, ou que Dieu me damne si je ne vous attire la plus mauvaise affaire !

— Eh bien ! soit, dit Eloi, je me charge de trouver cette somme. Je l'emprunterai s'il le faut ; mais qu'il m'attende avec toi.

— Parles-tu sérieusement ? fit Daniel.

— Très-sérieusement ; j'ai des ressources.

Cette proposition fut combattue et rejetée par le délateur, qui n'y voyait qu'un piége.

Eloi parvint enfin à le convaincre de sa sincérité.

— J'avais l'intention, dit-il à Daniel, de recevoir Gabrielle aujourd'hui ; j'y vais. Et là, s'il est nécessaire, j'irai chez le chevalier au Marais.

« Cela veut dire, pensa Daniel : Nous nous retrouverons devant l'hôtel de Lignerolles ou chez le chevalier d'Escot. A mon tour de me débarrasser de ce fâcheux. »

A peine son ami se fut-il éloigné :

— Si nous sortions, dit-il. Après déjeuner, un tour de promenade est nécessaire.

Brinon n'était pas de cet avis ; mais il n'y prit garde et imposa sa volonté.

Il sortirent, et Brinon passa son bras sous celui de Daniel.

Naturellement ils se dirigèrent vers le quartier Saint-Honoré. Daniel n'était pas fâché de voir la maison de son ex-patron, dont Eloi lui avait fait une description minutieuse.

Elle était fermée, et un grand nombre de curieux stationnaient, contemplant la célèbre maison, se demandant comment une demeure qui était de si antique et si vénérable bourgeoisie, qui, pour ainsi dire, était l'aïeule des maisons du quartier, avait pu abriter si longtemps un scélérat comme Cardillac.

Après avoir baguenaudé un temps raisonnable, Daniel et son compagnon montèrent jusqu'au faubourg.

Mais là une triste surprise leur était réservée.

Au moment où ils arrivaient devant l'hôtel de Lignerolles, la police l'envahissait.

Ils voulurent s'informer ; impossible.

Ils prirent le parti de s'établir aux environs, et, au bout d'une heure, Daniel eut la douleur de voir son cher Eloi sortir de l'hôtel sous escorte de sergents.

Le cœur serré, il s'approcha d'un de ces intrépides curieux qui se tiennent au courant de tous les événements et qui de nos jours font du *reportage*.

— Qu'y a-t-il ?

— M. de Lignerolles est mort, et ce jeune homme que l'on emmène est accusé de l'avoir empoisonné.

Brinon voulut se récrier sur l'invraisemblance d'une pareille accusation, mais Daniel lui imposa silence.

— Pardon, lui dit-il, vous voyez de quel malheur vous êtes cause.

Il fouilla dans ses poches et en tirant une pièce d'or :

— Prenez ceci, dit-il, et laissez-moi tranquille.

Mais, bien que ce fût un coquin de la pire espèce, le Brinon était si surpris, si affecté de l'arrestation dont il se croyait cause, qu'il refusa l'offre de Varillas.

— Non, dit-il, gardez votre argent et votre secret. Je suis désolé de ce qui est arrivé à votre ami, mais je connais un gardien au Châtelet, et, si je puis lui être utile, je ne l'oublierai pas.

Varillas ne répondit rien ; la douleur l'étourdissait, et il marchait sans entendre et sans songer où il allait.

Brinon respectait son chagrin et le suivait en silence ; il le voyait si pâle, si défait, qu'il le prenait en pitié et se demandait ce qu'il pourrait faire pour le consoler.

Daniel connaissait peu Paris, et, comme il arrive à beaucoup d'étrangers, reprenait toujours les mêmes rues et ne s'éloignait point du centre de la ville.

Bientôt ils se retrouvèrent, par la rue de la Monnaie, près du Pont-Neuf, un des endroits les plus populeux de cette époque.

Ils le traversèrent jusqu'à la place Dauphine, dont la foule encombrait l'entrée pour entendre un chanteur célèbre, Philippot, autrement dit le *Savoyard*, qui débitait des couplets grivois en s'accompagnant de la vielle.

L'encombrement les poussa sur le quai des Orfèvres.

Là Daniel s'arrêta en frémissant.

Son compagnon en profita pour le rejoindre.

— Nous voilà, lui dit-il, tout près de la maison de ce de Garlande de malheur. — Vous la connaissez ? ajouta-t-il.

— Oui, oh ! oui ! soupira Daniel ; — mais vous, à propos, ne disiez-vous pas avoir été clerc chez M. de Garlande ?

— Oui.

— Mais c'est vrai comme le reste ?

— Je vous jure, protesta Brinon, que j'ai été clerc chez lui.

Daniel parut réfléchir

Puis avec hésitation :

— M. de Garlande avait une jeune femme, je crois ?

— Une jeune femme très-jolie.

— N'est-ce pas ? fit Daniel avec vivacité.

Ces mots *très-jolie* lui rendaient Brinon presque sympathique.

— Et très-coquette, ajouta l'autre.

— Coquette ?... oh ! croyez-vous ?...

— Mais elle a eu des aventures...

— Ah !... Contez-moi donc cela...

— Elle avait un amant qui venait la voir pendant que le bonhomme courait la nuit pour les devoirs de sa charge.

« Son domestique, un vieux cerbère, surprit ce jeune homme dans la maison, et on le flanqua au Châtelet. »

Daniel se reconnut et respira.

— Depuis...

— Eh bien ! depuis ? Achevez.

— Elle est restée sage... dit-on, mais...

Nouvelle interruption qui mit Daniel à la torture.

— Mais quoi ?

— La nouvelle de la mort du mari va rendre courage à bon nombre de soupirants.

— En aurait-elle ?

— Parbleu !

— Vous en connaissez ?

— Est-il besoin de les connaître! Jeune, jolie, et veuve... elle a tout ce qu'il faut pour attirer les galants à cent lieues à la ronde, et je suis sûr qu'il va en arriver de province.

— Comment cela?

— Avant d'épouser ce vénérable, mais peu aimable de Garlande, elle avait dans sa province une inclination.

— On vous en a parlé?

— J'ai souvent entendu son mari la plaisanter à ce sujet.

— Et comment prenait-elle la plaisanterie?

— Très-mal; elle paraissait parfois blessée; ce qui prouve que son mari aurait pu être jaloux du passé.

— Vous êtes méchante langue.

— Mais elle ne se gênait point pour dire bien haut qu'elle avait aimé et regrettait toujours ce galant de province.

« Et tenez, nous approchons de la maison. Voyez-vous au coin de la rue de Harlay ce carrosse attelé de deux gros chevaux normands?

— Oui, fit Daniel avec émotion.

— Regardez un peu le cocher: n'est-ce pas là un véritable paysan!

« Eh! eh!... qui sait si ce n'est pas le galant en question? »

Daniel, lui, ne riait pas.

Un sentiment que jusqu'alors il avait trouvé ou ridicule ou odieux chez son prochain venait de s'emparer de lui.

La jalousie le mordait au cœur.

C'était la première morsure.

Et ce qui paraîtrait étrange à qui n'a jamais aimé, c'est qu'il n'avait jamais songé qu'un autre que lui pouvait aimer Denise et le lui dire.

M. de Garlande était le seul qui lui portait ombrage.

Peu à peu sortant de son émoi et se rapprochant de la rue du Harlay:

— Si vous alliez prendre des nouvelles du vénérable magistrat disparu? dit-il.

— J'y suis allé ce matin.

— Si vous vous informiez des noms et qualités du maître de cet équipage?

— A quoi bon?

— Une idée à moi.

— Je crains de paraître indiscret.

— Vraiment! fit Daniel avec ironie.

— Ou plutôt je crains que l'on ne m'éconduise sans cérémonie.

— Il faut pourtant que je le sache! exclama Daniel, comme s'il rêvait tout haut.

Brinon le considéra avec étonnement.

— Et que vous importe? dit-il.

Mais, sans répondre, Daniel s'avança près du carrosse, afin d'en examiner les panneaux, et bien décidé, si quelque armoirie ne lui venait en aide, d'interpeller le cocher et même de pousser jusqu'à la maison.

Et pourtant il avait encore présent à l'esprit l'exemple d'Eloi!...

Mais, mordu par la jalousie, il perdait la tête.

— Ecoute, dit-il à Brinon, je ne te connais que sous les plus fâcheux auspices, mais je vais, je le sens, me hasarder dans quelque aventure, et j'ai besoin de quelqu'un.

« Prends ceci. »

Il tira de sa poche un des rouleaux d'or qu'il avait enlevés du caveau, et le glissa dans la main de son compagnon.

— Prends ceci, et, quoi qu'il arrive, promets-moi, de le faire savoir, — si tu le peux, — à mon ami Eloi.

« Si tu trompes mon espérance, tant pis pour toi, tu y perdras.

— C'est promis, c'est juré! répondit Brinon. — Mais qu'allez-vous faire?

— Si nous nous retrouvons, ce sera, continua Daniel, à la *Pomme de pin*: vas-y de temps en temps. Adieu.

Et il se dirigea rapidement vers la maison funeste.

Mais au moment où il arrivait derrière la voiture, madame de Garlande, escortée du vieux domestique, apparut sur le seuil.

Elle était en toilette de voyage.

Simon tenait à la main une valise et divers paquets.

Sa maîtresse se casait dans la voiture, et il entassait les colis à ses pieds.

— Adieu, Simon! dit-elle.

Et la voiture s'ébranla.

Alors, avec l'agilité d'un gamin, Daniel, voyant partir cette voiture qui emportait ce qu'il avait de plus cher au monde, s'élança, se suspendit aux courroies qui flottaient derrière la caisse, attrapa un marchepied et se hissa à la place du valet de pied demeurée vacante.

Et la voiture l'emporta au galop.

Simon ne l'avait pas remarqué, et lorsque plus tard le cocher, en se retournant, l'aperçut, il le prit pour un véritable valet de pied.

La voiture avait déjà franchi les barrières et roulait vers Saint-Germain.

Ainsi, point d'encombre jusqu'à la prochaine station.

V

UNE NUIT A L'AUBERGE.

Où allait-il ainsi?...

Où elle allait, — dût-elle aller au bout du monde!

L'inconnu de sa destination le ravissait.

On changea deux fois de chevaux; il n'était pas obligé de descendre; il se garda bien de se montrer.

— Je saurai toujours où elle s'arrêtera, se disait-il.

La nuit tomba...

Une belle nuit, tendue d'un azur sombre, semée d'innombrables étoiles.

La route, qui suivait le bord de la Seine, traversait un paysage charmant, une riche campagne peuplée de gros villages qui semblaient sommeiller d'un sommeil heureux sous leurs massifs d'arbres fruitiers et d'élégants châteaux dont plusieurs existent encore et découpent toujours sur l'horizon ou le flanc vert d'un coteau leur haute toiture et leurs tourelles aiguës.

Daniel était d'une ignorance assez ordinaire chez les jeunes gens de sa condition; il ne devinait donc rien des villages et même des relais qu'il traversait, mais, en réfléchissant aux raisons probables du voyage de madame de Garlande, il était porté à croire qu'elle se retirait dans sa famille.

D'ailleurs cette route était celle de Normandie.

Mais où résidait sa famille?

Combien de postes avaient-ils à courir ainsi?

Devait-elle voyager toute la nuit ou arriver avant le jour chez ses parents?

Jeune, jolie et veuve, elle a tout ce qu'il faut pour attirer les galants (Page 72.)

Et si elle arrivait chez ses parents, dans quelque domaine écarté de toute ville, que deviendrait-il?

Vers dix heures du soir, il commençait à se poser ces questions, tout en regardant les ormeaux fuir à droite et à gauche le long de la route, et en suivant dans le lit élargi de la Seine les rayons des étoiles.

A un troisième relais, le cocher dit :

— Point de chevaux pour ce soir ; nous couchons ; demain à cinq heures.

Un valet de la poste prit les chevaux par la bride, et fit entrer le carrosse sous la voûte d'une remise.

Le cœur de Daniel commença à battre violemment.

Il déguerpit de son siége usurpé et n'eut que le temps de se dissimuler derrière la voiture, lorsque des gens de l'auberge, accourus avec d'énormes lanternes, vinrent aider la voyageuse à descendre.

Il attendit un moment que la dame fût entrée, et déjà les chevaux étaient à l'écurie et le cocher à la cuisine lorsqu'il se hasarda à franchir le seuil de la maison.

Le malheur lui avait fait une habitude de ces situations équivoques ; aussi y apportait-il une certaine facilité.

Tandis que l'on préparait la chambre de madame et son souper, Daniel se faisait servir une bouteille et invitait le cocher à trinquer avec lui.

— Où sommes-nous? demandait-il.

— Près de Mantes-la-Jolie. — Mantes est une ville forte; nous ne la traverserons que lorsque les portes seront ouvertes, entre cinq et six.

— Et demain soir, où serons-nous?

— A Rouen.

— Et après ?

— Après nous serons arrivés pour le dîner.

Daniel n'osa demander le nom de ce dernier endroit, de crainte de paraître trop ignorant.

Sur ces entrefaites, la femme de l'auberge revint près d'eux.

— J'ai demandé à votre dame qu'est-ce qu'il fallait vous servir à tous deux. Votre dame m'a répondu qu'elle n'avait qu'une personne avec elle, son cocher. J'ai dit à votre dame que je lui en demandais bien pardon, mais qu'elle avait aussi un valet de pied.

« — Voilà qui est singulier ! (qu'elle a fait) je ne le connais pas. Est-ce possible ? »

« Et elle m'a demandé le nom de ce valet.

— Dites à madame, répondit celui-ci, qu'il se nomme Daniel et qu'il demande l'honneur de lui parler lorsqu'elle aura soupé.

Ce fut, comme bien l'on pense, un nouveau sujet de surprise pour madame de Garlande d'apprendre que ce valet de pied inconnu se nommait Daniel.

Elle rejeta bien loin l'idée que ce pût être celui qu'elle connaissait... Hélas! le pauvre garçon, où était-il à cette heure?... Mais ce nom lui plut; elle ordonna que le valet fût bien traité.

Sa curiosité était vivement excitée.

— Vous n'étiez donc pas de la maison? demanda le cocher à son camarade.

— C'est le domestique Simon qui m'a engagé au moment du départ.

— Et vos bagages?

— Je n'en ai point; je n'ai pas eu le temps d'en prendre. Mais vous, connaissez-vous madame de Garlande?

— Point du tout; j'appartiens à la poste aux chevaux.

— Madame demande Daniel, fit tout à coup la maîtresse de l'auberge.

Daniel se leva aussitôt, en proie à une émotion visible.

La salle à manger de l'auberge était une vaste pièce qu'à cette heure éclairaient très-faiblement deux minces bougies placées au milieu de la table.

A dix pas de ce luminaire, tout était obscur, et Daniel, en entrant, apparut comme une ombre; mais Denise le reconnut aussitôt.

— Vous!... C'est vous!... fit-elle d'une voix étouffée.

Il s'arrêta tremblant.

— Me pardonnerez-vous de vous avoir suivie?

— Vous pardonner, Daniel!...

Elle se leva et fut à lui.

— Mais je n'ai pas à vous pardonner, ajouta-t-elle comme elle aurait dit : « Mais je suis trop heureuse. »

— Je passais sur le quai, reprit Daniel; je vis une voiture de voyage devant votre porte; une vague inquiétude s'empara de moi. Je voulus m'informer.

« Je m'approchai; vous montiez en voiture.

« Je ne réfléchis point; je n'écoutai que mon cœur.

« Je m'élançai derrière le carrosse et m'assis sur le siége du valet de pied.

« Si ce siége n'eût pas existé, je me serais suspendu comme font les enfants, mais je n'aurais pu me résigner à rester là et vous voir disparaître au loin...

— Cher Daniel!...

— Mais, pardon, j'oublie que je suis venu comme votre valet; l'aubergiste, le cocher, pourraient s'étonner d'une plus longue audience, et j'ai tant de choses à vous dire qu'il importe que vous sachiez sans retard!... Je vous en supplie, madame, daignez m'accorder un instant d'entretien!

— Ce soir?... fit Denise; mais je ne puis...

— Vous ignorez le sort de M. de Garlande; moi seul le connais; seul je puis vous instruire.

— Quoi! vous savez!... Oh! parlez, je vous en prie!

— Ces révélations sont trop longues; j'ai trop à vous dire.

— Eh bien! demain...

— Demain vous serez en voiture, moi sur le siége.

— Demain soir, à Rouen.

— Ah! Denise, après une si longue et si cruelle attente!

— Mais ici je ne suis pas chez moi.

— Votre chambre donne sur la cour; une porte ouvre sur une galerie de bois dont l'escalier descend près de l'écurie, où l'on va me donner une botte de paille.

« Dans une heure, je serai près de vous.

— Mais, monsieur...

L'aubergiste, en rentrant, l'interrompit.

Daniel en profita pour s'incliner respectueusement et disparaître.

— Allez, Daniel, fit madame de Garlande.

Puis s'adressant à l'aubergiste :

— On avait engagé ce garçon à mon insu, au moment de mon départ. Je suis satisfaite de ses explications.

— Si madame désire reposer, dit l'aubergiste, je suis prête à la conduire dans sa chambre.

— Je vous suis, madame.

L'aubergiste conduisit son hôte au premier étage, et ouvrit une chambre qui, selon toute apparence, devait être la plus belle de la maison.

Au fond d'une alcôve que l'on venait d'ouvrir, un beau lit de noyer montrait des draps d'une blancheur de neige, et un bel édredon de soie bleue.

La muraille était peinte et ornée de grandes images de saints coloriées; le dessus de la cheminée était chargé de porcelaines, et étalait sous un globe la couronne d'oranger de la maîtresse de la maison.

Mais ces détails, qui faisaient l'orgueil de cette dernière, préoccupaient peu la voyageuse.

Madame de Garlande traversa de suite la chambre et alla soulever le rideau d'une fenêtre.

Elle aperçut devant elle la galerie de bois.

— Les fenêtres donnent sur la cour, dit l'aubergiste qui l'observait.

— Mais quelqu'un ne pourrait-il point monter de la cour sur la galerie?

— Sans doute, madame, mais il faudrait que cette personne fût de la maison, car la cour, pendant la nuit, est bien gardée; il y a un gros dogue qui fait sentinelle, et la cour elle-même est bien défendue contre les voleurs.

« Madame peut dormir tranquille.

« D'ailleurs, à la moindre inquiétude qu'elle concevrait, elle n'aurait qu'à tirer ce cordon de sonnette : il donne dans ma chambre, je serais debout à l'instant.

— Très-bien! ma chère dame, dit la voyageuse; vous pouvez vous retirer. D'ailleurs je ne suis pas peureuse.

Les deux femmes échangèrent les souhaits de bonne nuit, et Denise demeura seule, en proie à une inquiétude facile à concevoir.

Elle pensait au dogue...

Daniel, sans doute, ignorait ce danger.

Qu'allait-il arriver, si, dans une heure, il se hasardait dans la cour?

Sans ce gardien maudit, tout eût été facile; la chambre qu'elle occupait n'avait point de porte de communication avec les pièces voisines; elle y était chez elle.

Un moment, elle eut la pensée de rappeler l'aubergiste et de faire appeler Daniel afin de l'avertir du danger et de le dissuader...

Puis, à réfléchir, le temps passa.

« Les gens sont déjà au lit, » se dit-elle, et elle renonça à appeler.

Elle revint à la fenêtre; elle essaya de l'ouvrir.

La ferrure grossière et rouillée résista aux efforts de ses petites mains...

Et bientôt elle n'eut plus qu'une peur, celle de ne pouvoir ouvrir la fenêtre.

Elle alla d'une fenêtre à l'autre, éprouvant toujours la

même résistance. Enfin elle prit son mouchoir, en enveloppa sa main moite et rougie; la machine céda, mais avec un grincement qui lui donna le frisson et auquel elle crut entendre répondre le grondement du dogue.

Elle écouta : — aucun bruit.

Elle regarda : — un ciel d'encre semblait vouloir favoriser l'aventure de Daniel.

Elle essayait de se rassurer en songeant que celui qu'elle attendait était aussi habile qu'audacieux et que les obstacles à vaincre ce soir étaient peu de chose pour un jeune homme qui s'était évadé d'une oubliette du Grand-Châtelet.

Puis elle accusait sa propre faiblesse.

Elle se reprochait de ne pas avoir opposé un refus plus ferme à la demande de Daniel.

Recevoir un homme dans sa chambre, la nuit, c'était lui accorder sur elle tous les droits, c'était le reconnaître pour son amant...

Mais où allait-elle ainsi?... Elle aimait ce jeune homme, et même elle l'avait aimé avant de le connaître. Un entraînement inconcevable la poussait vers lui. Autrefois elle avait encore une excuse dans la tyrannie détestée de son mari, mais à cette heure elle était libre, libre comme avant son mariage.

C'était le moment de s'arrêter sur une pente dangereuse.

Allait-elle dans sa famille pour y annoncer du même coup la mort de son mari et le projet d'un nouveau mariage?

La mort de son mari?...

Et était-il certain que celui-ci fût mort?

Puis un revirement soudain se faisait dans le cours de ses pensées.

Elle ne pouvait fermer la fenêtre à ce malheureux Daniel... Il avait déjà tant souffert pour elle!...

Et n'avait-elle pas encouragé son amour?...

Ce qu'elle prenait pour la voix de la raison n'était que le conseil de la peur. Et, en définitive, elle l'aimait!...

Mais, tout en songeant ainsi, elle avait toujours l'oreille au guet. Plus d'une heure s'était déjà écoulée. Elle n'osait ouvrir tout à fait la fenêtre, à cause de son terrible grincement.

Elle essaya de regarder une fois encore par l'étroite ouverture qu'elle avait ménagée et se retira effrayée.

Elle venait d'entendre les sourds grondements du chien de garde.

— C'est lui! soupira-t-elle. Le ciel le protège!...

VI

LE RENDEZ-VOUS.

Quelques minutes s'écoulèrent; le chien se tut; tout rentra dans un profond silence.

Madame de Garlande passa la main sur son front, comme pour chasser la dernière impression d'un rêve pénible, et cependant... c'était lui.

La fenêtre s'ouvrit sans crier et il se jeta dans la chambre, pelotonné aussitôt sous l'appui de la fenêtre, afin d'éviter une ombre qui eût pu le trahir au dehors.

— Ayez la bonté, dit-il, de fermer, puis de masquer la lumière.

Denise était tellement saisie, qu'elle ne trouva point une parole, tout en s'empressant de faire ce qu'il lui demandait.

— Merci, — reprit-il, — merci, madame, merci, Denise...

« Laissez-moi vous appeler tout haut comme je vous parle en moi-même. Ce n'était pas madame de Garlande que j'invoquais lorsque j'étais dans la nuit de l'oubliette du Grand-Châtelet; ce n'était pas l'épouse sévère d'un affreux magistrat devenu mon bourreau, mais la beauté radieuse qui m'était apparue comme une révélation de l'amour. C'est dans le souvenir de Denise que je retrempais mon courage...

« Oui, c'est vous qui m'avez soutenu pour percer la muraille de mon cachot et pénétrer dans un souterrain inconnu de mes geôliers.

« Quel labeur!... Assez d'ossements humains témoignaient autour de moi des difficultés de l'entreprise...

— Mais *il* m'avait dit, fit Denise, que vous seriez dévoré par les rats.

— Il s'en fallut de peu.

Daniel raconta en détail sa périlleuse évasion, le secours inespéré de l'épicier Guillaume, la charité de Suzette, la panique du mari de celle-ci, puis la fuite dans la rue, la rencontre d'Éloi, le coup de poignard de Cardillac, et sa nouvelle captivité.

Enfin il arriva à la partie de son récit la plus délicate et la plus scabreuse pour lui, car il ne pouvait dire toute la vérité.

Il ne pouvait dire, sans risquer d'éveiller de justes susceptibilités, comment il avait parlé à Cardillac des époux de Garlande, comment il avait enflammé la cupidité du bandit en lui parlant des bijoux du vieux magistrat... encore moins la soif de vengeance qui l'animait...

— Mon étonnement fut extrême, dit-il, en voyant entraîner M. de Garlande dans ce caveau qui avait fait partie de son funèbre domaine...

« Mais, je l'avoue, je ne fis rien pour tenter de le sauver...

« En voyant cet homme sans pitié prisonnier dans l'oubliette où il m'avait jeté, je crus à un fait providentiel.

« Je n'étais que l'esclave de ce Cardillac; je ne m'associai point à ses crimes.

« Il sortit emportant un billet de votre mari qui vous enjoignait de livrer au porteur tous ses bijoux.

« C'était une faiblesse ou une folie.

« Cardillac donna l'ordre à son complice de poignarder M. de Garlande dans le cas où il tarderait plus d'une demi-heure à rentrer.

« Mais il l'eût poignardé lui-même à son retour.

« La peur aveuglait sa victime.

« La demi-heure s'écoula.

« La sentence fut exécutée et les restes de la victime jetés aux rats de l'oubliette voisine, les mêmes qui m'avaient déchiré à belles dents...

— Et Cardillac a été tué?

— Par mon ami Éloi, qui le guettait depuis plusieurs jours. Il est tombé à quelques pas de votre maison, et mon ami me l'apprit en me délivrant le lendemain.

— Ainsi M. de Garlande est bien mort! pensa tout haut Denise.

— Ainsi vous êtes veuve, c'est-à-dire libre.

— Libre? non.

— Comment cela?

— Pour le monde, M. de Garlande n'est que disparu.

« Sa mort n'est que présumée; elle n'est point prouvée.

« Elle n'a eu que deux témoins : le complice de Cardillac et vous. L'assassin sera-t-il pris, et, s'il est pris, avouera t-il?... Ce n'est pas probable...

« Et vous, cher Daniel?...

« Pouvez-vous parler sans vous compromettre?

— Je puis écrire, se récria Varillas. J'écrirai au lieutenant de police. Des recherches seront faites, la vérité sera prouvée. Je l'aurais déjà fait, si je n'avais voulu ménager les misérables qui avaient loué le caveau à Cardillac et qui, en deux circonstances, me sont venus en aide.

« Mais je puis prévenir Guillaume et sa femme de mon intention et les engager à se mettre à couvert.

« D'ailleurs m'attendront ils?... Le caveau contenait de telles richesses, qu'ils n'auront pu résister à la tentation de le piller.

— Mais vous susciterez contre vous de nouvelles poursuites!

— Je ne me nommerai pas; je signerai : Une victime échappée au couteau de Cardillac.

— Malheureux!.. exclama Denise dont une pensée désolante venait de traverser l'esprit.

— Malheureux? Pourquoi? fit Daniel. Ah! ne prononcez plus ce mot-là, Denise; il ne m'est plus applicable, Dieu merci!

« Échappé à tant de maux, parvenu à vos pieds, admis par vous dans cette chambre, réuni à vous pour jamais... pour jamais, n'est-ce pas?... — car, à cette heure, aucun pouvoir au monde, sauf votre volonté, ne saurait me séparer de vous, et vous ne me repousserez pas!... — ah! je suis heureux, au contraire!... Et vous ne sauriez croire, Denise, l'ineffable bonheur qui m'emplit l'âme quand je me dis que je pourrai désormais vous voir toujours, souvent vous entendre, souvent vous dire que je vous aime, et à toute heure être prêt à vous le prouver... Ah! c'est trop de bonheur!

« Mais d'où vient la tristesse qui s'empare de vous?... Est-ce ainsi, est-ce avec des larmes que vous deviez m'accueillir après une si cruelle et si longue absence? »

Des larmes mouillaient les yeux de Denise.

— Pardonnez-moi, Daniel, dit-elle en se penchant vers lui et lui tendant la main, — pardonnez-moi... Une idée soudaine et triste s'est présentée à mon esprit... Mais ce n'est qu'un nuage, un débris de la tempête qui vous a assailli et qui passera comme le reste...

— Et quelle est cette idée? demanda Daniel.

— Rien...

— Dites, je vous en supplie. Elle vous a coûté des larmes; elle m'est due. Parlez, ne me cachez rien de vos peines.

Denise hésitait encore.

Il se jeta à ses pieds, lui prit la main, puis, se relevant, l'attira doucement à lui; mise ainsi à la question, Denise entra dans la voie des aveux.

— Eh bien! dit-elle, vous disiez, Daniel, que désormais j'étais libre et que rien ne pouvait nous séparer?

— Non, rien que votre volonté.

— Mais, Daniel, — si je suis libre, moi, — croyez-vous l'ê re?...

Il tressaillit.

— Hélas! vous n'y avez jamais songé, mon ami; mais tout à coup j'y ai pensé, moi.

« Vous pouvez prouver que M. de Garlande est mort mais légalement vous êtes mort, vous aussi; et qui pourra prouver que vous existez, qui le pourra sans vous remettre aux mains des gens du Grand-Châtelet?...

« Civilement, vous êtes mort.

« Voilà qui est affreux, qui est désolant, cher Daniel

— Oui, dit Varillas, oui, pour le monde...

— Que voulez-vous dire?...

— Pour le monde je ne suis plus; je ne puis dire : Je suis Daniel Varillas... Mon Dieu! mon nom n'est pas aussi important, aussi noble que celui de Montmorency... Je puis y renoncer, en prendre un autre. Qu'importe?...

« Pour vous, Denise, je serai toujours Daniel, n'est-ce pas

— Oh! n'en doutez point. Ne doutez point de ma tendresse, Daniel; mais vous ne m'avez pas comprise.

— Eh bien?

Denise hésita; puis, d'une voix étouffée :

— Vous pouvez être mon ami, vivre près de moi, dit elle, mais vous ne pouvez...

— Être votre mari? acheva Varillas.

Elle garda le silence...

Mais c'était sa pensée.

Elle avait pensé que Daniel pourrait un jour être son mari, et, pour ce dernier, cette idée dépassait toute espérance.

C'était l'aveu d'un amour sincère.

— Être votre mari! répéta-t-il rayonnant d'une joie suprême. Ainsi, dans votre pensée, nous étions fiancés Ainsi vous êtes à moi comme je suis à vous. Et si demain dans votre famille, il se présentait quelqu'un assez beau assez noble, assez riche pour oser vous dire qu'il vous aime, pour oser prétendre à votre main, vous le refuseriez?

— Je le refuserais, mon ami.

— Oh! vous êtes sincère! Ce front d'ange, ces lèvres pures ne savent pas mentir. Vous savez, n'est-ce pas? que je ne vis que pour vous et par vous. En me disant que vous m'aimez, vous savez bien que vous parlez à un malheureux échappé à la tombe, qui n'a plus de nom, qui a à peine le droit de vivre?

— Oui, Daniel.

— Un homme accusé de vol nocturne, un repris de justice, presque un condamné?...

— Je sais que cet homme a été accusé à cause de moi, qu'il a souffert pour moi, et je l'aime.

Certains mots ont une puissance enivrante, irrésistible.

C'est l'étincelle qui jaillit du choc des passions.

Exaltés par ce long tête-à-tête, ces récits, ces confidences, ces aveux, ayant contre leur faiblesse la complicité de la nuit et du silence, grisés de leurs regards, de leurs baisers, les deux amants devaient être l'un à l'autre avant que l'aube, pâlissant les ténèbres, les avertît qu'ils devaient se séparer.

VII

EN VOYAGE.

Quelques instants plus tard, le cocher, à qui l'usage d'un réveille-matin était inconnu et d'ailleurs inutile, renonçait aux douceurs de la paille et du foin, allumait un lanterne de corne et allait secouer ce paresseux de valet de pied mollement étendu quelques pas plus loin.

— Allons! allons! debout, dormeur!... Il est cinq heures sonnées.

— Déjà? mais il fait encore nuit.

— Il faut réveiller les gens de l'auberge et faire préparer le déjeuner de madame... et le nôtre. Dans une heure, nous serons en route.

Daniel se leva; sa toilette était toute faite, et il alla aussitôt frapper à la cuisine.

Mais la servante n'avait pas attendu son appel, et déjà allumait le feu.

Les apprêts du déjeuner terminé, Daniel n'entendit point sans émotion le frou-frou de la robe de Denise qui descendait à la salle à manger.

— Vous servirez le déjeuner de madame, lui dit l'aubergiste.

Il s'excusa en disant qu'il n'avait point l'habitude du service de table.

Mais il dut se trouver à la portière de la voiture pour aider madame à abaisser et relever le marchepied, office dont il s'acquitta avec une grande timidité, un peu tremblant et les yeux baissés.

Puis il se hissa sur son siége, et l'on partit.

Ils ne devaient se revoir qu'à l'heure du dîner, aux Andelys.

C'est tout ce qu'il savait, et encore le tenait-il du cocher. Il n'avait pas pensé à questionner Denise sur son voyage et sur le rôle qu'il devrait prendre à l'arrivée.

Et ni l'un ni l'autre ne songeait à une séparation que la prudence eût pu leur commander pour quelques jours.

Ils allaient devant eux comme s'ils ne devaient arriver jamais, tout entiers au bonheur d'être ensemble.

L'imagination aventureuse de Daniel se complaisait dans cet inconnu.

L'avenir était gros d'orages; la main du Châtelet était toujours étendue sur lui.

Elle projetait autour de lui une ombre.

Le ciel en était moins bleu, la campagne moins gaie, le voyage moins insoucieux. Il le sentait, mais tout en s'efforçant de réagir contre cette impression, tout en se répétant qu'il était inutile de se mettre l'esprit à la torture au sujet de l'avenir quand le présent lui souriait; que le passé devait être oublié depuis qu'un baiser de Denise en avait effacé l'amertume.

De son côté, la jeune femme essayait aussi de bannir toute inquiétude, mais par un autre mobile; en se sentant rouler vers l'inconnu, elle fermait les yeux comme une peureuse qui se sent entraînée sur une pente périlleuse, dont la voiture côtoie un abîme où d'un moment à l'autre le moindre choc peut la précipiter.

On arriva ainsi aux Andelys.

Là, les deux amants osèrent se regarder et échangèrent un sourire.

Le valet de pied servit madame à table et faillit commettre des imprudences.

Et en remontant en voiture ils étaient un peu plus fous qu'auparavant. Mais — c'est une impression familière à tout le monde — la nuit, ou plutôt la chute du jour dans la campagne, lorsque nous sommes seuls, nous pénètre d'une inexprimable mélancolie.

Le crépuscule se fait en nous comme autour de nous.

Le sourire de toutes choses s'éteint, et la rêverie, de paon-du-jour, devient phalène.

Ce qui nous séduisait nous inquiète.

Qu'allaient se dire, cette nuit, les deux amants?

Daniel en doutait; Denise en tremblait...

Ils allaient sans doute soulever de nouveau cette question, ce problème qui fermait toute issue à leur passion. Puis, en dehors de ces graves sujets, ils avaient encore quelques détails inquiétants.

Le cocher les gênait, et Denise ne pouvait le congédier à Rouen.

Il fallait pourtant s'arranger de façon à ne point subir de nouveau les transes de la veille, et, d'autre part, il ne fallait pas que cet homme pût se douter de rien.

A Rouen, où l'on arriva fort tard, madame de Garlande demanda qu'on lui servît à souper dans sa chambre.

Un complot s'ourdit pendant le souper.

— Je griserai le cocher, dit Daniel, et il couchera seul à l'écurie. Comme valet de confiance, j'ai droit à une chambre voisine de la vôtre.

Il fit comme il l'avait dit.

Et cette fois les deux amants, sans crainte et sans danger, purent reprendre l'entretien interrompu à Mantes.

— J'irais ainsi au bout du monde, dit Daniel.

— Je préférerais, repartit Denise, que le monde n'eût point de fin.

— La fin vous inquiète?

— Pourquoi essayerais-je de vous le cacher?... Demain nous serons à Revilly.

— Qu'est-ce que Revilly? La ville où vous êtes née?

— Non; le domaine de mon père.

— Votre père se nomme M. de Revilly?

— Non. Revilly est une habitation fort simple avec une métairie. Il n'y a pas même de village. Mais pourquoi ces questions?

— Ce nom de Revilly me plaît. J'ai besoin d'un nom; si je prenais celui-là?

Denise se prit à rire de cette fantaisie.

— A partir de Rouen, reprit Daniel, je dois dépouiller tout ce qui reste de Daniel Varillas. Je ne puis vous suivre chez votre père, et vous ne pouvez correspondre avec un échappé du Châtelet.

« Je vous ai dit que j'étais décidé à changer de nom. Le moment en est venu. Vous plaît-il que je prenne celui de chevalier de Revilly? Chevalier ne ferait pas mal; un titre en impose toujours aux simples...

— Mais je n'y vois aucun inconvénient, répondit la jeune femme. Ce nom est assez agréable à l'oreille, et il me rappellera le pays de mon enfance. Le titre non plus, comme vous le dites, n'est pas à négliger; il vous dispense de déclarer une profession.

« Seulement, en Normandie, les gens sont très-indiscrets. Vous serez exposé à rencontrer des fâcheux qui vous questionneront sur votre domaine de Revilly, votre parenté. Ne vous affichez point; méfiez-vous; tenez-vous sur vos gardes.

— De Gascon à Normand, fit Varillas, nous verrons bien. Voici d'ailleurs mes projets :

« Je vais quitter cet habit et prendre un costume convenable à un petit gentilhomme campagnard.

« Point de luxe, point de coquetterie qui attire l'attention; quelque chose de simple et de cossu.

« Je louerai une chambre dans un quartier retiré.

« Je sortirai le moins possible et ne me lierai avec personne.

« Mon premier soin sera d'écrire à Paris, au lieutenant de police.

« Je le ferai avec tous les ménagements possibles pour Daniel Varillas.

« Je passerai même son aventure sous silence. Je dirai simplement que si l'on veut constater le décès de M. de Garlande, on n'a qu'à faire des recherches en tel endroit.

« Je crois que j'agirai sagement en me bornant à cette indication, sans dire un mot de la façon dont il a été attiré dans le caveau, ni de René Cardillac et de Sam.

— Mais, fit Denise, croyez-vous que l'on retrouvera quelque reste de la victime? Les rats n'auront pas même épargné ses vêtements.

— Son squelette suffirait; mais la voracité des rongeurs aura épargné certains objets de métal qu'il avait sur lui et que Simon reconnaîtra.

« En même temps, j'écrirai à Guillaume de décamper au plus vite.

« Je ne tiens pas à ce que cet homme soit pris.

« Et enfin nous attendrons l'événement... Mais comment en serons-nous instruits?

— Simon me fera écrire, répondit madame de Garlande, et aussitôt je vous en donnerai nouvelle.

— Permettez ; pour tout cela il faut plusieurs semaines; si des raisons sérieuses ne vous retiennent à Revilly, pourquoi ne profiteriez vous pas de la lettre de Simon pour hâter votre départ?... Votre retour à Paris sera d'ailleurs indispensable. Tout sera mis chez vous sous les scellés, et l'on vous attendra pour vous mettre en possession de l'héritage.

« Donc, chère Denise, vous vous hâterez de partir et de me rejoindre.

— Et vous, viendrez-vous avec moi à Paris?

— Il le faudra bien.

— Nous reparlerons de tout cela, fit Denise; car vivre à Paris ensemble, nous y marier, est impossible!

Puis, avec un soupir :

— Grand Dieu!... comment vais-je faire pour vivre plusieurs semaines à Revilly?...

Et, sur ces mots, la conversation prit un autre cours.

Enfin l'heure de la séparation sonna, et les baisers des deux amants se mouillèrent de larmes.

Quand la voiture s'éloigna, il sembla à Daniel qu'elle emportait la moitié de sa vie, et il suivit longtemps des yeux le siége désormais vacant du valet de pied.

Puis il se jeta en désespéré à travers les rues étroites de la vieille capitale normande; jamais il ne s'était senti plus triste et plus seul.

Ni les curieux et magnifiques monuments de la ville ni le mouvement du port ne pouvaient le distraire, et lorsqu'il eut trouvé le costume et le logement qui lui étaient nécessaires, et qu'il eut expédié sa lettre au lieutenant de police, il reconnut avec peine qu'il avait épuisé toutes les distractions possibles.

Mais à dépeindre son ennui nous craindrions de le faire partager au lecteur; nous nous bornerons à dire que tous les jours, matin et soir, il allait se promener sur la route de Revilly, s'avançant chaque jour un peu plus loin, stationnant dans les auberges et lorgnant les voitures qui venaient à Rouen.

A la fin, il avait l'air d'un maniaque : il était connu d'un grand nombre de voituriers, de buveurs de cidre, qui se moquaient de lui quand ils ne plaignaient point sa folie.

Au bout de trois semaines, il avait pris l'habitude d'aller demander à déjeuner à trois lieues de la ville, à une maison de poste.

Cette course occupait sa matinée; puis, à cette maison de poste, — où il passait l'après-midi, — il était sûr de ne pas manquer la voiture de Denise.

Huit jours se passèrent encore.

Mais nous laissons à penser quelle joie, quel délire lorsqu'enfin, à la portière d'une voiture qui venait de s'arrêter pour changer de chevaux, il aperçut la tête blonde de Denise.

Il ne garda aucune réserve.

Il s'élança vers elle et l'embrassa.

Et elle, en le voyant si pâle, si changé, touchée jusqu'aux larmes, s'empressa de lui faire place dans la voiture, qui repartit presque aussitôt.

Puis vinrent les tendres reproches et les questions.

— Que tu m'as fait attendre! Je pensais mourir d'ennui et passais ma vie sur cette route.

— La lettre de Simon ne m'est parvenue qu'hier, répondait Denise.

— Ah! il a écrit? Que dit-il?

— Tu verras; des choses extraordinaires...

— Mais au fond?...

— On a retrouvé les restes de mon malheureux mari. Le décès a été constaté. On a procédé aux funérailles... mais, chose étrange! le Châtelet n'a laissé s'ébruiter que peu de vérités, et tient le reste secret.

« Ainsi la lettre trouvée sur Cardillac avait expliqué déjà l'attentat dont il avait été victime. Mais Simon et tout le monde à Paris croient que M. de Garlande a été assassiné chez l'épicier, sans soupçonner l'existence du souterrain.

— Je comprends. Le Châtelet garde secret le côté odieux et le côté faible de sa forteresse. Mais Simon te parle-t-il de Guillaume et de Suzette?... Sont-ils arrêtés?...

— Il ne m'en dit pas un mot. Mais prends patience; tu verras sa lettre.

On aura remarqué peut-être que Denise et Daniel se tutoyaient; c'est que leur intimité était devenue plus étroite, et l'absence n'avait fait que resserrer encore leurs liens.

A Revilly, Denise avait réfléchi à la situation fausse de son fiancé, et elle croyait avoir trouvé le moyen d'y parer.

— Écoute, dit-elle à Daniel qui la suppliait de prolonger de quelques jours son séjour à Rouen; il faut que je retourne à Paris pour y régler mes affaires; tu viendras avec moi, mais jusqu'à Saint-Germain ou Versailles.

« Je ne veux pas que tu rentres à Paris.

— Encore une séparation!

— Encore une; ce sera la dernière et elle sera courte, je te le jure. — Mes affaires remises entre les mains d'un notaire, je reviens sur mes pas et nous partons de nouveau ensemble.

— Pour quel pays?

— Pour le tien. Dans une province si éloignée, jamais la

justice du Châtelet n'ira te rechercher; et d'ailleurs que pourrait-elle dans une semblable entreprise?

« Tu reprendras ton nom et tu pourras le donner à la veuve de M. de Garlande. »

— Oh! parfait! s'écria Daniel ravi de ce projet, qui lui paraissait d'une réalisation si simple, si assurée.

Et cependant il ajoutait, comme si quelque fâcheux pressentiment lui eût serré le cœur :

— C'est singulier! ce n'est pas raisonnable, je le sais, mais c'est plus fort que moi : l'idée de me rapprocher de Paris, de me séparer de nouveau de toi m'est bien pénible.

VIII

LA RICHESSE NE FAIT PAS LE BONHEUR.

Tandis que Denise et Daniel se préparaient à regagner Paris, disons un mot de ce qui s'y était passé pendant leur absence.

Guillaume et sa femme, effrayés, s'étaient aussitôt décidés à mettre la clef sous la porte et à placer entre eux et les sergents une distance rassurante.

Mais, avant de partir, jugeant que ce serait sottise d'abandonner dans le caveau les écrins de maître René, ils avaient fait main basse sur les colliers, les bagues, les épingles, les diadèmes, les bracelets, les boîtes de pierres fines et les lingots d'or et d'argent.

Toute une fortune... mais une fortune difficile pour eux à réaliser en écus et en pistoles.

Ce qu'ils avaient de mieux à faire était de passer en Angleterre ou en Hollande, et c'était bien leur intention. Seulement ces pays leur semblaient bien lointains.

Le voyage en Angleterre effrayait Guillaume à cause de la mer.

Depuis qu'il était riche, il tremblait encore plus qu'auparavant.

En attendant qu'ils eussent fixé leur itinéraire, ils s'étaient retirés hors de la ville, mais aux environs, à Montmartre. Tous les jours, Guillaume allait à Paris, soit au marché des Innocents, soit dans quelque cabaret, afin de se tenir au courant des nouvelles, savoir ce que l'on disait de l'affaire Cardillac, si l'on s'inquiétait toujours du bonhomme de Garlande, si enfin on parlait de lui...

Et de jour en jour il se confirmait dans cette opinion, que le danger se dissipait, qu'il avait bien le temps de partir pour la Hollande.

Suzette aurait bien voulu partir pour pouvoir se parer de quelques bijoux.

— Prends une bague, lui répondait son mari; tout le monde peut avoir une bague.

Puis, un dimanche, comme elle ne parlait que du plaisir de voyager en poste et de descendre dans une belle hôtellerie avec de riches pendants de diamants aux oreilles :

— Prends des boucles d'oreilles, concédait encore Guillaume, cela vaudra mieux que courir les grands chemins, infestés de bandes de voleurs.

D'autre part, comme il arrive à bon nombre de marchands, Guillaume, retiré des affaires, ne savait quel emploi faire de son temps.

Il ne savait point boire et n'aimait pas les cartes.

Il lui manquait un vice pour échapper à la nostalgie de la boutique qui s'emparait de lui.

Il n'était pas à Montmartre depuis quatre jours, et déjà il n'avait pu résister au désir d'aller, le soir, revoir sa chère boutique.

Ces volets clos, cette porte fermée, lui avaient fait mal à voir.

Il lui semblait voir son cercueil.

Enfin n'y tenant plus :

— Nous sommes bien bêtes, dit-il un jour, d'avoir ainsi abandonné notre petite maison où nous avions nos habitudes, cette petite boutique si bien achalandée et si gaie !...

« Daniel et Sam sont bien loin... Personne ne nous inquiète...

« Si nous rentrions !...

« Moi, ici, je meurs d'ennui, je sèche sur pied.

« J'aurais cent mille livres de rente, je le sens, que je ne serais jamais si heureux que derrière mon comptoir. — Et toi, Suzette?

— Moi, je m'ennuie, ici, mais je ne tiens pas tant à une boutique flanquée aux murs d'une prison comme une échoppe, dans une rue étroite, puante...

— Ah! tiens! ne dis pas cela! se récriait Guillaume; jusqu'à l'odeur de cette rue, quand j'y fus l'autre soir, me faisait plaisir à respirer!... Je ne donnerais pas ma boutique pour celle de Francœur, l'épicier du roi.

— Dans une boutique comme celle de Francœur, repartit aigrement Suzette, je pourrais porter mes diamants.

— Et tu les porteras !... et même je consens à ce que tu portes le collier de perles.

— Mais que pensera-t-on dans le quartier?

— Nous dirons que nous revenons de province, où nous avons fait un héritage... Allons, est-ce convenu, ma Suzette, et rentrons-nous dans cette chère baraque où nous avons été si longtemps heureux?...

Suzette céda.

La santé de son mari, l'autorisation de porter ses diamants et le collier de perles la décidèrent.

Il y avait près de huit jours qu'ils avaient quitté le Châtelet.

Ce retour fut pour Guillaume rempli d'ivresse.

— Nous murerons le caveau, dit-il, nous ne le louerons jamais, à aucun prix, et nous vivrons tranquilles, en paix avec la loi, en honnêtes gens.

Seulement, comme ils étaient rentrés un samedi, ils remirent au surlendemain leurs projets de maçonnerie.

Et Suzette eut la consolation de se parer le dimanche de ses bijoux, en dépit des lois contre le luxe et de la jalousie des bonnes commères du voisinage.

Mais le lundi... ah!... ce fut une déception cruelle, une épreuve amère...

Ce pauvre Guillaume!... cette pauvre petite Suzette!... Ils commençaient à peine à respirer, à reprendre leur train-train habituel, quand se présentèrent chez eux des messieurs au costume noir, au visage pâle encadré d'énormes perruques... des gens de justice, en un mot.

Parmi ces messieurs, qui soudain remplirent la boutique à peine assez grande pour les contenir tous, se trouvait, en personne, M. le lieutenant de police.

Vous savez pourquoi; vous savez comment.

Sur l'avis reçu de Rouen, le lieutenant de police avait été voir la maison de l'épicier : la disparition de celui-ci n'avait fait que confirmer les renseignements qu'il avait reçus; enfin la lettre adressée à Guillaume pour l'engager à déguerpir était tombée entre ses mains en allant au rebut.

Il avait organisé une surveillance et, avec le plus vif plaisir, avait appris le retour du marchand à son comptoir.

— Guillaume? fit-il en entrant. C'est vous?

— Oui, monsieur.

— Allumez vos lanternes, vos flambeaux, et vous, madame, fermez votre boutique. Nous allons descendre à votre cave, qui est, dit-on, des plus curieuses à visiter.

Guillaume, épouvanté, tournait sur lui-même comme un insensé.

Il fallut qu'on l'aidât à sa triste besogne; mais ce fut bientôt fait. — Et, en descendant au caveau, il manqua dix fois de se rompre le cou.

Mais il ne dit pas une parole.

Et qu'eût-il pu dire, le malheureux?

Suzette marchait derrière lui, plus pâle qu'une morte, puis venaient à la file tous les hommes noirs.

En arrivant dans l'atelier de Cardillac, ce ne fut qu'un cri d'étonnement et d'admiration, à la vue du riche mobilier, des lampes d'argent, des tentures.

— Que faisait-on là? demanda le magistrat en indiquant la grande table de travail.

— Je ne sais pas... répondit Guillaume.

— Parlez!... espérez-vous nous cacher quelque chose?

« Que faisait-on là?

— De la bijouterie, répondit Suzette.

— Ah!... Et qui faisait de la bijouterie?

— René Cardillac... Mais nous ignorions...

— C'est bien.

— Où sont les bijoux? Voici des écrins vides!...

— Nous ne savons pas...

— Bien, nous le saurons tout à l'heure. — C'est ici qu'a été assassiné l'infortuné de Garlande?

Silence.

— Éclairez! Éclairez donc!... Mais oui; sur ce fauteuil je vois des taches de sang. Regardez, messieurs, c'est bien du sang; c'est celui de notre regretté collègue, sans doute. Guillaume, répondez!...

— Monsieur, j'ignore ce qui s'est passé ici... J'ai loué la cave à maître René, je ne savais même pas que maître René s'appelât Cardillac; je ne savais pas ce qu'il voulait en faire.

— Mais vous avez su qu'il a assassiné quelqu'un ici? Répondez.

— Je l'ai toujours ignoré.

— C'est bon; nous en reparlerons plus tard. Il s'agit maintenant, messieurs, de rechercher les restes de notre vénérable ami de Garlande. D'après l'avis que j'ai reçu, ils ont été jetés dans un caveau voisin qui communique avec celui-ci par un trou pratiqué dans la muraille. Ce second caveau sert actuellement de cachot au Châtelet.

Puis à Guillaume :

— Jetez bas cette tenture.

Guillaume obéit, et l'orifice du trou grossièrement refermé apparut.

— C'est vous qui avez pratiqué cette excavation?

— Non, monsieur, c'est un prisonnier.

— Quel prisonnier?

— Un prisonnier qui s'est évadé.

— Ah!... fit le lieutenant de police en se frappant le front, je prends bonne note de ce fait; il faudra l'éclaircir, c'est important.

« Mais nous n'avons pas le temps d'un interrogatoire, il faut ouvrir ce trou.

« Guillaume, mettez-vous à l'œuvre. »

Guillaume chercha un outil et se mit à la besogne.

Les pierres qui bouchaient l'excavation furent retirées, le lieutenant, approchant une lanterne, projeta un rayon dans les épaisses ténèbres de l'oubliette.

Mais il ne vit rien.

Rien que le rayon jaune de la lanterne au sein des ténèbres, semblables à un nuage de noires vapeurs.

Il se pencha; l'air fétide de l'oubliette faillit le suffoquer.

Il se retira et invita ses collègues à l'imiter.

Le plus intrépide curieux prit à son tour la lanterne et plongea la tête par l'ouverture; mais brusquement, pâle de terreur, il se rejeta en arrière...

— Qu'est-ce? qu'avez-vous? demanda le lieutenant de police avec un sourire ironique.

— Écoutez! fit l'autre en se reculant.

Et comme il disait, un bruit étrange, le roulement de cent mille pattes de rats se fit entendre, et sur la brèche les museaux roux d'une bande apparurent.

L'effroi fut général.

Tout le monde songea à prendre la fuite, Suzette exceptée, qui commençait à rire.

— Fermez!... Hâtez-vous! commanda le lieutenant de police.

Et lui-même saisit une pierre et travailla au salut commun.

Quelques rats sautèrent dans le premier caveau, mais leur armée fut repoussée, au grand chagrin de Suzette et de son mari.

— Il faudra aviser au moyen de pénétrer dans ce cachot, dit le magistrat. Nous pouvons nous retirer.

« Encore un mot avant de sortir de cet antre, messieurs.

« Vous devez être convaincus comme moi de l'énormité de cette affaire et de l'intérêt qu'a le Châtelet à n'en rien divulguer. »

Cette opinion fut adoptée à l'unanimité.

Guillaume et sa femme furent ensuite interrogés au sujet des bijoux disparus. Se sentant perdus, ils n'hésitèrent plus à faire des aveux complets.

Ils restituèrent tout ce qu'ils avaient dérobé.

Ils firent plus.

Arrêtés et jetés dans des cachots où leur vie, précieuse à la justice, était en sûreté, ils furent interrogés par le lieutenant de police, contrairement aux usages, et ils dénoncèrent Daniel et Sam...

Quant à l'ami de Varillas, à Éloi, ils ne surent donner que des indications vagues.

La déposition de Suzette fut la plus grave, la plus complète.

Elle rapporta les confidences du malheureux évadé arrêté chez M. de Garlande, et expliqua les raisons qui l'avaient poussé à pénétrer la nuit chez ce magistrat.

Plus que jamais, celui-ci s'efforça d'empêcher un procès criminel et public, afin de détourner un énorme scandale.

Il portait avec aisance l'habit de gentilhomme. (Page 83.)

Il se réserva l'affaire, et poursuivit ses investigations avec une ardeur infatigable.

Dès le lendemain de sa descente chez l'épicier, il requit tous les guichetiers du Châtelet pour l'extermination des rongeurs qui avaient failli le dévorer.

Nous ne savons quels moyens furent employés et nous avouons notre ignorance dans ce genre de sport.

Probablement la voracité de ces meurt-de-faim du souterrain fit des avances aux chasseurs et détermina leur perte.

On pénétra dans l'oubliette, et, ainsi que l'avait prévu Daniel, on put constater le décès de M. de Garlande par la découverte de son squelette admirablement *préparé* et celle de quelques pièces métalliques, un bijou, des lunettes, une montre, qui furent de suffisantes pièces de conviction.

Le lieutenant de police se rendit ensuite chez madame de Garlande, comme s'il eût ignoré son départ, et engagea le vieux Simon à lui écrire.

Enfin l'on procéda aux funérailles avec la pompe accoutumée...

Mais on ne dit rien du lieu où les restes de la victime avaient été retrouvés, non plus que de l'état dans lequel ils étaient.

Tous ces détails demeurèrent le secret de la police qui d'ailleurs était accablée d'affaires criminelles monstrueuses.

La fin du règne de Louis XIV était vraiment un temps bien étrange.

En pleine lumière resplendissaient une pléiade de poëtes et d'artistes de génie, et la grandeur militaire en était à ses premiers revers.

L'ordre le mieux établi semblait régner dans les grandes cités. Les lois semblaient partout respectées, et quand on lit par exemple la volumineuse *Histoire de la Police* du commissaire Delamare, on serait tenté de croire que, toute infraction aux lois étant prévue et sa répression assurée, il devait se commettre très-peu de crimes.

Illusion!...

La sévérité même des règlements de police, qui étendaient leurs griffes jusque dans la vie privée, qui, au nom de la religion, au nom de la morale, faisaient un délit d'un péché, qui prétendaient combattre la coquetterie, l'amour, la gourmandise, l'impiété, cette sévérité, édifiante dans une communauté religieuse, rendait la vie insupportable.

L'ennui étouffait Paris.

Dans son atmosphère d'hypocrisie et d'ennui, comme des reptiles dans un marais, naissaient, rampaient, grouillaient tous les vices.

Les superstitions les plus bizarres, les crimes les plus lâches et les plus atroces stupéfiaient les censeurs et les gardiens de la moralité publique.

C'est que ces gens étaient de ces sérieux imbéciles dont la race n'est pas éteinte et ne périra jamais, qui prêchent contre le luxe des grandes villes, contre les réjouissances publiques, que le rire scandalise, qui crient bien haut à la corruption quand le monde s'enrichit et s'amuse.

Avec eux, on en serait réduit à se faire pendre pour se distraire.

Ce qui occupait le plus la police, alors, était la manie d'empoisonnements qui sévissait depuis plusieurs années dans l'aristocratie, et qui, pareille à une épidémie, commençait à gagner les bourgeois et les artisans.

Le lieutenant de police, ou *lieutenant-criminel*, nommé en 1643, était M. Dreux-Daubray, le père de la Brinvilliers, — et celui dont nous parlons ici, Antoine Daubray, doyen du parlement, était le frère du premier.

Cela dit tout.

IX

DEFITA.

Parmi les nombreuses affaires de poisons dont M. Daubray était occupé, il faut mettre au premier rang l'affaire Defita.

L'officine de cet homme avait fourni des poisons à la plupart des criminels déjà arrêtés, et la mort de M. de Liguerolles, bien que le rapport des médecins eût conclu à la mort par des causes naturelles et eût déterminé l'autorité à cesser toutes poursuites, restait encore un mystère aux yeux du lieutenant de police.

On avait élargi les domestiques du comte, mais on avait gardé Éloi, comme complice de Defita.

On avait confronté le patron et l'employé ; et, fait singulier, Defita avait déchargé Éloi de toute complicité et l'avait déclaré le plus honnête garçon du monde, — tandis que ce dernier avouait que, dans les derniers temps, il avait soupçonné son patron et le docteur Cauvin, et même essayé de déjouer leurs tentatives criminelles.

Il avait alors raconté l'histoire des pilules destinées à Gabrielle.

Le lieutenant de police s'était rendu chez mademoiselle de Liguerolles et l'avait interrogée, et les réponses de la jeune personne avaient été parfaitement d'accord avec les révélations d'Éloi.

M. Daubray s'était alors tourné vers les époux Desjardins; mais ceux-ci ne l'avaient pas attendu et il perdait l'espoir de les retrouver.

Les charges qui pesaient contre Éloi s'étaient donc peu à peu dissipées, et du principal prévenu il n'était déjà plus qu'entaché de soupçon.

De notre temps, on eût rendu une ordonnance de non-lieu; mais en 1665 la prévention était la dent d'un implacable engrenage.

Éloi resta compris dans le procès et put pressentir les épreuves de la question.

Grâce à la recommandation de Gabrielle, et même à celle de maître Béthon, qui connaissait des valets de prison, il était dans ce que l'on appelait une *geôle honneste et honorable*.

Il avait un lit pour lui seul qu'il payait cinq sous par nuit, et avec son argent se procurait une nourriture suffisante. Il était un des moins malheureux de cet enfer.

Son geôlier le mettait au courant des drames affreux qui s'accomplissaient près de lui.

C'étaient des gazetiers, des distributeurs d'écrits politiques condamnés aux galères perpétuelles et attachés à la chaîne des forçats.

C'était un homme, condamné au fouet, dont on exécutait la sentence.

C'étaient les imprécations de ce pauvre passementier du faubourg Saint-Marceau que le désespoir avait poussé au meurtre. Taxé à dix écus pour impôt sur les maîtrises, il ne pouvait payer. On le presse et represse ; il demande du temps ; on lui refuse.

On prend son lit et sa pauvre écuelle.

Quand il se vit dans cet état, la rage s'empara de son cœur : il coupa la gorge à trois enfants qui étaient dans sa chambre ; sa femme sauva le quatrième et s'enfuit.

On venait de le conduire au Châtelet ; il devait être pendu deux ou trois jours plus tard.

Il disait que tout son désespoir était de ne pas avoir tué sa femme et son dernier enfant.

Quel monde de douleurs !...

Enfin le jour se leva où Defita, le docteur Cauvin et Éloi Gormond devaient comparaître devant la chambre criminelle.

Pour la seconde fois Éloi se retrouva en présence des misérables qui l'avaient perdu.

Cauvin, homme énergique, opposait à ses juges tantôt le dédain du savant pour des personnes incompétentes, et tantôt des dénégations systématiques.

— Que l'on me représente mes ordonnances, disait-il encore.

— Defita les a brûlées ; c'est qu'il les croyait dangereuses.

— Il s'est trompé, il ne lui appartenait pas d'en juger. J'en dirai autant de son garçon Éloi. Ces individus citent l'emploi de divers médicaments comme une tentative d'empoisonnement ; ils se trompent. Je ne nie pas que l'opium, que l'arsenic ne soient des poisons, mais à certaines doses ce sont des médicaments. On peut tirer des substances les plus dangereuses des effets salutaires.

« Avez-vous confiance dans le quinquina ?

« Eh bien ! le docteur Blondel, de la Faculté de Paris condamne cette drogue comme un poison; il va plus loin et déclare que sa prétendue vertu ne saurait lui venir que d'un pacte que les Américains ont fait avec le diable.

« J'ai employé le quinquina ; si le docteur Blondel siégeait à ce tribunal, je serais certain d'être condamné. »

Defita, au contraire, n'avait pas conservé le même aplomb.

L'assurance du docteur semblait lui donner sur les nerfs et lui causer une colère sourde qu'il avait du mal à contenir. Les muscles de son visage blême se contractaient péniblement, et à chaque instant il mordait ses lèvres minces.

A son tour, il fut invité à s'expliquer.

— Je suis coupable, dit-il d'un ton bref et tranchant ; je le reconnais et je ne prétends pas même à l'indulgence de mes juges.

« Du jour de mon arrestation, j'ai su que j'étais perdu

« Je n'ai ni femme ni enfants; et je me suis résigné à mon sort.

« Je parle donc à cette heure comme un homme prêt à paraître devant Dieu, et je déclare que cet homme que vous venez d'entendre est coupable, et cent fois plus coupable que moi.

« Les cadavres de ses victimes ont déjà dit à quelles doses il employait certaines substances. Dans les entrailles d'une seule de ses victimes, on a retrouvé assez d'arsenic pour empoisonner toute une famille.

« Il n'employait pas seulement le quinquina qui est bienfaisant, mais une essence de digitale d'un effet lent mais mortel, et certain poison dont je vous réserve l'expérience.

— Qu'entendez-vous par là, Défita? demanda le président.

— Vous le saurez tout à l'heure. Permettez-moi d'ajouter quelques mots. Cet homme m'a perdu, et je ne veux pas lui laisser l'espoir de l'impunité.

« Déjà remercié par plusieurs de mes collègues, il s'est adressé à moi, il m'a séduit à prix d'or. Mes affaires étaient embarrassées; il m'a acheté.

« J'ai voulu renoncer à servir ses criminelles entreprises : il m'a fait sentir que j'étais lié à lui par la complicité et qu'il fallait le suivre.

« Depuis ce temps, je le hais, et la vie m'est devenue insupportable.

« Un seul des trois accusés qui sont devant vous, un seul est innocent; c'est Éloi Gormond, mon employé.

« Et en foi de ce que je viens de dire, je prie Dieu et les hommes de me pardonner, et, devançant votre sentence... je meurs... »

Comme il disait, il porta la main à sa bouche et tomba comme foudroyé.

C'était l'expérience qu'il avait annoncée.

On se précipita pour le relever; mais tout secours devint inutile : il était mort.

La séance fut suspendue.

Dans l'intervalle, l'opinion des juges se modifia, ou plutôt leur conviction se forma, et à leurs yeux le médecin demeura le seul coupable.

On épargna à Éloi la torture à laquelle le docteur n'échappa point.

Après huit jours de cruautés inutiles, le tribunal prononça enfin sa sentence.

Le médecin était condamné à être rompu en place de Grève et brûlé.

Éloi Gormond était acquitté.

Les biens du médecin et de Defita, placés sous le séquestre, étaient confisqués.

L'apothicaire avait donc été bien inspiré en gardant, pour se sauver du supplice de la roue, une pilule d'acide prussique.

En sortant du Grand-Châtelet, la première personne de connaissance que rencontra Éloi fut le zélé Philippe Brinon, qui lui tendait la main :

— Je n'ai plus un sol, lui répondit-il.

— Mais, fit Brinon, la main que je vous tends ne demande qu'à serrer la vôtre. M'avez-vous pardonné?

— Je pardonne au monde entier, tout à la joie d'être dehors. Mais à propos...

Et il tira Brinon à l'écart :

— Qu'avez-vous fait de mon ami Daniel?

— J'allais vous en parler.

— Est-il vivant? Est-il libre?...

— Vivant et libre...

— Vous savez où il est?

— Je m'en doute; positivement, je ne le sais pas; mais voici ce qui s'est passé.

Et Brinon mit Éloi au courant du départ soudain de son ami.

— Depuis un mois, ajouta-t-il en terminant son récit, je n'en ai plus de nouvelles.

— Vous êtes allé chez madame de Garlande?

— Ce matin encore. Tout y est sous les scellés. Simon, le vieux domestique, a été nommé gardien : il m'a dit qu'il avait écrit à sa maîtresse et attendait son retour.

— Et que dit-on de la mort de M. de Garlande?

— On dit que c'est Cardillac qui l'a assassiné.

— Et qui a gagné les cinq cents livres?

— Personne.

— Mais on a retrouvé le cadavre?

— J'ai assisté à l'enterrement; mais on n'a pas dit où on l'avait retrouvé : c'est toujours un mystère.

— Et vous, où allez-vous?

— A l'hôtel de Lignerolles pour y remercier mademoiselle Gabrielle des bontés qu'elle a eues pour moi pendant le cours du procès.

Sur ces mots, ils se séparèrent.

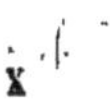

X

A SAINT-GERMAIN ET A PARIS.

Ce jour-là même, Denise et Daniel arrivaient à Saint-Germain.

Mais, cette fois, Daniel ne voyageait plus en laquais derrière la voiture : il avait sa place à l'intérieur et voyageait sous le nom de chevalier de Révilly.

Ce fut sous ce nom qu'il se fit inscrire dans une des premières hôtelleries, ainsi que Denise qui, par prudence, désirait conserver l'incognito.

Il portait d'ailleurs avec aisance l'habit et l'épée de gentilhomme, et Denise était émerveillée du ton qu'il savait prendre et de sa désinvolture.

Il faisait honneur à Révilly.

Ils passèrent un jour ensemble dans la petite ville. Ils y promenèrent leurs amours et leurs soucis sous les grands chênes de François Ier et au bord de la terrasse, contemplant ce Paris interdit à Daniel et qui semblait à leurs pieds.

— On en distingue d'ici tous les monuments, dit celui-ci, un seul excepté, qui se dérobe par sa construction trapue, et je suis content de ne plus le revoir.

Il voulait parler du Grand-Châtelet.

— C'est de bon augure, ajouta-t-il avec une gaieté forcée.

— Qu'as-tu à craindre ici? reprit Denise; aux portes de Paris, nous en sommes comme à cent lieues.

« Tu viendras te promener sur cette terrasse, et en regardant la ville où je serai, là-bas, pas bien loin des tours Notre-Dame, il te semblera que nous sommes moins éloignés l'un de l'autre. Tandis que moi, je vais bien m'ennuyer dans la triste maison de la rue de Harlay... le soir surtout!... Heureusement que je n'ai pas grand'peur des revenants.

— Il n'y a pas de danger que le vieux juge revienne. I

ne pourrait s'accommoder du costume des fantômes et sortir de l'enfer sans sa perruque.

Le lendemain, madame de Garlande partit en promettant d'être de retour dans deux ou trois jours au plus tard — Son amant lui avait fait promettre de prendre des nouvelles de son ami Éloi, avec toute la discrétion que lui commandait la prudence.

L'héritage de M. de Garlande était assez considérable et revenait tout entier à Denise. Il s'élevait à environ vingt mille livres de rente. Ses affaires, remises entre les mains d'un notaire, étaient dans un ordre parfait et ne l'auraient pas retenue plus de deux jours à Paris; mais elle avait compté sans les visites à recevoir et à rendre. Les cartes de visite n'étaient pas inventées et les relations de son mari étaient nombreuses.

Pendant deux jours, ce fut chez elle une véritable procession de gens de lois. Ce défilé de robes noires et rouges, de vieillards sévères et presque effrayants, psalmodiant des paroles de condoléance comme ils débitaient des arrêts, des réquisitoires, des condamnations, l'assommant de l'éloge du vertueux de Garlande, l'honneur du Châtelet, l'agaçait au point que plusieurs fois elle pensa se trouver mal.

Le prévôt de Paris, le lieutenant-civil, les conseillers, le procureur du roi, les examinateurs, les auditeurs, l'audiencier, le greffier, le chirurgien-juré, — ce coopérateur des bourreaux, — les avocats, les huissiers, étaient déjà venus : elle pensait être délivrée, lorsqu'on lui annonça la visite de M. Antoine Daubray, lieutenant-criminel.

Ce personnage, qui avait, comme l'on dit, la physionomie de l'emploi, des traits durs, un regard fin et pénétrant, était de tous ces hommes de robe celui qu'elle redoutait le plus.

C'était l'indiscrétion faite homme, l'indiscrétion d'État.

Elle ne pouvait se dispenser de lui dire :

— C'est à vous, monsieur, que je dois le repos en terre sainte des restes de mon pauvre mari.

Et elle n'y manqua point.

Il l'attendait là, sans doute.

— Madame, répondit-il, je n'ai fait que remplir un des devoirs de ma charge; mais le zèle que j'ai déployé en ces tristes circonstances était doublé par l'amitié qui m'avait uni à votre regretté mari, M. de Garlande...

Suivait l'éloge qu'elle avait entendu cent fois à peu près dans les mêmes termes, et que nous passons.

Puis :

— Mais vous ignorez, je crois, comment a péri M. de Garlande?

— Je l'avoue, fit Denise.

Et sans détacher d'elle un regard scrutateur :

— Vous ignorez comment nous avons été mis à même de retrouver le corps de votre époux?

— Comment le saurais-je, monsieur?

— En effet, personne ne pouvait vous en instruire...

— Je vous serais reconnaissante de me mettre au courant.

— Vous êtes partie tout de suite pour aller, je crois, dans votre famille, à Revilly?

— En Normandie, oui, monsieur. Mais ne saurai-je point?...

— Toute seule?

— Seule, oui, monsieur. La peur m'a prise de rester dans cette maison quand mon mari venait d'être assassiné et que l'on parlait tant de malfaiteurs. Les grands chemins — j'en demande pardon à monsieur le lieutenant-criminel — m'ont paru plus sûrs que le quai des Orfèvres.

— Mais vous aviez plusieurs domestiques?

— Un seul; un vieillard.

— En voyage?

— Un cocher... répondit Denise, mais non sans un trouble qui ne dut pas échapper au lieutenant de police.

— Désormais, madame, je vous promets que votre maison sera spécialement recommandée à mes gens et que vous pourrez y dormir aussi tranquille que le roi au château de Versailles.

— Je quitte Paris, monsieur.

— Ah!... Bientôt?

— Demain.

— Pour longtemps?

— Pour très-longtemps, pour toujours peut-être.

— Vous retournez dans votre famille, en Normandie?

— Oui, monsieur.

Le visiteur se leva et prit congé.

Denise, par quelques mots, par le trouble qu'elle avait laissé voir, lui avait confirmé tout ce qu'on lui avait déjà appris et tout ce qu'il avait conjecturé.

« Elle n'a pas insisté pour apprendre l'endroit où ont été retrouvés les restes de son mari, — donc elle le connaissait, se dit-il.

« Elle n'est pas partie seule avec son cocher.

« Et la lettre d'avis que j'ai reçue, comme celle qui était adressée à l'épicier Guillaume, venait de Normandie, de Rouen.

« Allons, plus de doute, cette jeune femme est une coquine ou la dupe d'un coquin, complice de Cardillac et devenu son amant.

« Déjà elle a eu une aventure, et le bonhomme de Garlande passait pour très-jaloux.

« La ferai-je arrêter?...

« Ceci demande réflexion; nous avons déjà tant de scandales, qu'il est à craindre d'y noyer le respect dû à l'autorité.

« Si ce que je soupçonne était la vérité, quel affreux tapage ferait le procès de la femme d'un magistrat accusée d'avoir fait assassiner son mari par un bandit, son amant!

« C'est à y regarder à deux fois.

« Si j'étais prévôt de Paris ou simple sergent du guet, je l'arrêterais certainement; mais, lieutenant-criminel, j'ai d'autres devoirs : je dois éviter de soulever l'opinion publique, de causer du scandale.

« En attendant que j'aie pris une décision, elle part demain, je la ferai suivre. »

Ainsi raisonnait M. Antoine Daubray, tandis que madame de Garlande, tout en se félicitant d'être débarrassée de sa personne, donnait ses derniers ordres pour le départ.

Elle avait assuré une petite pension au vieux serviteur de son mari, et Simon devait quitter la maison le lendemain, après avoir cherché une voiture.

Mais sa maîtresse lui avait dit qu'elle n'avait pas été tout à fait satisfaite de son premier cocher, et l'avait engagé à en choisir un autre.

Qu'aurait pensé le premier cocher s'il avait revu le valet de pied transformé en seigneur de Revilly?

Simon, sans s'en douter, n'était pas libre dans son choix,

M. Daubray avait prévu sa démarche.

Et le cocher qui lui fut offert, recommandé, et que finalement il arrêta, était un homme de M. le lieutenant de police.

Et ce fut en cet équipage que Denise arriva à Saint-Germain.

Là, au moment où l'on allait prendre des chevaux frais, elle appela le cocher.

— C'est inutile, mon ami, lui dit-elle; je reste ici pour quelques jours; tu peux retourner à Paris.

— Mais, madame, je suis engagé pour Revilly en Normandie.

— Oui, et tu vas me demander une indemnité?

— C'est trop juste.

— Fixes-en toi-même le prix. Veux-tu le salaire du voyage tout entier?

Elle ouvrit sa bourse et remit la somme au cocher stupéfait de tant de munificence.

— Maintenant, laisse-moi.

Et elle entra à l'hôtel de la poste.

Le mouchard se demandait encore quel parti il lui fallait prendre, et déjà Denise avait fait enlever ses bagages et courait vers l'hôtel où l'attendait son amant.

O mouchard imbécile!... Il n'avait qu'à dire à cette jeune femme :

— Madame, je suis payé par le lieutenant de police pour vous espionner; voulez-vous m'acheter?

Sa fortune eût été faite.

On l'eût payé cent fois plus cher qu'il ne valait

XI

L'ESPION.

Par un heureux hasard, Daniel, qui chaque jour allait à la poste, n'y était pas venu ce jour-là; il n'était point sorti de l'appartement qu'il avait loué à l'hôtel.

Sa première exclamation fut de surprise et de joie.

Et sa première question fut pour s'informer du sort de son ami :

— Et mon ami Éloi, en as-tu des nouvelles?

— D'excellentes; il est libre.

— Tu l'as vu?

— Non, mais l'on venait de prononcer son acquittement comme je quittais Paris.

— Ainsi, dit Daniel avec une émotion profonde, notre bonheur sera complet et assuré. Éloi est à cette heure à l'hôtel de Lignerolles, près de sa chère Gabrielle; il va goûter cette double félicité de la liberté et de l'amour, que je me reprochais presque de goûter sans lui. Peut-être, en allant dans le Midi, nous rencontrerons-nous un jour. Son amitié est la seule que j'aie et je n'en veux pas d'autres. On n'a pas deux amis.

— A-t-on même besoin d'ami quand on a une femme qui vous aime? fit Denise. Je n'ai point d'amie, moi, et n'en désire point. Une seule affection suffit à remplir mon cœur.

« Pendant longtemps, je désirai aller dans le monde, et le monde, aujourd'hui, ne m'inspire que dégoût et qu'aversion... Ainsi je vivrais parfaitement avec toi dans cette vieille ville de Saint-Germain que l'on trouve si triste et qui me plaît par son isolement et son silence.

— Prouve-le, s'écria Daniel; je te prends au mot.

— Tu veux rester à Saint-Germain?

— Au moins pendant quelques jours; le temps de te reposer et de réfléchir.

— Je n'osais te le demander, s'écria joyeusement Denise.

— Pourquoi?

— Je croyais que le voisinage de Paris te déplaisait.

— Depuis que je n'ai plus rien à craindre de Paris, cela ne me déplaît pas de le regarder en face. Puis, chère amie, je ne songe pas seulement à moi; je vois une ombre noire sous tes beaux yeux, qui m'avertit de tes fatigues. Le voyage que nous allons entreprendre dans le Midi durera près de quinze jours... Tu as besoin de reprendre des forces.

D'un commun accord, les deux amants s'établirent pour quelques jours à Saint-Germain, et bien que leur séjour n'y fût marqué par aucun incident extraordinaire, nous aurions beaucoup à raconter si le bonheur pouvait se dépeindre.

Nous noterons cependant une impression de Denise. Plusieurs fois elle rencontra — soit à la promenade, soit à l'hôtel — un individu vêtu comme un bon bourgeois, qui ressemblait d'une façon singulière au cocher qu'elle avait congédié.

Le regard de cet homme lui fit mal, et elle crut remarquer qu'il la suivait.

Ces rencontres lui étaient désagréables, mais ne lui causaient toutefois aucune inquiétude, et elle n'en dit rien à Daniel.

Un autre fait assez étrange devait leur servir d'avertissement.

Un matin, comme ils achevaient de déjeuner, on apporta à Daniel une lettre de Paris.

Cette lettre portait deux suscriptions, chacune d'une écriture différente.

La première, qui avait été rayée, et qui était presque indéchiffrable, était : « A monsieur Daniel Varillas. »

Sans autre indication.

La seconde, d'une main inconnue, portait : « A monsieur Daniel de Revilly. »

— Qui peut savoir ce nom de Revilly à Paris? fit Daniel en pâlissant. En aurais-tu parlé, Denise?...

— Non, répondit la jeune femme non moins émue.

— Qui peut savoir à Paris que je suis ici? Par quelles mains cette lettre est-elle passée?

— Et d'abord, de qui vient-elle? demanda la jeune femme.

La lettre était scellée d'un large cachet de cire rouge.

Il examina le cachet; il lui parut intact.

Il le rompit, courut à la signature.

— C'est d'Éloi, dit-il.

Mais l'émotion qu'il éprouvait était si vive, que pendant quelques instants il garda la lettre toute ouverte, sans la lire.

Tout à coup le souvenir de Philippe Brinon et de la recommandation qu'il lui avait faite se présenta à son esprit; un moment son front se rasséréna, mais ce ne fut qu'un éclair.

La lettre avait peut-être été remise à Brinon par Éloi. Mais ce nom de Revilly!... il n'était connu de personne à Paris.

— Tu ne te rappelles personne, Denise, qui connaisse ce nom?

— Cela n'expliquerait rien, mon ami, puisque, sauf les gens de cet hôtel, nul au monde ne soupçonne l'existence d'un M. de Revilly.

— Ce mystère m'inquiète.

— Lisons, cependant.

— Soit, lisons.

La lettre avait déjà plusieurs jours de date; elle était fort longue et écrite avec l'expansion de la joie la plus vive.

« Enfin, mon cher ami, disait Éloi, nous voici hors de peine; nous avons payé à Paris notre tribut de travail et de douleurs, et comme moi tu dois t'apercevoir combien on oublie vite les maux dont on croyait mourir. »

Puis il racontait, mais très-gaiement, les tribulations qu'il devait aux époux Desjardins, son procès, le suicide de Defita, et l'exécution du médecin, à laquelle avait assisté une foule énorme, mais qu'il n'avait pas voulu voir; sa rencontre avec Brinon, qui s'était montré très-obligeant et lui avait promis de faire parvenir ses lettres.

— Qu'est-ce que ce Brinon? interrompit Denise.

— Un mauvais drôle qui s'était jeté sur nous comme sur une proie, et qui prétend avoir été clerc de ton mari.

— Ah!... fit Denise avec vivacité, je me souviens. Philippe Brinon... oui... un filou que mon mari a failli envoyer aux galères et qui rend des services à la police... Quelle imprudence!...

« Mais cette lettre a été lue.

— Le cachet m'a paru intact.

— Le cabinet noir a des procédés pour décoller les cachets et les recoller sans les briser. Enfin... continue ta lecture, ajouta la jeune femme avec découragement.

« Je quittai cet individu — poursuivait Éloi—pour courir à l'hôtel de Lignerolles. Le brave Arnold laissa tomber sa pipe de saisissement et me sauta au cou.

« Mais il m'apprit que mon Astrée était en pension dans une maison de religieuses des environs, à Longchamps.

« — Ne vous inquiétez pas, reprit-il, mademoiselle m'a donné l'ordre de l'avertir aussitôt de votre mise en liberté. Rien ne la retient dans cette maison, qui est, dit-on, très-agréable, et dès ce soir elle sera ici. »

« Nous partîmes, Arnold et moi, pour Longchamps dans la voiture du comte, au risque de faire scandale. Ce ne fut pas sans hésitation qu'Arnold se résigna à prendre place dans le carrosse.

« Je te peindrai d'un seul trait la joie de mademoiselle de Lignerolles : dès que nous fûmes annoncés, elle commanda son bagage, et une heure après Arnold était sur le siége du cocher, et j'étais assis en face de Gabrielle.

« Elle voulut s'informer de ce que j'avais souffert.

« — Ne parlons plus du passé, lui dis-je, l'avenir seul m'intéresse.

« — J'espère qu'il ne vous inquiète pas? me dit-elle.

« — La tendresse que vous me témoignez me rassure.

« — Je n'ai plus de famille, plus un seul parent à quelque degré que ce soit. Mon père, dans les derniers temps, avait négligé ses anciens amis. Je n'ai qu'une seule personne au monde à qui je puisse demander un conseil : mon confesseur, l'abbé Louis, de Saint-Roch. Je lui ai parlé de vous en lui racontant tout ce qui s'est passé. Je lui ai dit quelle affection mutuelle était née et s'était développée dans cette vie d'épreuves.

« Il ne m'a point blâmée.

« Au contraire, il m'a exprimé le désir de vous voir et de vous connaître.

« — C'est votre ami aujourd'hui, m'a-t-il dit, et peut-être sera-t-il votre mari demain. . »

« — Il vous a dit cela, Gabrielle! m'écriai-je; oh! l'excellent homme; je veux l'aller voir dès aujourd'hui.

« — Je vous présenterai ; avant de rentrer chez moi, nous allons chez l'abbé Louis. C'est lui qui a pris soin de régler les funérailles de mon père, de me conduire à Longchamps; c'est lui qui a défendu ma réputation, un moment compromise ; ce sera lui enfin qui nous unira. »

« Je dis au cocher de toucher chez l'abbé qui, en vérité, est un homme charmant qui me mit de suite à mon aise et me fit croire au bout d'une heure que nous étions de vieux amis.

« Le lendemain, je fus le revoir à sa demande, et il m'interrogea longuement sur ma famille, dans un but facile à deviner...

« Je lui dis que le meilleur certificat d'honnêteté que je pusse avoir était le témoignage solennel et public qu'en avait rendu un grand coupable au moment de mourir.

« Puis il vint au mariage, indirectement et peu à peu.

« — Vous avez reçu une certaine instruction, me dit-il, mais vous manquez de l'éducation qui ne s'acquiert que dans un certain monde. Votre origine obscure, votre pauvreté, doivent vous donner à réfléchir. Mademoiselle de Lignerolles, élevée elle-même dans la solitude, ne paraît point remarquer ce qui vous manque ; mais il est à craindre qu'elle le regrette plus tard.

« — Mademoiselle de Lignerolles, répondis-je, est entièrement libre de ses actions. Mais je crois la connaître : elle a peu de goût pour le monde, n'a aucun désir d'y briller. Son caractère, le tour de son esprit la portent au contraire à s'éloigner de la cour, de la ville même, et à rechercher la vie simple de la campagne.

« Trouverait-elle facilement, malgré sa beauté et sa fortune, un gentilhomme qui consentît à se retirer avec elle dans un désert, loin des réunions où sa femme obtiendrait les plus brillants succès, et où sa fortune pourrait s'étaler? »

« Ce raisonnement fut de quelque poids ; aussi l'abbé n'y répondit-il point.

« — J'ai souvent blâmé, dit-il, ce tour d'esprit de Gabrielle, cette imagination romanesque, et je vous engagerai à n'en pas encourager l'exagération.

« — Vous croyez donc, dis-je, que j'aurai un jour quelque autorité pour cela?

« — Je n'ai point de raison pour m'y opposer, me répondit-il.

« — Pour vous opposer à... »

« Je voulais lui arracher le mot, et j'y parvins

« — A votre mariage, » ajouta-t-il.

« Voilà comment, mon cher Daniel, Éloi Gormond, fils de simples artisans et ancien garçon apothicaire, est devenu l'époux de très-noble et belle demoiselle de Lignerolles.

« La bénédiction nuptiale nous a été donnée il y a trois jours, vers dix heures du matin, sans pompe et presque sans invités, dans une chapelle latérale de Saint-Roch. Elle n'a été suivie d'aucune fête. Le déjeuner était de sept couverts.

« Et je t'écris pendant que ma femme fait en ville ses dernières emplettes. Ses dernières... Déjà l'hôtel est encombré de bagages de toute sorte. Nous faisons des provisions sans fin en linge, étoffes pour vêtements et pour tentures, meubles, mille objets, car nous partons pour le désert.

« Et notre amour de la vie champêtre et de la solitude n'exclut pas un goût raisonnable pour les bienfaits de la civilisation.

«Nous allons nous faire bergers sur les bords du Lignon, une petite rivière qui coule dans un pays sauvage, aux pieds des monts du Forez et séparé par de grands bois de la ville de Montbrison.

« Ce pays appartient aux comtes d'Urfé, qui l'ont toujours gouverné très-sagement et le seigneur actuel, Honoré d'Urfé, en a dépeint les beautés dans ses romans. Nous irons voir M. d'Urfé; nous lui porterons l'hommage de notre admiration et lui achèterons un domaine où nous ferons élever un petit palais rustique selon nos goûts. Point de marbres, point de bois précieux; la pierre de la montagne, le chêne et le châtaignier de nos bois suffiront à la construction de notre demeure, et nous n'userons de tapis qu'en attendant que les toisons de nos brebis soient poussées.

« Élever des moutons, des pigeons, et probablement des enfants, tels seront les passe-temps de Sylvandre et d'Astrée.

« Plus d'intrigues, de poison, de coups de poignard, de cachets ténébreux; notre vie s'écoulera pure et tranquille comme l'onde du Lignon, et nous finirons par apprendre des ramiers à roucouler et des agneaux à bêler...

« Nous sommes bien décidés à ne recevoir personne... Cependant nous ferons une exception pour toi et ta chère Denise, mais quand notre habitation sera construite.

« En attendant, notre adresse est à Montbrison. »

— Mais ils sont fous! se récria Denise.

— Eh!... peut-être!... En tout cas, je voudrais bien nous voir à leur place. Mais il y a un post-scriptum.

— Que dit-il?

— Hélas! c'est encore un écho de ce passé sinistre qui me poursuit partout.

« On m'assure, écrit-il, que l'on est sur les traces de Flora et de Desjardins. Guillaume et sa femme sont arrêtés. »

— Eh bien! fit Denise, que nous importe cette Flora et ce Desjardins?

— Rien, sans doute, mais il n'en est pas de même de Guillaume et de sa femme. Cela me regarde directement. Ils ont été longtemps mes geôliers; ils parleront de moi comme de leur complice.

« Et si cette lettre, comme tout le porte à croire, a été lue...

« Décidement, je suis encore trop près de Paris, ici.

« Il est temps de partir.

— Soit! dit la jeune femme, je suis prête; le temps de fermer nos malles et de commander des chevaux de poste.

— Je vais à la maison de poste.

— J'y vais avec toi.

— A quoi bon?

— Je serais inquiète. — Tu finis par me monter la tête. Il me semble qu'un danger nous menace et que le temps nous manquera.

Ils se levèrent de table et sortirent ensemble.

Dans la rue, devant l'hôtel, Denise aperçut ce singulier personnage qui semblait s'être attaché à ses pas.

Dès qu'ils furent à quelque distance, Denise se retourna et constata de nouveau qu'elle était suivie; mais, cette fois, elle avait les nerfs trop agacés pour supporter un importun.

Elle s'en plaignit à Daniel.

Celui-ci se retourna à son tour.

— Je vois deux hommes derrière nous, dit-il. Et je reconnais un de ces hommes!...

— Le moins grand?

— Non, l'autre, ce blond au visage pâle. Et ce n'est pas un espion, celui-là!

— Quel homme est-ce?

— Un coquin, mais qui ne peut être mon ennemi Je suis trompé, sans doute, par une ressemblance extraordinaire.

« Laissons-les s'approcher. »

Ils ralentirent leur marche, et une minute à peine s'était écoulée que Daniel s'entendit appeler à demi voix.

Il s'arrêta.

— Quoi! c'est vous! s'écria-t-il. Vous ici, Sam!...

— Moi, répondit l'Allemand.

— Avec qui causiez-vous?...

— Mouchard.

— Mais... fit Daniel, d'où vient?...

Il n'osa achever.

Et Sam, dans le baragouin composé d'allemand et de français dont il faisait usage, mais dont la reproduction serait ici fatigante, lui expliqua qu'il s'était lié avec cet espion afin de connaître ses intentions.

Il venait d'apprendre ainsi qu'il était chargé par M. Daubray de surveiller un jeune homme que l'on se proposait d'arrêter.

— J'avais bonne envie, ajouta-t-il, de débarrasser le monde de ce misérable, mais je désirais savoir à qui il en voulait. Jugez de ma surprise en vous voyant.

« Maintenant, où allez-vous?

— A la maison de poste, répondit Daniel. Nous partons aujourd'hui même.

— C'est un jour trop tard.

— Que voulez-vous dire?

— Déjà un exempt et ses hoquetons y sont arrivés, et le mouchard est allé les prévenir, car il connaît vos intentions, il vous a vu payer votre maître d'hôtel.

— Que faire?

— Gagner du temps. Rentrez à votre hôtel, et attendez-y l'exempt.

— Plaisantez-vous? Vous appelez cela gagner du temps!

— Oui, parce que vous pourrez vous procurer des armes.

— Mais ils m'arrêteront!

— D'accord. — Pendant ce temps, moi, qui ai des camarades ici, j'irai les prévenir, et nous vous délivrerons.

« J'aurai ainsi double plaisir :

« Délivrer un ami;

« Et tailler en pièces un mouchard, un exempt et quatre sergents.

— Mais madame?

— Madame pourra attendre votre retour à l'hôtel Je jure de vous y ramener une demi-heure après votre enlèvement.

L'accent de cet homme et sa physionomie énergique respiraient la confiance.

— Doutez-vous des ouvriers de Cardillac? ajouta-t-il.

Puis il compléta ses instructions :

Ne pas inspirer de méfiance. Feindre l'étonnement à la vue de la police.

Livrer des armes, des papiers, mais tenir un poignard tout ouvert sous ses vêtements.

Monter sans résistance dans le carrosse du roi et attendre jusqu'au bas du Pecq. Là, au premier coup de sifflet, saisir l'exempt à la gorge et le poignarder, s'il est possible.

Sam et ses hommes se chargeaient du cocher et des quatre sergents d'escorte.

Denise était naturellement épouvantée de l'affreuse perspective, d'une arrestation et d'un combat.

— Cachons-nous plutôt, disait-elle.

Mais Daniel s'efforçait de lui faire comprendre que pour vaincre un péril imminent, le plus sage est de lui faire face, au lieu de chercher à s'y dérober.

Sam et lui se serrèrent la main.

Puis il rentra à l'hôtel, entraînant la jeune femme tremblante.

Quelle humiliation cruelle pour lui de la rendre témoin d'une pareille scène!

N'avait-il pas à craindre qu'elle le prît en dégoût ou en mépris?...

XI

L'EXEMPT.

Il se jeta à ses genoux et lui demanda pardon.

— Éloignez-vous, lui dit-il, détournez les yeux de ce spectacle lamentable et oubliez-moi!...

— Peux-tu me parler ainsi, s'écria-t-elle en l'embrassant, quand je tremble pour tes jours! Puis-je te mépriser pour un malheur immérité? C'est ton amour pour moi qui t'a perdu...

« Mais cet homme l'a promis, il te délivrera! Et dans une heure nous fuirons ensemble.

« Ah! quelle récompense pourrai-je offrir à un semblable dévouement?...

« Mais séchons nos larmes, ajouta Denise en passant la main sur ses yeux. Cachons notre trouble. On vient, ce sont eux! .. »

Elle s'assit et se composa une attitude.

On frappa.

Daniel fut ouvrir.

Et l'exempt de police apparut sur le seuil.

Derrière lui se tenaient quatre sergents armés de mousquets, et vêtus d'une casaque nommée hoqueton, sur laquelle était brodé en devise : — *Monstrorum terror; terreur des scélérats.*

L'exempt tendit vers lui sa baguette en lui disant :

— Monsieur, je vous arrête de par le roi. Ne bougez pas!

Les hoquetons le couchaient en joue.

— Vous vous méprenez sans doute, monsieur, répondit Daniel.

— N'êtes-vous pas M. Daniel Varillas de Revilly?

— Oui, monsieur.

— C'est bien à vous que j'en veux.

— Faites votre devoir; je suis prêt à vous obéir.

L'exempt entra, tandis que ses hommes gardaient la porte.

— Veuillez me remettre vos armes et vos papiers.

— Des armes!... répondit Daniel; je n'ai que cette épée.

« Des papiers, j'en ai fort peu. »

L'exempt prît les papiers, les enferma dans une serviette qu'il scella de son cachet et qu'il pria Daniel de sceller également du sien.

Quant aux bagages :

— J'aurais le droit de les enlever, dit-il, mais je ne suis pas de ceux qui profitent de l'infortune. Prenez ce que vous avez de meilleur et faites-en un léger paquet.

Denise, témoin de ces préparatifs, pleurait à l'écart en silence.

Elle ne désespérait point, mais un tel spectacle est toujours poignant.

— Partons, monsieur, dit l'exempt.

Et il adressa un salut respectueux à madame de Garlande.

— Où me conduisez-vous? demanda Daniel.

— À la Bastille.

Un sourire amer plissa les lèvres du malheureux.

Il devina l'intention du lieutenant de police.

Il ne se récria point, il embrassa Denise en lui disant

— Du courage!... Espère!...

Puis, s'arrachant à sa tendresse, il s'empressa de suivre l'exempt... un exempt si aimable!...

Un carrosse attelé de quatre forts chevaux et quatre chevaux de selle attendaient devant la porte.

L'exempt l'invita à monter dans le carrosse et se plaça près de lui; les hoquetons sautèrent à cheval et le cocher fouetta son équipage...

C'était le même cocher qui avait amené à Saint-Germain madame de Garlande.

Celle-ci, du coin du rideau, le reconnut.

La voiture descendit au grand trot les rues cahoteuses et la route, dont la pente roide conduisait au bord de la Seine.

XII

LE COMBAT.

Nous ne saurions, nous l'avouons, préciser l'endroit... l'établissement du chemin de fer, la création de diverses propriétés ont complétement modifié la topographie de la contrée...

Mais, à quelques centaines de pas avant d'arriver à la rivière, — que l'on passait à l'aide d'un bac, — un bouquet de chênes étendait son feuillage roussi par l'automne.

Dans ce hallier se tenaient Sam et ses compagnons.

Comme l'équipage arrivait à la hauteur de ce hallier, un coup de sifflet retentit.

Et presque en même temps un coup de feu.

Un des chevaux tomba.

La voiture se trouva arrêtée.

Les montures des hoquetons, effrayées, se mirent à caracoler sur place.

D'autres coups de feu furent tirés, mais sans atteindre personne.

Puis six hommes franchirent le fossé de la route et, la carabine à la main, le poignard à la ceinture, s'avancèrent vers le carrosse.

Le combat. (Page 89.)

Deux sergents sautèrent de cheval, deux autres se jetèrent sur les assaillants en piquant leur monture. Mais cette *cavalerie* ne fut pas heureuse : un des hommes, démonté, roula presque aussitôt dans la poussière.

L'autre fut tué.

L'infanterie faisait meilleure contenance. Le cocher s'était empressé de descendre de son siége, où il servait de cible, et, le pistolet au poing, s'était joint aux deux sergents qui couvraient de leurs corps la portière de la voiture.

Les bandits n'étaient plus que cinq combattants et comptaient plusieurs blessés ; mais ils restaient les plus forts.

— Rendez-vous! criait Sam en couchant en joue un des sergents.

Puis il appela :

— Daniel!

Car rien ne bougeait au fond du carrosse, pas même la tenture de la portière.

Deux décharges se firent presque en même temps.

Le cocher fut tué, et de l'autre côté il y eut un second mort.

Un seul sergent restait intact : — ce n'était pas un héros ; il se sauva, rattrapa son cheval et quitta le champ de bataille.

Au signal donné par Sam, Daniel, assis en face de l'exempt et qui causait avec lui du ton le plus paisible, s'était soulevé soudain et l'avait saisi d'une main à la gorge, tandis que de l'autre il avait cherché son poignard.

Mais l'arme avait glissé et était tombée à ses pieds.

Il en était donc réduit à la force du poignet contre un adversaire plus vigoureux que lui.

D'abord suffoqué, l'exempt, par un violent effort, était parvenu à se dégager.

Sans chercher une arme, sûr de sa force, à son tour il avait tenté de prendre son ennemi à la gorge.

Tout cela sans un cri, et presque sans bouger de place.

Daniel esquivait l'étreinte mortelle, se tordant comme un serpent, préférant tout, coups de poing et meurtrissures, à cette étreinte, haletant, et bientôt ne respirant plus.

Mais les forces lui manquaient ; si l'autre eût voulu saisir une arme pour l'achever, il le pouvait.

Mais, plein de vigueur, l'exempt saisit Daniel aux cheveux, de la main gauche, et de la droite l'étreignit à la gorge...

Au même instant la portière s'ouvrit, une lame apparut aux regards effarés de Daniel, puis plongea dans les reins du malheureux agent.

Il était délivré.

Quelques secondes plus tard, il était perdu.

Cependant, à l'étonnement de Sam, ni lui ni le blessé ne bougèrent. La main de l'exempt ne serra plus le cou de Daniel, mais y demeura crispée.

Il fallut que Sam appelât un de ses hommes pour l'aider à sortir du carrosse ces deux combattants enlacés l'un à l'autre et à demi pâmés.

Sam détacha les doigts crispés de l'exempt, puis le retira et le jeta sur la route, où sa tête rencontra pour oreiller le cadavre de l'un de ses sergents.

Un autre entraîna Daniel hors de la voiture, lui fit avaler quelques gouttes de sa gourde d'eau-de-vie, tout en lui disant :

— Et maintenant, camarade, il s'agit de retrouver vos jambes; nous allons gagner la forêt.

Bien que cette action eût été très-rapide, cependant ses coups de feu avaient attiré les paysans qui travaillaient aux environs et les gens du bac.

Puis le sergent, parti à cheval, allait revenir avec du renfort.

— Eh bien! j'ai tenu parole, dit Sam à Daniel. Nous suivez-vous dans le bois? Voulez-vous que je vous reconduise moi-même à votre femme, ainsi que je le lui ai promis?

« Ou prenez un de ces chevaux et remontez à Saint-Germain. »

Tandis qu'il lui parlait, instinctivement Daniel cherchait du regard l'homme qui avait failli l'étrangler; — il l'aperçut étendu sur le sol, déjà baigné de son sang.

— Est-il mort, ce malheureux? fit-il avec l'accent de la pitié.

— Que vous importe? répliqua Sam. Partons sans perdre une minute.

Daniel se pencha vers l'exempt, lui souleva la tête, et la laissa retomber doucement en disant :

— S'il n'est pas mort, le pauvre diable n'en vaut guère mieux.

Mais comme il se relevait et tournait le dos à sa victime, celle-ci rouvrit les yeux, prit à sa ceinture son pistolet tout armé, et, à bout portant, le déchargea sur Daniel.

Daniel tomba sur la face, les bras étendus.

Sam le releva en jurant de rage; mais il ne releva qu'un cadavre.

La balle de l'exempt lui avait brisé les reins.

Alors il se retourna contre le meurtrier; mais celui-ci expirait à son tour.

Il chargea le cadavre sur ses épaules.

— J'ai promis de lui rendre son amant, dit-il, je tiendrai ma promesse.

Et il se traîna sous le bois avec son fardeau.

Là ses compagnons l'avaient promptement rejoint.

Ils tinrent conseil.

— A quoi bon, dit le plus sage de la bande, nous exposer à nous faire arrêter à Saint-Germain?

« Nous n'avons pas trop de temps devant nous pour disparaître dans la forêt.

« Il y a là un tas de braves paysans qui ne demanderont pas mieux que de reporter le cadavre de ce jeune homme.

— Mais, dit Sam, la dame croira que nous avons laissé assassiner son amant. Faisons mieux.

Il appela des paysans.

Et leur montrant les corps de Daniel, de l'exempt, du cocher et des trois sergents :

— Vous allez, leur dit-il, charger tous ces morts dans cette voiture et vous les conduirez à l'hôtel du *Lion d'or*; c'est de là qu'ils sont partis.

« Quelqu'un d'entre vous a-t-il vu comment ce gentilhomme a été lâchement tué d'un coup de pistolet?

— Oui, répondit un paysan.

— Voici une bourse d'or, poursuivit Sam, vous vous la partagerez pour votre peine; et toi qui as vu comment s'est terminée cette affaire, en arrivant à l'hôtel, tu demanderas à parler à une jeune dame, madame de Revilly, et tu lui raconteras tout.

« Allez!... »

Sur ces mots, Sam rentra dans son domaine, la forêt.

Les paysans, après avoir compté l'or que contenait la bourse du généreux bandit, emplirent le carrosse des victimes de cette affreuse boucherie, et chargèrent celui d'entre eux qui devaient rendre compte de prendre la place du cocher.

On peut se représenter l'effet que produisit dans la petite ville le retour de ce carrosse rempli de morts.

Avec deux chevaux de moins, — car le troisième n'avait pu rester à l'attelage et avait été attaché derrière, — il avait remonté au pas la montagne, excitant la surprise et la curiosité de tous ceux qui l'avaient vu passer quelques instants auparavant.

Les badauds questionnaient en vain le paysan pressé d'arriver et lui faisaient escorte.

On voyait du sang marquer les traces de ce char funèbre.

En entrant en ville, on voulut arrêter les chevaux, et le conducteur ne se fraya un passage qu'en distribuant des coups de fouet.

Enfin, lorsqu'il s'arrêta devant l'hôtel, la rue était noire d'une foule énorme.

Le grondement de cette foule avait déjà fait palpiter le cœur de Denise.

Elle avait pressenti un malheur.

Pâle de terreur, faisant à son énergie un appel suprême, elle avait ouvert sa fenêtre.

La voiture venait de s'arrêter.

Le conducteur, sautant sur les marches de la grande porte, demandait à parler à madame de Revilly, tandis que les curieux, soulevant la portière du carrosse, poussaient des cris d'horreur.

Le maître de l'hôtel introduisit le paysan ahuri, qu'il accabla de questions.

Denise s'était retirée de la fenêtre, et, debout au milieu de la chambre, appuyée à une table, tressaillait à chaque hurlement des badauds.

Le maître de l'hôtel entra suivi du paysan et avide d'entendre l'explication de cet homme.

— Madame de Revilly? dit celui-ci.

— C'est madame, répondit le maître d'hôtel.

— Je viens vous faire savoir que monsieur votre époux a été tué au bas du Pecq par des brigands qui ont attaqué sa voiture... et qu'ils ont tué cinq autres messieurs de Paris avec lui, et un cheval.

— Assassiné!... lui, Daniel, et par eux! sanglota l'infortunée.

— C'est-à-dire, reprit le paysan, que monsieur votre mari était sorti sain et sauf du carrosse et venait de parler aux brigands, qui avaient comme pitié de lui; mais il s'est penché vers un des messieurs de Paris qui paraissait mort et qui ne l'était pas encore tout à fait, et celui-là, qui l'a cru un de la bande, a saisi doucement son pistolet et lui a tiré dessus...

Il parlait encore, la jeune femme ne l'entendait plus; à bout de forces, elle perdait connaissance.

Le maître d'hôtel appela sa femme pour lui donner des soins, puis, suivi du paysan, retourna à la voiture.

La foule en avait tiré les six cadavres et les avait étendus côte à côte sur les marches de la porte d'entrée.

On voulait les transporter tous dans l'hôtel.

L'hôtelier s'y opposa.

— Je n'en connais qu'un seul, dit-il, c'est le jeune gentilhomme, que ces hoquetons sont venus ce matin arrêter pour être enfermé à la Bastille.

A cette explication, les sympathies de la foule abandonnèrent tout à coup les infortunés sergents.

Et ce fut pis, quand le paysan recommença son récit et ajouta en désignant l'exempt :

— C'est celui-ci qui a tué en traître le jeune gentilhomme.

Cette révélation souleva l'indignation publique et, s'il y avait eu une rivière près de l'hôtel, le corps de l'exempt y eût été traîné.

En attendant que l'autorité les réclamât, les corps des agents de M. Doubray restèrent sur le pavé, tandis que le paysan, aidé des domestiques, transportait le corps de Daniel dans une chambre voisine de celle qu'il avait occupée.

Ce fut là que Denise le revit pour la dernière fois.

XIII

COMMENT FINIT MADAME DE GARLANDE.

Les grandes douleurs sont muettes; leur expression suprême est le silence. Elles ont même un air de force et de calme auquel se méprennent les gens superficiels.

Denise de Garlande, après être demeurée pendant de longues heures dans une sorte de prostration, veilla avec une femme de l'hôtel près du mort, et donna avec netteté les ordres nécessaires pour les funérailles.

Par une superstition du temps, le clergé refusa de s'associer à cette cérémonie et ne consentit point à ce que le corps d'un homme mort dans une lutte sauvage et, par conséquent, en état de péché, reposât en terre sainte.

On l'enterra dans le coin réservé aux suicidés et aux suppliciés.

Mais la jeune femme, qui s'était montrée si forte jusqu'alors, sentit fléchir son énergie et elle retomba dans la prostration alarmante qui d'abord s'était emparée d'elle.

Elle demeurait de longues journées dans une inertie complète. Elle vivait d'une vie mécanique et semblait avoir perdu conscience de ce qui se passait autour d'elle et d'elle-même.

Ses traits s'étaient amaigris, son teint prenait le ton maladif du blanc d'ivoire, son regard perdait toute chaleur, tout éclat.

Ce n'était plus qu'un corps sans âme.

Les maîtres de l'hôtel du *Lion d'or* regrettaient d'avoir une si triste pensionnaire, sur laquelle, d'ailleurs, avaient couru les bruits les plus fâcheux.

Volontiers ils l'auraient engagée à aller ailleurs porter son ennui et sa triste réputation, si un sentiment de pitié ne les eût retenus.

— Elle va s'aliter et mourir ici de langueur, se disait-on.

Lorsqu'un jour on la vit reparaître, pleine de vigueur, allègre même; elle annonça d'un ton vif et décidé qu'elle allait quitter la ville et demanda à régler son compte.

D'où provenait cette résurrection?

Nous le dirons bientôt.

Elle commanda des chevaux de poste et partit pour Toulouse.

Elle fit seule le voyage qu'elle avait projeté de faire avec lui.

Il arrive quelquefois que celui qui survit se donne comme une tâche pieuse d'accomplir seul les projets naguère formés à deux.

Il va parcourir la campagne où *elle* avait exprimé le désir d'aller bientôt se promener avec *lui*.

Elle recherche ce qu'il aimait comme un aliment amer à de chers souvenirs.

C'est une forme étrange du deuil.

Arrivée à Toulouse, elle se fit indiquer le village où il était né. Elle voulut voir ses parents. C'étaient de pauvres artisans qui furent très-surpris d'abord de voir une grande dame venir leur parler de leur enfant.

Le labeur quotidien, le souci du pain, qui, dans la vieillesse, est si cruel, avait quelque peu éteint chez eux le souvenir de Daniel.

Il était allé si loin!...

Ils s'étaient déjà fait à l'idée de ne plus le revoir, et cette idée ne leur était plus douloureuse.

Ainsi nous disparaissons du monde avant que le cimetière ait dévoré nos restes.

Ils s'associèrent néanmoins à sa douleur. Elle ne leur dit que peu de chose et leur conta une fable pour expliquer sa mort, puis elle sécha leurs larmes en leur donnant une petite somme, suffisante à assurer le pain quotidien.

La vieille mère ressemblait à Daniel : elle l'embrassa beaucoup; enfin elle les quitta navrée et reprit le chemin de Toulouse.

Elle y loua une maison dans un des quartiers les plus paisibles de cette ville qui n'a jamais été très-bruyante. L'antique capitale languedocienne, avec ses rues tortueuses et hérissées de mauvais pavés, ses maisons construites en briques, respire l'ennui sous le plus beau ciel du monde.

L'habitation louée par madame de Garlande était une grande bâtisse carrée complétement isolée, dont les fenêtres étroites et fermées par d'épais barreaux de fer donnaient sur une cour plantée de vieux platanes.

Pourquoi, jeune et riche, avait-elle choisi cette retraite plus que mélancolique?

Le couvent eût été moins triste.

Un tel séjour devait inspirer des idées de suicide.

Pendant quelque temps, elle sortit pour aller à la chapelle d'un couvent voisin; puis elle ne sortit plus.

Elle ne recevait personne.

Une vieille bonne suffisait à son service.

Le printemps avait succédé à l'hiver, et la jeune femme ne sortait pas davantage de sa retraite. La maison semblait inhabitée.

Cependant, par son silence, son aspect claustral, mystérieux, elle avait fini par exciter et tenir en éveil l'insatiable curiosité provinciale.

Elle était isolée et bien close, mais des environs on la lorgnait.

Une nuit, on vit entrer et sortir un homme venu sur une mule et vêtu d'un long manteau.

« C'est un médecin, se dit-on; la dame est malade. »

On questionna la vieille bonne, qui nia qu'un médecinût venu et qui parut effrayée des indiscrets.

La curiosité redoubla.

Au bout de deux jours, la recluse sortit et fut à l'église.

On la trouva très-pâle, bien moins forte qu'auparavant; de vieilles dames lui trouvèrent même certain air intéressant auquel, disaient-elles, elles ne pouvaient se méprendre.

Bref, on donna bientôt un nom à la maladie de la jeune veuve, et une raison au mystère dont elle s'était entourée.

Dans le silence de la vieille ville, l'autorité prêta l'oreille à ces bruits malveillants.

Bref, des magistrats firent une visite à la veuve de l'examinateur.

— Madame, lui dit l'un d'eux, vous avez perdu M. de Garlande, votre mari?

— Oui, monsieur.

— Il était très-âgé?

— Mon mari est mort à l'âge de soixante-douze ans.

— A quelle époque est-il mort? N'est-ce pas l'an dernier à cette saison.

— A peu près, monsieur. Il y a environ un an.

— Vous n'avez pas d'enfant de M. de Garlande?

Denise rougit à cette question.

— Non, monsieur, répondit-elle.

— Le bruit est donc faux que vous êtes accouchée dans cette maison?

Denise devint pâle.

— Il est faux, monsieur, répondit-elle, mais d'une voix émue.

— Si vous avez donné le jour à un enfant, ce ne pouvait être de M. de Garlande. Son âge avancé, et avant tout la date de sa mort repoussent une telle supposition; car — d'après la voix publique — l'accouchement clandestin dont vous êtes accusée remonterait à trois semaines.

« Ainsi, madame, vous protestez contre cette accusation?

— Oui, monsieur.

Le magistrat s'inclina poliment, mais reprit en accentuant ses paroles :

— Nous sommes heureux, croyez-le bien, de vous entendre repousser une accusation semblable. Vous en connaissez toute la gravité... car que serait devenu l'enfant?...

Le visage de la jeune femme s'altérait visiblement.

On eût cru qu'elle allait se trouver mal.

— Cependant, poursuivit le magistrat, nous entendrons votre domestique et le médecin qu'elle a appelé dans la nuit du 14 de ce mois.

« Quel est le nom de ce médecin?

— Je l'ignore.

— Votre domestique doit le savoir.

— Ah! grand Dieu! fit la malheureuse femme en se tordant les mains, grand Dieu!...

Puis, avec l'explosion du désespoir :

— Eh bien! oui, messieurs, oui, cela est vrai; oui, je suis accouchée dans la nuit du quatorze de ce mois, dans cette maison... mais il n'y a pas eu de crime, messieurs! oh! non!... L'enfant est mort en venant au monde... je vous le jure... Je...

Et des spasmes violents lui coupèrent la parole.

Lorsqu'elle eut recouvré l'usage de ses sens, l'impitoyable interrogatoire fut repris :

— Pourquoi n'avez-vous pas, conformément aux édits, fait une déclaration de votre état?... Vous n'ignoriez pas que vous encourriez les peines les plus sévères?

« Vous vouliez cacher une faute et vous commettiez un crime.

— L'enfant est mort en venant au monde.

— Mais avez-vous, par prévoyance, appelé un prêtre pour le baptiser?

— J'ai été surprise.

— Où est le corps de l'enfant?...

— Je le dirai.

— Quel est le nom de son père?

— Qu'importe son nom? il est mort.

« Ah! messieurs, vous êtes sans pitié!

Sans pitié en effet, car il fallut, malgré l'état déplorable où elle était, qu'elle conduisît les juges à l'endroit où étaient enterrés les restes du nouveau-né.

C'était au fond du jardin, près d'un buisson de roses. Dans la terre encore fraîche, on voyait deux empreintes; c'étaient celles de ses genoux.

Disons de suite la vérité sur cette mystérieuse affaire; l'enfant n'était pas né viable; mais il avait vécu quelques minutes et il n'avait pas reçu le baptême...

L'exhumation eut lieu en présence du médecin, qui avait été dénoncé et arrêté.

Puis, après avoir supporté cette épreuve cruelle, madame de Garlande fut invitée à monter dans une antique voiture qu'on alla retirer pour la circonstance des remises poudreuses du palais de justice, et conduite avec le médecin et la domestique en prison, sous l'inculpation d'avoir contrevenu aux édits de 1556 et de 1706.

Voici le premier de ces édits terribles, dont le second n'était que la confirmation; on ne le lira pas sans intérêt :

« Henry , par la grâce de Dieu, Roy de France, à tous présens et à venir, salut, etc.

« Comme nos prédécesseurs et progéniteurs très-chrestiens, Roys de France, ayant par actes vertueux et catholiques, chacun à son endroict, monstré par leurs très-louables effects qu'à droit et bonne raison ledit monde très-chrestien, comme à eux propre et péculier, leur avait esté attribué.

« En quoi les voulant imiter et suyvre, et ayant par plusieurs bons et salutaires exemples tesmoigné la dévotion qu'avons à conserver et garder ce tant céleste et excellent titre, duquel les principaux effets sont de faire initier les créatures que Dieu envoye sur terre en nostre Royaume, pays, terres et seigneuries de nostre obéissance, aux sacremens par lui ordonnez : et quand il lui plaist les rappeler à soy, leur procurer curieusement les autres sacremens pour ce instituez, avec les derniers honneurs de sépulture.

« Et estant deüement advertis d'un crime très-énorme et exécrable, fréquent en nostre Royaume, qui est que plusieurs femmes ayant conceu enfans par moyens déshonnêtes ou autrement, persuadées par mauvais vouloir et conseil, déguisent, occultent et cachent leurs grossesses sans en rien découvrir et déclarer.

« Et advenant le temps de leur part et délivrance de leurs fruicts, occultement s'en délivrent, puis les suffoquent, meurtrissent et autrement suppriment, sans leur avoir fait impartir le saint sacrement du baptême. Ce fait, les jettent en lieux secrets ou enfouyssent en terre profane, les privant par tel moyen de la sépulture coustumière des chrestiens.

« De quoi estant prévenues et accusées par devant nos juges, s'excusent, disant avoir honte de déclarer leur vice, et que leurs enfants sont sortis de leurs ventres morts, et sans aucune apparence de vie : tellement que, par faute d'aultre preuve, les gens voulant procéder au jugement des procez criminels faicts à l'encontre de telles femmes, sont tombez et entrez en diverses opinions :

« Les uns concluant au supplice de mort, les aultres à question extraordinaire, afin de sçavoir et entendre par leur bouche si le fruit issu de leur ventre était mort ou vif.

« Après laquelle question endurée pour n'avoir aucune chose voulu confesser, leur sont les prisons le plus souvent ouvertes, qui a esté et est cause de les faire retomber, récidiver à nostre très-grand regret et scandale de nos subjects, à quoy pour l'advenir nous avons bien voulu pourvoir.

« Sçavoir faisons que nous désirons extirper et du tout y faire cesser lesdits exécrables et énormes crimes, vices, iniquitez et délicts qui se commettent en notre dit Royaume et oster les occasions et racines d'iceux doresnavant commettre ; avons (pour à ce obvier) dit, statué et ordonné et par édict perpétuel, loy générale et irrévocable de nostre propre mouvement, pleine puissance et authorité royale, disons, statuons, voulons, ordonnons et nous plaist :

« Que toute femme qui se trouvera deuement atteinte et convaincue d'avoir celé, couvert et occulté tant sa grossesse que son enfantement, sans avoir déclaré l'un ou l'aultre et avoir pris de l'un ou de l'aultre témoignage suffisant, mesme de la vie ou de la mort de son enfant lors de l'issue de son ventre, et après se trouve l'enfant avoir été privé, tant du saint sacrement du baptême, que sépulture publique et accoutumée, soit cette femme tenue et réputée d'avoir homicidé son enfant.

« Et pour réparation punie de mort et dernier supplice et de telle rigueur que la qualité du cas le méritera :

« Afin que ce soit exemple à tous et que cy après n'y soit fait aucun doute ni difficulté.

« Si donnons en mandement par ces présentes à nos amez et féaux conseillers, etc. »

. . . .

Ainsi que nous l'avons dit, cet édit avait été confirmé par le roi Louis XIV. La sévérité de Henri II, qui, par héritage, avait pris la maîtresse de son père, Diane de Poitiers, n'avait pas déplu au continent monarque. Il ajouta même aux dispositions tyranniques de l'édit en exigeant que les femmes fissent la déclaration de leur état *dans les trois premiers mois* de leur grossesse, sous peine de, etc.

Comme on le voit, madame de Garlande était sous le coup des peines édictées par le roi, et la reproduction de l'arrêt nous dispense du compte rendu de son procès.

Qu'y verrions-nous en effet?

Ces fastidieux et hypocrites interrogatoires auxquels la franchise et les aveux les plus complets ne pouvaient couper court.

Puis le juge, qui d'abord s'était montré sous les dehors d'une paternelle bienveillance, qui même était parvenu à capter la confiance de l'accusée, changer bientôt de ton et d'attitude et s'adjoindre d'atroces auxiliaires : les bourreaux de la question.

Si la question n'avait jamais été qu'un moyen d'arracher des aveux à un coupable, un moyen de rechercher la vérité, ce n'aurait été qu'une erreur barbare.

Mais la franchise la plus complète ne pouvait souvent épargner au coupable ce supplice inutile.

C'était une forme du procès.

On faisait espérer à l'accusé qu'il pourrait l'éviter et elle était inévitable.

Il restait toujours un point obscur à éclaircir.

Pour madame de Garlande, il s'agit de savoir combien de minutes l'enfant avait vécu et si l'on aurait eu le temps de faire venir un prêtre pour lui donner le baptême.

Elle avait dit que non.

Mais les brodequins de torture pouvaient lui faire dire le contraire.

Et ses pauvres pieds mignons furent mis dans la boîte de chêne et broyés méthodiquement afin d'éclaircir ce point important.

Tout ce que l'on obtint, ce fut un grand cri de douleur, une longue syncope suivie de malédictions à ses bourreaux.

— Et dire, s'écria-t-elle, que j'ai été la femme d'un bourreau tel que vous !...

La question avait ses temps d'arrêt.

Le supplice était prolongé avec art.

On lit dans une vieille chronique :

« Après fut ostée d'icelle question, menée chofer à la cuisine et après remise en la prison. »

Vous voyez cette malheureuse délivrée des engins de torture et devenue l'objet de mille soins, de mille attentions touchantes, puis rendue de nouveau à la question!...

Denise avait aussi refusé de donner le nom de son séducteur.

On en avait écrit à Paris, et M. Daubray avait envoyé les renseignements les plus complets; mais il fallait les obtenir de l'accusée elle-même.

Ah! quelle peine pour une femme de voir ainsi feuilleter et déchirer, si l'on peut dire, page à page, le livre de ses sentiments les plus chers, de ses actions les plus intimes!...

A la torture physique s'ajoutait ainsi la torture morale; après lui avoir broyé les jambes, on lui broyait le cœur.

La justice prenait tout : le sang et l'âme.

Et cela dura longtemps; à cette époque, les procès s'éternisaient. — Certains procès criminels durèrent plusieurs années. Celui de la fille Cadière, devant le parlement de Toulouse, dura dix-neuf ans.

Six mois s'écoulèrent pour l'infortunée Denise dans la plus dure prison, puis elle s'entendit condamner :

A faire amende honorable, pieds nus, en chemise, devant l'église cathédrale.

Puis à être ensuite conduite sur la place pour y être brûlée vive.

Elle avait tant souffert, qu'elle entendit cette sentence, depuis longtemps pressentie, sans grande émotion.

Le jour de ce dernier supplice fut pour elle le jour de la délivrance, et pour les badauds de la ville un jour de spectacle, un drame en deux actes et des plus poignants.

La mise en scène était solennelle.

La religion unissait ses pompes à celles de la justice; sur le parvis de l'église, on dressait des estrades pour les magistrats et les notables qui désiraient assister à la cérémonie. On en dressait également sur la place de l'exécution.

Dès le matin, les cloches des églises et des couvents emplissaient l'air de sonneries funèbres.

Des confréries de pénitents et de pénitentes, des religieux, accompagnaient en procession la condamnée, assise sur une botte de paille, en compagnie de son confesseur, dans la charrette du bourreau.

Hélas! sous sa longue chemise de bure, la pauvre femme n'était plus la jolie blonde que nous avons vue au début de cette histoire, et que Daniel Varillas comparait à la déesse Aurore.

Pâle, défaite, amaigrie, la flamme du bûcher ne devait faire d'elle qu'une flambée.

Afin de ne point voir la foule qui se pressait autour d'elle, elle regardait le Christ que lui présentait son confesseur.

Elle n'entendait rien de ce que lui débitait ce brave homme dont la parole, cependant, lui eût rendu quelque force.

Il ne lui parlait pas seulement du ciel, mais encore de la terre, où, lui semblait-il, il y avait encore une espérance.

Au moment de prendre place sur la charrette, il avait entendu dire qu'un courrier venait d'arriver de Versailles au gouverneur, et que peut-être ce courrier apportait des lettres de grâce.

On saurait bientôt à quoi s'en tenir; car, avant de se rendre au parvis de l'église, il était d'usage que la condamnée fût une dernière fois invitée par les magistrats à faire des aveux.

Mais l'infortunée, qui paraissait l'écouter avec attention, ne l'entendait pas.

Elle n'entendait que le grondement de la foule et parfois les malédictions des femmes qui lui reprochaient d'avoir tué son enfant, ne trouvant pas sans doute qu'elle eût déjà payé assez cher quelques jours de faiblesse et d'égarement.

Cependant on approchait de l'hôtel de ville.

— Tenez-vous prête, ma fille, dit le prêtre.

Denise tressaillit.

— C'est ici? fit-elle, et elle jeta un regard autour d'elle. « Mais ce n'est pas la cathédrale?

— Nous sommes à l'hôtel de ville; on va vous demander si vous avez quelque dernière parole à confier à la justice.

— Je n'ai rien à dire.

— Répondez affirmativement.

— Mais que dirai-je?

— Ce que vous voudrez; on vous fera descendre, et c'est toujours du temps de gagné.

Elle secoua tristement la tête.

— A quoi bon? fit-elle.

— Croyez-moi; il ne faut jamais désespérer de la miséricorde de Dieu et de la clémence du roi.

— Du roi? répéta la condamnée. Mais je n'ai pas demandé ma grâce au roi.

— On en parle cependant. — Ah! tenez, le cortège s'arrête. Courage, ma fille, préparez-vous.

La charrette s'était arrêtée devant le perron de l'hôtel.

Un silence solennel avait succédé aux cris et aux murmures de la foule.

Sur le perron, entouré des principaux magistrats de la ville, se tenait le gouverneur.

Un huissier s'approcha de la condamnée et l'invita à descendre.

La présence du gouverneur étonnait le public et jetait l'inquiétude. On pressentait quelque chose d'extraordinaire.

La condamnée gravit lentement les marches de marbre, soutenue par son confesseur et précédée de l'huissier.

Elle fut introduite dans la salle du conseil.

— Courage! lui répétait tout bas le prêtre. J'ai bon espoir.

Enfin le gouverneur prit la parole :

— Greffier, dit-il, donnez lecture des lettres de grâce octroyées par Sa Majesté le roi. — Denise de Garlande, approchez, afin d'en entendre lecture.

Le greffier lut la lettre par laquelle le roi, en souvenir des bons et loyaux services rendus par feu de Garlande et en considération de la jeunesse et du repentir de l'accusée, accordait à celle-ci grâce pleine et entière...

Denise écoutait avec un sourire vague; la lecture était terminée, elle semblait écouter encore.

Lorsqu'enfin la lumière se fut faite en elle, elle ferma les yeux, pencha la tête... On crut qu'elle expirait.

On l'emmena dans une pièce où elle put recevoir des soins et changer de vêtements, mais on fut longtemps avant d'oser la faire sortir de l'hôtel.

La grâce royale n'avait point réjoui la foule, et il fallut tenir la malheureuse femme sous bonne garde jusqu'à la nuit pour la soustraire à la brutalité d'une multitude de curieux déçus et furieux.

Un mois plus tard, une jeune femme, vêtue de deuil, descendait de voiture à la grille d'une charmante habitation construite dans le genre des chalets, à l'ombre de châtaigniers séculaires.

La grille enfermait une large pelouse où broutaient et jouaient des chèvres blanches et quelques moutons cravatés de soie rose avec la plus étrange coquetterie, et gardés par un enfant costumé comme un berger d'opéra.

Au roulement de la voiture, un grand chien de montagne accourut en aboyant.

Un jeune homme et une jeune femme apparurent sur le seuil du chalet et regardèrent l'équipage avec surprise.

— Qui peut venir ici? fit le jeune homme.

— Ton ami, peut-être?... Une dame!...

— Allons au-devant d'elle.

Et tous deux s'avancèrent vers la voyageuse, qui venait de mettre pied à terre.

— Monsieur Éloi Gormond? demanda-t-elle.

— C'est moi, madame.

— Je suis l'amie de Daniel Varillas.

— Soyez la bienvenue, madame; mais comment n'est-il pas avec vous?

— Le deuil que je porte est le sien!

— Daniel est mort!

— Et je viens vous demander de mourir ici.

FIN.

Ch. Paul de Kock.

La Jolie Fille du Faubourg...... 1 10
L'Amoureux transi.......... 1 10
L'Homme aux trois culottes.... » 90
Sans Cravate.......... 1 30
L'Amant de la Lune.......... 3 15
Ce Monsieur.......... 1 10
La Famille Gogo.......... 1 50
Carotin.......... 1 10
Mon Ami Piffard.......... » 50
L'Amour qui passe et l'Amour qui vient.......... » 70
Taquinet le Bossu.......... » 70
Cerisette.......... 1 50
Une Gaillarde.......... 1 80
Le Mare d'Auteuil.......... 1 95
Les Étuvistes.......... 2 »
Un Monsieur très-tourmenté.... » 80
La Bouquetière du Château-d'Eau 1 60
Paul et son Chien.......... 1 80
Madame de Montflanquin.......... 1 20
La Demoiselle du Cinquième..... 1 60
Monsieur Choublanc.......... » 80
Le Petit Isidore.......... 1 50
Monsieur Cherami.......... 1 30
Une Femme à trois visages...... 1 95
La Famille Braillard.......... 1 30
Les Compagnons de la Truffe...... 1 30
L'Ane à M. Martin.......... » 50
La Fille aux trois jupons...... » 70
Les Demoiselles de Magasin...... 1 60
Les Femmes, le Jeu, le Vin...... » 70
Les Enfants du Boulevard...... 1 50
Le Sentier aux Prunes.......... » 70
Une Grappe de Groseille.......... » 80
La Dame aux trois corsets.......... » 80
La Baronne Blaguiskof.......... » 80
La Prairie aux Coquelicots...... 1 60
Les Petits Ruisseaux.......... » 80
Le Professeur Ficheclaque...... » 80
Une Drôle de Maison.......... » 80
La Grande Ville.......... » 90
Madame Tapin.......... » 80
Un Mari dont on se moque...... » 80

Pour paraître en 1876 :

Papa Beau-Père.......... » 80
Le Concierge de la rue du Bac... » 70

Henry de Kock (Paul de Kock fils).

L'Amour Bossu.......... » 80
La Chute d'un Petit.......... » 60
Le Roman d'une Femme pâle.... » 50
La Grande Empoisonneuse (3 part.) 3 »
Les Mémoires d'un Cabotin...... 1 »
Les Accapareuses.......... » 70

Ponson du Terrail.

Les Drames de Paris (complets).. 15 90

Les mêmes par parties :

L'Héritage mystérieux.......... 2 70
Le Club des Valets de Cœur...... 3 75
Les Exploits de Rocambole...... 3 90
La Revanche de Baccarat...... 1 20
Les Chevaliers du Clair de Lune. 2 10
Le Testament de Grain-de-Sel... 2 25
(15 Séries à 1 fr. 05.)
Nouveaux Drames de Paris...... 5 55
(Résurrection de Rocambole) (5 SÉRIES : 5 fr. 53.)
Le Dernier Mot de Rocambole... 7 50
(8 SÉRIES : 7 fr. 50.)
Les Misères de Londres...... 4 20
(4 SÉRIES à 1 fr. 05.)
Les Démolitions de Paris...... 2 40
Les Drames du Village (1 volume) 4 20

Les mêmes par parties :

1. Mademoiselle Mignonne...... 1 70
2. La Mère Miracle.......... » 70
3. Le Brigadier La Jeunesse.... » 60
4. Le Secret du docteur Rousselle 1 50
L'Armurier de Milan.......... 1 10
Les Cavaliers de la Nuit.......... 2 40
Le Pacte de Sang (1 volume)...... 4 20

Le même par parties :

1. Les Spadassins de l'Opéra.... 2 »
2. La Dame au Gant noir.... 2 50
Les Mystères du Demi-Monde.... 2 »
Nuits de la Maison Dorée...... 1 10
La Jeunesse du roi Henri (1re part.) 2 75
Le Serment des 4 valets (2e partie) 1 80
La Saint-Barthélemy (3e partie). 1 20
La Reine des Barricades (4e partie). 2 10
Le Beau Galaor (5e partie)...... 1 60
La 2e Jeunesse du roi Henri (6e p.) 1 80
Ces parties réunies en 1 volume.. 11 25
L'Héritage d'un Comédien...... » 70
Le Diamant du Commandeur...... » 90
Les Masques rouges.......... 1 95
Le Page Fleur-de-Mai.......... » 75

Ponson du Terrail (Suite).

Les Cosaques à Paris.......... 2 70
Le Roi des Bohémiens.......... 1 10
La Reine des Gypsies.......... 1 10
Mémoires d'un Gendarme...... 1 »
Le Chambrion.......... » 70
Le Nouveau Maître d'École...... » 70
Dragonne et Mignonne.......... » 90
Le Grillon du Moulin.......... 1 »
La Fée d'Auteuil.......... » 90
Le Capitaine des Pénitents noirs. 1 20

Pour paraître en 1876.

L'Auberge de la rue des Enfants-Rouges.......... 2 »
L'Orgue de Barbarie.......... 1 »

Paul Féval.

Bouche de Fer.......... 1 95
Les Drames de la Mort.......... 3 15

Xavier de Montépin.

Un Drame d'Amour.......... » 70
Le Médecin des Pauvres.......... 1 80
Les Mystères du Palais-Royal... 3 »
La Maison Rose.......... 1 60
Les Enfers de Paris.......... 2 75
La Fille du Meurtrier.......... 1 60
Le Marquis d'Espinchal.......... 1 30
Les Mystères de l'Inde.......... 1 30
La Gitane.......... 1 10
Mlle de Kerven (2e p. de la *Gitane*). 1 10
La Reine de la Nuit.......... 3 »
Le Moulin Rouge.......... 3 »
Le Médecin de Brunoy.......... 1 80
Le Château des Spectres...... » 70
La Comtesse Marie (1re partie)... 1 30
La Comtesse Marie (2e partie).... 1 10
La Fille du Maître d'École......
Les Viveurs de Province......

Emmanuel Gonzalès.

Esaü le Lépreux.......... 1 10
Le Prince Noir (2e partie d'Esaü).. 1 10
Les 2 Favorites (3e partie »).. 1 10
Les Frères de la Côte.......... » 90
Le Vengeur du Mari.......... 1 30
Les Gardiennes du Trésor...... » 80

Pierre Zaccone.

Les Mystères de Bicêtre.......... 1 30
Une Haine au Bagne.......... 5 »
Les Misérables de Londres...... 3 »
Les Marchands d'Or.......... 1 30

Louis Gallet.

Le Régiment de la Calotte...... » 90

Albert Blanquet.

Les Amours de d'Artagnan...... 2 70
Les Amazones de la Fronde...... 2 50
Belles-Dames du Pré-aux-Clercs.. 2 50

Léon Beauvalet et ***

Les Femmes de Paul de Kock (un beau volume.......... 5 »

Eugène Sue.

Les Mystères de Paris.......... 4 »
Le Juif-Errant.......... 4 »
Les Misères des Enfants trouvés. 4 80
La Famille Jouffroy.......... 3 »
L'Institutrice.......... » 90
Atar Gull.......... » 70
La Salamandre.......... » 90
Le Marquis de Létorières...... » 50
Arthur.......... 1 80
Thérèse Dunoyer.......... » 90
Deux Histoires.......... 1 10
Latréaumont.......... 1 10
Comédies sociales.......... » 70
Jean Cavalier.......... 1 80
La Coucaratcha.......... 1 10
Le Commandeur de Malte...... 1 10
Paula Monti.......... » 90
Plik et Plok.......... » 70
Deleytar.......... » 50
Mathilde.......... 2 75
Le Morne au Diable.......... 1 10
La Vigie de Koat-Ven.......... 1 80
L'Orgueil (1re partie).......... 1 10
L'Orgueil (2e partie).......... » 90
L'Envie.......... 1 10
La Colère.......... » 70
La Luxure.......... » 70
La Paresse.......... » 50
L'Avarice.......... » 70
La Gourmandise.......... » 50
Les 7 Péchés (en 1 volume).... 6 »
La Marquise d'Alfi.......... » 70
La Bonne Aventure (1re partie).. » 90
La Bonne Aventure (2e partie)... » 90

Eugène Sue (Suite).

Jean Bart et Louis XIV, magnifique édition illustrée de 125 gravures dans le texte et hors texte. Prix broché.......... 9 »
Les Enfants de l'Amour.......... 1 10
Les Mémoires d'un mari (1 vol.). 2 80

Les mêmes par parties.

Un Mariage de convenance...... 1 50
Un Mariage d'argent.......... » 90
Un Mariage d'inclination...... » 50
Le Casque de Dragon.......... » 90
La Faucille d'or.......... } 1 »
La Clochette d'airain.......... }
Le Collier de fer.......... » 90
La Croix d'argent.......... » 70
L'Alouette du casque.......... » 90
La Garde du poignard.......... 1 50
Jeanne d'Arc.......... 1 30
Mademoiselle de Plouernel...... 1 10
Les Fils de Famille.......... 2 55
Mathilde (1 beau volume)...... 5 »
8 séries à 50 cent. et 1 à 80 cent.
48 livraisons à 10 cent.
Le Juif Errant (1 beau volume.. 6 »
10 séries à 50 c et 1 à 75 c.
58 livraisons à 10 cent
Les Mystères de Paris (1 beau vol.) 5 »
10 séries à 50 cent. 40 livraisons à 10 centimes.

Alboize et Maquet.

Les Prisons de l'Europe.......... 3 55

Alexandre Dumas.

Les Crimes célèbres (1 vol.)...... 4 »

Les mêmes par parties.

1. La Marquise de Brinvilliers.. » 90
2. Marie Stuart.......... » 70
3. Les Borgia.......... » 90
4. Massacres du Midi.......... 1 10
5. Jeanne de Naples.......... » 70

Ainsworth.

Le Bandit de Londres.......... 1 10

Gœthe.

Werther et Faust.......... » 90

Jean-Jacques Rousseau.

Emile.......... 2 10
La Nouvelle Héloïse.......... 2 10

L'Héritier

Les Mystères de la vie du monde. » 70
Scènes épisodiques et anecdotiques. » 70

Scarron.

Le Roman comique.......... 1 50

Marco de Saint-Hilaire.

Mémoires d'un Page de la Cour impériale.......... » 90

Léo Lespès (Timothée Trimm).

Les Filles de Barrabas.......... 2 10

Charles Rabou.

Louison d'Arquien.......... » 70

H. Émile Chevalier.

39 Hommes pour une Femme... 1 »
Un Drame esclavagiste.......... 1 25
Les Souterrains de Jully.......... » 70

Ernest Capendu.

Le Chasseur de Panthères...... » 90
L'Hôtel de Niorres.......... 2 70
Le Roi des Gabiers.......... 2 50
Le Tambour de la 32e.......... 3 »
Bibi-Tapin.......... 3 30

Charles Monselet.

La Franc-Maçonnerie des Femmes 1 50

Louis Noir.

Souvenirs d'un Zouave (Campagne d'Italie).......... » 90

Vidocq

Ses Mémoires écrits par lui-même. 1 beau volume.......... 5 50

Paul de Couder.

La Tour de Nesles.......... 1 50

Jules Beaujoint.

Les Nuits de Paul Niquet...... 1 30
Les Oubliettes du Grand Châtelet, 1 50

Jacques Arago.

Voyage autour du monde...... 2 95

Féréal.

Mystères de l'Inquisition...... 2 10
Physiologies parisiennes...... 4 »

Adrien Robert.

Le Bouquet de Satan.......... » 70
Les Aventures de Lazarilles..... 4 50
Contes fantasques et fantastiques. 6 »

A. de Bougy.

La Vengeance du Bravo.......... » 90

Et. Enault et L. Judicis.

Le Vagabond.......... 1 10

Paris. — Typ. Collombon et Brûlé, rue de l'Abbaye, 22

EN VENTE A LA MÊME LIBRAIRIE, 10, RUE GIT-LE-CŒUR.

Ch. Paul de Kock.

La Jolie Fille du Faubourg...... 1 10
L'Amoureux transi...... 1 10
L'Homme aux trois culottes...... » 90
Sans Cravate...... 1 30
L'Amant de la Lune...... 3 15
Ce Monsieur...... 1 10
La Famille Gogo...... 1 50
Carotin...... 1 10
Mon Ami Piffard...... » 50
L'Amour qui passe et l'Amour qui vient...... » 70
Taquinet le Bossu...... » 70
Cerisette...... 1 50
Une Gaillarde...... 1 80
La Mare d'Auteuil...... 1 95
Les Etuvistes...... 2 »
Un Monsieur très-tourmenté...... » 80
La Bouquetière du Château-d'Eau 1 60
Paul et son Chien...... 1 80
Madame de Montflanquin...... 1 20
La Demoiselle du Cinquième...... 1 60
Monsieur Choublanc...... » 80
Le Petit Isidore...... 1 50
Monsieur Cherami...... 1 30
Une Femme à trois visages...... 1 95
La Famille Braillard...... 1 30
Les Compagnons de la Truffe...... 1 30
L'Ane à M. Martin...... » 80
La Fille aux trois jupons...... » 70
Les Demoiselles de Magasin...... 1 60
Les Femmes, le Jeu, le Vin...... » 70
Les Enfants du Boulevard...... 1 50
Le Sentier aux Prunes...... » 70
Une Grappe de Groseille...... » 80
La Dame aux trois corsets...... » 80
La Baronne Blaguiskof...... » 80
La Prairie aux Coquelicots...... 1 00
Les Petits Ruisseaux...... » 80
Le Professeur Ficheclaque...... » 80
Une Drôle de Maison...... » 80
La Grande Ville...... » 90
Madame Tapin...... » 80
Un Mari dont on se moque...... » 80

Pour paraître en 1876 :

Papa Beau-Père...... » 80
Le Concierge de la rue du Bac...... » 70

Henry de Kock (Paul de Kock fils).

L'Amour Bossu...... » 80
La Chute d'un Petit...... » 60
Le Roman d'une Femme pâle...... » 50
La Grande Empoisonneuse (3 part.) 3 »
Les Mémoires d'un Cabotin...... 1 »
Les Accapareuses...... » 70

Ponson du Terrail.

Les Drames de Paris (complets).. 15 90

Les mêmes par parties :

L'Héritage mystérieux...... 2 70
Le Club des Valets de Cœur...... 3 75
Les Exploits de Rocambole...... 3 90
La Revanche de Baccarat...... 1 20
Les Chevaliers du Clair de Lune.. 2 10
Le Testament de Grain-de-Sel... 2 25
(15 Séries à 1 fr. 05.)
Nouveaux Drames de Paris...... 5 55
(Résurrection, 5 Séries : 5 fr. 55.)
Le Dernier Mot de Rocambole...... 7 50
(8 Séries ; 7 fr. 50.)
Les Misères de Londres...... 4 20
(4 Séries à 1 fr. 05.)
Les Démolitions de Paris...... 2 40
Les Drames du Village (1 volume) 4 20

Les mêmes par parties :

1. Mademoiselle Mignonne...... 1 70
2. La Mère Miracle...... » 70
3. Le Brigadier La Jeunesse...... » 60
4. Le Secret du docteur Rousselle 1 50
L'Armurier de Milan...... 1 10
Les Cavaliers de la Nuit...... 2 40
Le Pacte de Sang (1 volume)...... 4 20

Le même par parties :

1. Les Spadassins de l'Opéra...... 2 »
2. La Dame au Gant noir...... 2 50
Les Mystères du Demi-Monde...... 2 »
Nuits de la Maison Dorée...... 1 10
La Jeunesse du roi Henri (1re part.) 2 75
Le Serment des 4 valets (2e partie) 1 80
La Saint-Barthélemy (3e partie).. 1 20
La Reine des Barricades (4e partie). 2 10
Le Beau Galaor (5e partie)...... 1 60
La 2e Jeunesse du roi Henri (6e p.) 1 80
Ces parties réunies en 1 volume.. 11 25
L'Héritage d'un Comédien...... » 70
Le Diamant du Commandeur...... » 90
Les Masques rouges...... 1 95
Le Page Fleur-de-Mai...... » 75

Ponson du Terrail (Suite).

Les Cosaques à Paris...... 2 70
Le Roi des Bohémiens...... 1 10
La Reine des Gypsies...... 1 10
Mémoires d'un Gendarme...... 1 »
Le Chambrion...... » 70
Le Nouveau Maître d'École...... » 70
Dragonne et Mignonne...... » 90
Le Grillon du Moulin...... 1 »
La Fée d'Auteuil...... » 90
Le Capitaine des Pénitents noirs. 1 20

Pour paraître en 1876 :

L'Auberge de la rue des Enfants-Rouges...... 2 »
L'Orgue de Barbarie...... 1 »

Paul Féval.

Bouche de Fer...... 1 95
Les Drames de la Mort...... 3 15

Xavier de Montépin.

Un Drame d'Amour...... » 70
Le Médecin des Pauvres...... 1 80
Les Mystères du Palais-Royal... 3 »
La Maison Rose...... 1 65
Les Enfers de Paris...... 2 75
La Fille du Meurtrier...... 1 60
Le Marquis d'Espinchal...... 1 30
Les Mystères de l'Inde...... 1 30
La Gitane...... 1 10
Mlle de Kerven (2e p. de la *Gitane*), 1 10
La Reine de la Nuit...... 3 »
Le Moulin Rouge...... 3 »
Le Médecin de Brunoy...... 1 80
Le Château des Spectres...... » 70
La Comtesse Marie (1re partie)... 1 30
La Comtesse Marie (2e partie).... 1 10
La Fille du Maître d'École......
Les Viveurs de Province......

Emmanuel Gonzalès.

Esaü le Lépreux...... 1 10
Le Prince Noir (2e partie d'*Esaü*).. 1 10
Les 2 Favorites (3e partie »).. 1 10
Les Frères de la Côte...... » 90
Le Vengeur du Mari...... 1 30
Les Gardiennes du Trésor...... » 80

Pierre Zaccone.

Les Mystères de Bicêtre...... 1 30
Une Haine au Bagne...... 5 »
Les Misérables de Londres...... 3 »
Les Marchands d'Or...... 1 30

Louis Gallet.

Le Régiment de la Calotte...... » 90

Albert Blanquet.

Les Amours de d'Artagnan...... 2 70
Les Amazones de la Fronde...... 2 50
Belles-Dames du Pré-aux-Clercs.. 2 50

Léon Beauvalet et ***

Les Femmes de Paul de Kock (un beau volume...... 5 »

Eugène Sue.

Les Mystères de Paris...... 4 »
Le Juif-Errant...... 4 »
Les Misères des Enfants trouvés.. 4 80
La Famille Jouffroy...... 3 »
L'Institutrice...... » 90
Atar-Gull...... » 70
La Salamandre...... » 90
Le Marquis de Létorières...... » 50
Arthur...... 1 80
Thérèse Dunoyer...... » 90
Deux Histoires...... 1 10
Latréaumont...... 1 10
Comédies sociales...... » 70
Jean Cavalier...... 1 80
La Coucaratcha...... 1 10
Le Commandeur de Malte...... 1 10
Paula Monti...... » 90
Plik et Plok...... » 70
Deleytar...... » 50
Mathilde...... 2 75
Le Morne au Diable...... 1 10
La Vigie de Koat-Ven...... 1 80
L'Orgueil (1re partie)...... 1 10
L'Orgueil (2e partie)...... » 90
L'Envie...... 1 10
La Colère...... » 70
La Luxure...... » 70
La Paresse...... » 50
L'Avarice...... » 70
La Gourmandise...... » 50
Les 7 Péchés (en 1 volume)...... 6 »
La Marquise d'Alfi...... » 70
La Bonne Aventure (1re partie).. » 90
La Bonne Aventure (2e partie)... » 90

Eugène Sue (Suite).

Jean Bart et Louis XIV, magnifique édition illustrée de 125 gravures dans le texte et hors texte. Prix broché...... [illegible]
Les Enfants de l'Amour...... 1 [illegible]
Les Mémoires d'un mari (1 vol.). 2 [illegible]

Les mêmes par parties.

Un Mariage de convenance...... 1 [illegible]
Un Mariage d'argent...... » 9[illegible]
Un Mariage d'inclination...... » 5[illegible]
Le Casque de Dragon...... » [illegible]
La Faucille d'or......
La Clochette d'airain...... } 1 [illegible]
Le Collier de fer...... » 9[illegible]
La Croix d'argent...... » 7[illegible]
L'Alouette du casque...... » 9[illegible]
La Garde du poignard...... 1 5[illegible]
Jeanne d'Arc...... 1 3[illegible]
Mademoiselle de Plouernel...... 1 1[illegible]
Les Fils de Famille...... 2 5[illegible]
Mathilde (1 beau volume)...... 5
8 séries à 50 cent. et 1 à 80 cent.
48 livraisons à 10 cent.
Le Juif Errant (1 beau volume)... 6
10 séries à 50 c. et 1 à 75 c.
58 livraisons à 10 cent.
Les Mystères de Paris (1 beau vol.) 5
10 séries à 50 cent. 46 livraisons à 10 centimes.

Alboize et Maquet.

Les Prisons de l'Europe...... 3 5[illegible]

Alexandre Dumas.

Les Crimes célèbres (1 vol)...... 4 [illegible]

Les mêmes par parties.

1. La Marquise de Brinvilliers... » 9[illegible]
2. Marie Stuart...... » 7[illegible]
3. Les Borgia...... » 90
4. Massacres du Midi...... 1 1[illegible]
5. Jeanne de Naples...... » 70

Ainsworth.

Le Bandit de Londres...... » 10

Gœthe.

Werther et Faust...... » [illegible]

Jean-Jacques Rousseau.

Emile...... 1 10
La Nouvelle Héloïse...... 2 10

L'Héritier.

Les Mystères de la vie du monde.. » 70
Scènes épisodiques et anecdotiques. » 7[illegible]

Scarron.

Le Roman comique...... 1 [illegible]

Marco de Saint-Hilaire.

Mémoires d'un Page de la Cour impériale...... » [illegible]

Léo Lespès (Timothée Trimm).

Les Filles de Barrabas...... 2 [illegible]

Charles Rabou.

Louison d'Arquien...... » 70

H. Emile Chevalier.

39 Hommes pour une Femme...... 1 »
Un Drame esclavagiste...... 1 25
Les Souterrains de Jully...... » 70

Ernest Capendu.

Le Chasseur de Panthères...... » 90
L'Hôtel de Niorres...... 2 70
Le Roi des Gabiers...... 2 50
Le Tambour [illegible]...... 3 »
Bibi-Tapin...... 3 30

Charles Monselet.

La Franc-Maçonnerie des Femmes 1 50

Louis Noir.

Souvenirs d'un Zouave (Campagne d'Italie)...... » 90

Vidocq.

Ses Mémoires écrits par lui-même. 1 beau volume...... 5 50

Paul de Couder.

La Tour de Nesles...... 1 50

Jules Beaujoint.

Les Nuits de Paul Niquet...... 1 30
Les Oubliettes du Grand Châtelet. 1 30

Jacques Arago.

Voyage autour du monde...... 2 95

Féréal.

Mystères de l'Inquisition...... 2 10
Physiologies parisiennes...... 4 »

Adrien Robert.

Le Bouquet de Satan...... » 70
Les Aventures de Lazarilles...... 4 50
Contes fantasques et fantastiques. 6 »

A. de Bongy.

La Vengeance du Bravo...... » 90

Et. Enault et L. Judicis.

Le Vagabond...... 1 [illegible]

Paris. — Typ. Walder, rue de l'Abbaye, 22.

www.ingramcontent.com/pod-product-compliance
Ingram Content Group UK Ltd.
Pitfield, Milton Keynes, MK11 3LW, UK
UKHW021227230726
13926UKWH00003B/1285